作家出版社 & 悬疑世界（上海浩林文化传播股份有限公司）

命运有无限种可能

偷窥一百二十天

蔡骏 著

作家出版社

（全本朗读）
《偷窥一百二十天》同名有声书
由"喜马拉雅电台"制作开播，
欢迎扫描关注收听！

献给

彼得·伊里奇·柴可夫斯基

一只天鹅从牢笼里逃离，
蹼擦亮了干燥的石铺路轨，
粗糙的地上拖曳它白色的羽翼，
干涸的小溪后面鸟儿张开了喙，

在尘埃中紧张地洗着翅膀，
心中充满着美丽故乡的湖泊，
它说："水，你何时再流淌？雷，你何时再鸣响？"
我看到那厄运，奇异而命中注定的传说，

偶尔朝向天空，如同奥维德诗中的人物，
朝向讥诮的天空与残酷的蓝色，
痉挛的颈上支撑着它贪婪的头颅，
就像它在向上帝投以谴责！

——波德莱尔《天鹅》（献给维克多·雨果）

目　录

后记

序 | 通天塔上的女人

　　我喜欢把故事放在楼顶，或者顶楼。不仅有一种睥睨众生的俯瞰感，更有一种宿命感。就像攀登楼梯，仿佛到此为止，无法再往上一步。要么便是遭遇了上帝的诅咒，把我们分成不同的言语，从而让通天塔分崩离析。

　　《偷窥一百二十天》既是关于楼顶的故事，也是关于女人的故事。楼顶上的女人，就像站在金字塔尖顶，要么风情万种，要么万人唾弃。当崔善站上通天塔之颠，囚禁在空中监狱，我不想用道德来审判任何人。在这里我们只是单纯的人类，有着饮食男女的基本欲望，有着喜怒哀乐，也有孤独的恐惧感。

　　《偷窥一百二十天》写于2013年下半年到2014年初，同期首发于《萌芽》杂志，2014年夏天由作家出版社出版。当时无人机尚不普及，我便用了航模直升机来传递食物与纸条。后来有了廉价的无人机，我也从空中俯瞰过城市的屋顶，甚至看到过许多窗户里的秘密。我并无偷窥的邪念，但在当下我们还能有多少隐私？凡是使用手机和互联网的我们，其实每分每秒都在被人偷窥。

　　这是一个偷窥与被偷窥的时代。有的人是生活被人偷窥，有的人是肉体被人偷窥，而有的人则是内心被人偷窥。但无论如何，人们总有一些秘密保留在心头。就像《三体》中的"三体星人"与人类的最大区别，便是人类可以隐藏内心的想法，既是所谓的计谋，也是女人的秘密。

韩国电影《寄生虫》获得奥斯卡金像奖以后，我们发现都市中的每一栋房子，无论富人区的别墅还是都市密集的楼顶，处处都在上演这样的故事。我们被人为地划分开来。但任何人都无法彼此隔绝，我们又被迫地要彼此共存，缺一不可。有时候，偷窥与被偷窥也是可以转化的。最终偷窥者的秘密一览无遗，崔善却带着她的秘密飞向了黑天鹅之塔。

偷窥还在继续。出版六年来，《偷窥一百二十天》也经历了漫长的影视改编过程。网剧播出在即，祈愿通天塔上的崔善，能找到真正的自己。

蔡骏

2020 年 10 月 18 日星期日

引 子

六月二十二日。夏至。

清晨，魔都阴郁的黄梅天，细雨连绵不绝。

崔善仓惶地冲回家里，坐上冰冷的马桶，放出憋了六个钟头的小便。宛如即将溺死，喘回第一口气。

还阳。

看着卫生间镜子里的自己——奇形怪状的年轻女子，几乎看不到头发，全被发网包裹起来。浑身上下都是黑色，包括黑帽，平底黑布鞋外罩着鞋套。白手套除外。

等到打开黑色背包，她才意识到，杀人工具全部留在了现场。

但是，这辈子都不想再回到那地方了。

背后肩胛骨的皮肤，依旧隐隐作痛。崔善放出乌黑长发，穿过狭长的卧室与客厅，推开通往天井的铁门。浸泡在淋漓雨水中的庭院，伸出旺盛而有毒的夹竹桃枝叶，四处蔓延暗绿色苔藓。最后两株鲜红的茶即将腐烂，仿佛烟瘴缭绕的沼泽地。也许还得种两盆莲花？

目光爬过墙头的树叶和雨点，是天蓝色的拜占庭式圆顶，街对面的一座老东正教堂，荒废多年再未使用过。这间公寓样样都遂心意，唯独每天在院里看到教堂，不算什么吉兆。

今天，是崔善的二十六岁生日——她只收到一份礼物，是昨天插在花瓶里的一枝玫瑰，大概不超过十块钱。

整天焦虑不安，寸步不敢离开，等待那通盼望已久的电话，或者说——随时都想离开，只要门外响起某种怪异的声音，都会怀疑是不是警察来了。崔善只能安慰自己说：你远在台湾，忙于各种应酬，要么忘了办港澳台电话套餐？

连续下了三天梅雨，终于接到林子粹的电话——她死了。

崔善嘤嘤地哭，肩上掠过一层凉风，感觉有人骑在脖子上，双腿紧钩她的胸口。

作为刚死了妻子的鳏夫，林子粹要避免跟任何年轻异性的接触，崔善可以理解他暂时不要见面的请求，说不定怀疑他的人正在跟踪和偷窥呢。

不过，他有了最充分的不在现场证明，更没有人知道崔善的存在。

计划成功了吗？她没有开香槟的兴致，忐忑不安，连续噩梦——梦到死去的女子。

她没有听取林子粹的警告，偷偷去葬礼现场观察。程丽君是穿着白色晚礼服下葬的，他把一束白玫瑰放在亡妻身上……

过程中来了许多宾客，有上市公司的高管，各种在电视上见过的大人物，还有死者生前最要好的几个闺蜜。

葬礼的背景音乐，并非通常的哀乐，而是不知名的古典音乐，宛如在交响音乐会现场。崔善听着有些耳熟，让人莫名其妙倍感忧伤，忍不住要掉下眼泪。

赶在散场之前，匆匆离开殡仪馆大厅，外面那堆硕大的花圈中间，刚撑起梅雨中的洋伞，她就发现一张男人的脸——不是黑白遗像，而是个古怪的中年男人，穿着件灰色的廉价汗衫，半秃头的脑门教人望而生畏。

崔善惶恐地低下头，混在哭丧人群中溜走，身后留下满世界细雨，连头发都要霉烂长毛。

希望在这场葬礼之后，等来一场婚礼。

这天夜里，她独自去了外滩的酒吧。半年没来过了，站在杰尼亚旗舰店门口，她故作风情地撩起头发，挑衅地看着其他年轻女子，赶走不合时宜的卖花小女孩，想象自己是今夜的女王。忽然，雨停了，头顶升起一片绚烂烟花，不知是谁结婚还是某个庆典？她倍感虚弱，就像活了大半辈子，等到温暖夜色殆尽，就要开始妈妈那样漫长的生涯。

从杀人那天开始，一个多月，林子粹始终没跟她见面，连电话都不接了——最危险的结局，犹如夏日的花园，一不留神就长满了野草。她想起乍暖还寒的春天，小院里开着白色蔷薇，林子粹慵懒地躺在床上，指尖香烟已燃尽，剩下厚厚的烟灰，塞进一次性水杯，发出咝咝声响，犹如细蛇爬行……

崔善只想看他一眼，哪怕为掩人耳目，单纯坐在对面，不声，不响。

七月，最后一夜，月似莲花，清辉淡抹。

经过漫长的跟踪与偷窥，崔善终于发现他的踪迹，敲开五星级酒店的房门。林子粹摘下耳机，掐灭烟头，拉紧窗帘，害怕被人偷看。

房间里没有别的女人，只有股淡淡的男士香水味。扔在桌上的

iPod 耳机，飘出某段古典音乐的旋律。

崔善痴缠在他身上，林子粹却躲过她的唇，一本正经地承诺——给她账户里转笔钱，帮她办妥移民手续。不是喜欢地中海吗？意大利怎么样？但治安不太好，建议去法国，平常住巴黎，随时可以去蓝色海岸度假。

一个人？不去。

她抓住林子粹的手，抚摸自己的肚子，却被厌恶地推开。他再点起一根烟，蓝色尼古丁的雾，让原本眉目分明的脸，渐渐模糊不清。

林子粹夸她表演得不错——什么怀孕啊？全是骗人的鬼话！

话似尖刀，扎透心脏，她下意识挡着脸，像小学生考试作弊，或代家长签名被抓到。

什么时候发现的？她问。

他答，杀人前的几天。

那天早上，你临走之前，说的那些话，也都是假装的？她接着问。

林子粹说，箭已离弦，如何收回？

其实，今晚找过来……看着这个男人的眼睛，几乎再也不认得了，崔善摇摇头，一狠心，吞下后半句话。

半个月前，她发现自己真的怀孕了。悄悄去了趟医院，仰望后楼的烟囱，飘着奥斯威辛般的黑烟——据说那是焚烧的医疗垃圾，包括被截肢的断手断脚，手术中被摘掉的坏死内脏，还有人工流产或引产打出来的胎儿，许多还是活生生的，就被扔进焚尸炉归于天空。

妇产科开具的诊断书上，明白无误地写着"怀孕四周"。林子粹的第一个孩子，真实地存在于崔善的子宫，像颗螺丝这么大。她计算过两人播种的时间，就是行动前的那几夜，杀人的兴奋加速了排卵吗？

但，现在，她改变了主意。就算讲出这个秘密，他也会说——除非有亲子鉴定的结果，凭什么让我相信孩子是我的？

林子粹说她有精神病，说来轻描淡写，却捏紧她的左手上臂，让她一直疼到骨头里。是啊，要不是精神病人，又怎会如此？

他蹦出的每一句话，都宛如屠宰场的刀子、死刑场上的子弹，一点点将她的羽毛和皮肉撕碎……

你去死吧！就算带着孩子一起去死，就算把他（她）生出来再杀死，也不会让你得到。

该到算账的时候了，扇走眼前的烟雾，崔善给自己补了补粉，面目一下子凛冽了，像鬼片里面对镜梳妆的古装女子。

不怕我去告发？她问。

林子粹回答，你可以去自首，但，杀人的是你！

他还说，如果，请个医生来做精神鉴定，或许你可以捡回一条命。

崔善却出乎意料地冷静，回答道：你错了，我没有杀过人。

说什么呢？林子粹的眼里飘过某种疑惑，但他不想听崔善的解释，板下脸，说，告诉你一件事，虽然你始终对我隐瞒，但我早就知道了——你妈妈究竟是谁。

天哪，你知道了？崔善打碎了一个水杯，这比他翻脸不认人更令人绝望。

对于我身边的女人，自然会调查得一清二楚。而你欺骗我的小把戏，只会让你更虚弱——我得明白你怎么会在冬至夜里，出现在我家的车库前。他说。

因为我的妈妈？她是卑贱的下等人，而我也是？林子粹，你是这样认为的吗？崔善问。

林子粹用舌头舔着嘴唇，说，你知道吗？你长得很像你妈，尤其眼睛和鼻子。她年轻时也是个美人吧？身材还没走样，倒是丰满得更有韵味。不晓得为什么，每次跟你在床上，我就会想起她。

她已捏紧拳头，像头愤怒的母兽，强忍着不发出牙齿间的战栗声，而他衣领上的烟味越发令人作呕。

林子粹像端详一件衣服似的，用手指比划着她的脸，忘乎所以。顺便说一声，有几次你妈在屋里拖地板，我躺在床上从背后看她的屁股……

突然，他的声音戛然而止，被清脆的玻璃破碎声打断。

崔善握着一只残缺的花瓶，随手从窗台上抄起来的，刚砸破这个男人的脑袋。

iPod耳机里的古典音乐伴奏下，鲜血从太阳穴与颅顶涌出，汇成一条红色小溪，欢快地淹没崔善的高跟鞋。

他死了。

世界静默如许，空调的舌头吐出冷风，绯红被黑白取代。随着头皮渐渐发冷，她才清楚自己干了什么，沉入无以言状的后悔。窗外，天黑得像最漫长的那一夜。

幸好踩着红底鞋，反正与血污颜色相同，逃出酒店也无人注意，

这双鞋子，不久将躺在高空中的角落缓慢腐烂。

不知从心房里的哪个部位，涌起一句熟悉的话，那是爸爸年轻时的口头禅，每当女儿哭鼻子时就会哄她——

"不要难过，不要哭，会有的，都会有的，面包会有的。"

A 面

太阳升起来了，黑暗留在后面。
但是太阳不是我们的，我们要睡了。
——曹禺《日出》

第一章

如果世界末日来临，只能带一种动物上诺亚方舟——马、老虎、孔雀、羊，你会选择哪一种？

荒芜的天空。

大团泼墨般的浓密云层间，一架不知是波音还是空客的飞机划过。引擎与高空气流的摩擦声，宛如深夜悬崖边的海浪，穿越三万英尺将她唤醒。

崔善躺倒在坚硬的地上，面对不毛之地。

天空的界限，是一堵黑色墙壁，笼罩刺眼的灰白光晕。颈椎深处摩擦的咯吱声，接近一百八十度的旋转间，最终被一道直线切断——还是黑色水泥墙。两道高墙之间，宛如长长甬道。手肘撑着地面抬起，天空像一幅画卷铺展，露出深色画框。

她在一个凹字形的世界里。

喉咙发出喘息，细细的女声。深呼吸，胸口有一对突出物，有节奏地起伏，肩上有柔软的长发，还有两腿之间的耻骨。

背后依然是墙，铅灰色的乌云下，四堵墙连接封闭在一起，从"凹"

变成"口",如镶嵌在黑框中的照片,想象一下追悼会上的黑白遗像。

没有耳环,没有镯子,左手无名指上也不见戒痕,只有一条合金项链。沿着链条摸到坠子,一枚施华洛世奇水晶天鹅,轻巧得几乎没感到分量。

脚指头可以动了,小猫似的脚踝,光滑的小腿肚子,还有……她穿着齐膝的裙子,仅有一只脚上有鞋子。

高跟鞋,七厘米的,红色底,Christian Louboutin。

脚踝有些擦伤,胳膊也有刚结疤的伤口。

左手伸进裙子……内裤还在,并且完好,不像被人匆忙穿上的样子。泪水沿着脸颊坠落到手背,眼睛后面某根神经剧痛,像牙医用机器钻你的龋齿。

找到另一只鞋子前,她赤着双脚,扶着粗糙的水泥墙,遍地灰尘与鸟粪,孤独的天井……这是个口袋,近乎标准的长方形,左右两道长边,前后两道短边,加上坚硬的地面,酷似敞开盖子的棺材。

墙角有几株茂盛的石榴,灌木般的树丛,簇拥着火红的花朵。数蓬一人多高的蒿草,疯长到邪恶的藤蔓,结成杂乱干燥的土块。夕阳像舞台追光,越过高墙直射双眼,以及妖艳的石榴花。

正对她的墙顶,落日的方向,露出一小截高层住宅楼,这种楼通常在三十层左右——匪夷所思,仅隔着一堵墙,却只能看到它最顶上几层。反方向更远处,看到两栋玻璃幕墙的大厦,虽然只有一小部分,但估计有四五十层。耳边响彻各种噪音,此起彼伏的汽车喇叭声,似从遥远地底传来……

她被囚禁在大概二十层高的楼顶。

天井，其实是空中花园，只是看来荒废了很久。花园被四堵高不可及的墙包围着，除了没有屋顶，跟监狱毫无区别。好歹监狱还有门窗，这里却什么都没有——我是怎么来到这里的？崔善困惑地仰望云层，想象一个女人从天而降。

一整天，她尝试了各种逃生方法，但每面墙起码三米高，踮着脚尖伸直手，也仅够着一半。崔善不矮，双腿与胳膊修长，光着脚也在一米六五。南侧那堵水泥墙壁，跟其他三面墙略微不同，颜色浅些，用力敲打感觉更厚实。墙角有小小的落水口。用脚步丈量这座监狱：长十米，宽不到四米，标准的长方形。最简单的算数乘一下，将近四十平方米。

不想重复脑中储存的所有脏话，毕竟穿着 Christian Louboutin 的红底鞋，头发里残留 CD 香水，而非戴着金链的暴发户——却连续说了几百个 shit，对于一个淑女而言，这不是什么好习惯。

脑后肿着块大包，稍微触摸都很疼。打结的头发凝固着血迹。崔善判断自己是被人从墙上扔下来的，不巧后脑勺撞在坚硬的水泥地上……

找不到镜子，一小块水洼也没有，看不到自己的脸。她伸出细长指尖，触摸面孔轮廓，双眼皮，眉眼间距离适中，鼻梁不高不矮，窄窄地垂在人中上。嘴唇较薄，因缺水开裂。颌骨与下巴的感觉很自然，没整过容。皮肤还算光滑，想必用过很多护肤品，手指上抹出一层淡淡的粉。白皙的胳膊与胸脯，擦满灰尘与污垢，披头散发，很像女神……经病。

她的腰挺细的，肚子略有赘肉，估计体重五十公斤，还会继续瘦下去。黑色小碎花无袖裙，裸露双肩与膝盖以下部位，V 字领扯到胸口，藏着结实的 B 罩杯。她脱光衣服，想找到某种特别印记。很幸运，腰上没有取肾的伤疤，肚子没有妊娠纹，更无剖腹产的刀口。

崔善相信自己的子宫中，仍有个小小的胚胎，像小螺蛳那么大。

但是，左手上臂的皮肤表面，依稀有几处微弱的红点，仔细看像是针眼。

是否遭遇过性侵犯？

她记得 Dior、Chanel、Gucci、Prada、Burberry……流川枫、F4 与《泰坦尼克号》。北京奥运会那一年陈冠希很火，上海世博会，高铁事故，PM2.5 雾霾，王菲又离婚了，每个人都在用微信，像无数碎玻璃，扎进后脑勺，雪片般，金属光。

"救命！"

每隔一两个小时，崔善就会狂喊。嗓子很快喊哑。她在哭。

新家没有门窗，没有屋顶，更没家具，倒有个宽敞的阳台，长着茂盛的石榴与野草。她把靠南的墙壁当作鞋柜，只有一对高跟鞋——另一只鞋找到了。

根据甚嚣尘上的噪音判断，楼下应是贯穿城市的高架道，不分昼夜拥挤着滚滚车流。还有一片街心公园或绿地，傍晚被退休妇女们占领，震耳欲聋地播放《最炫民族风》。等到妈妈们回家看八点档抗日神剧，披着长发的流浪歌手，插起电吉他唱《北京，北京》或《光辉岁月》。

第一个夜晚。

幸好是盛夏，崔善清扫出墙下一片空地，躺在靠南的墙边。月光像毯子盖在身上，这个角度只能看到天空，仿佛几百万年前，又像遥远旷野，春天飘过花瓣的河边，脸上飞满蒲公英。那时夜空比现在干净，没有一丝灯光，安静得像聋子的世界。

第二章

第二天。

清晨，崔善被鸟鸣惊醒，想起一件倒霉事——她已经怀孕六周了，妈妈要是知道的话，该是高兴得去准备尿布，还是抽女儿一个耳光，再强逼她去做"无痛的人流"？

憋了一晚上的尿，必须到石榴树下解决问题，泥土成了天然厕所。高楼上紫外线强烈，她开始怀念太阳眼镜、遮阳伞与防晒霜。没有一丝风，像个蒸笼。裙子太薄，脱光了也无济于事，不奢望空调与风扇，给瓶水就很满足。任何举动都是徒劳消耗，增加中暑的风险。为了摆脱近乎直射的阳光，她找了块从未晒到过的墙角，后背阴凉而粗糙。时间好慢，仿佛一辈子，而过去异常短暂，水滴般蒸发。

入夜，一只蟑螂从大腿上爬过，崔善最恐惧这种小动物了。夜晚比白天危险得多，每个妈妈都这样教育过小女孩，比如吃人的野兽，比野兽更可怕的男人。盘腿在墙脚下，城市上空有各种灯光，但不足以照亮这里。瞳孔适应了黑暗，几乎能看清每片石榴叶，蒿草上不知名的虫子，鸟儿藏在树丛过夜，还有墙上窜过的老鼠。蝙蝠与鸟截然不同，折线形的飞行轨迹，几十只忽隐忽现，原来从没离开过，只是躲藏到人迹罕至的楼顶。崔善无意跟它们作对，但请井水不犯河水——我可是赏金猎手。

这是个充满危险的世界，但最大的危险，是没有一滴水与一粒米，四十度的酷暑中，作为一个孕妇，她快要死了。

第三天，依然不见人影。

用高跟鞋作为容器，收集一些露水，虽然只够润润嗓子。她盼望下一场倾盆大雨——却等来一粒鸟粪落到头上，名副其实的 shit！

像电脑死机重启，面对布满数字的蓝色屏幕……崔善想起爸爸教过她的，立即折断许多石榴树枝，加上坚韧而结实的细长蒿草，编织出一个箩筐。至于木棍，地上有散落的小树枝。绳子到哪儿去找？一绺头发垂到眼角——女人的长发第一次有了实用功能。狠心拔下一根，还嫌不够，直到三根发丝打结连在一起。还缺诱饵，她在泥土中抓了几条毛毛虫。

捕鸟网做好了，她躲藏在石榴树下，头发丝绕在指尖。虚弱地耗了一个钟头，当她几乎晕倒，有只鸟已在"箩筐"里了。

愤怒的小鸟在陷阱里扑腾，禽流感怎么办？白痴！一根锋利的树枝，透过"箩筐"刺中小鸟。听到哀鸣，她闭上眼睛，右手在发抖，再换左手。连续刺了好多下，像自己被戳穿无数洞眼。当鸟儿在一团血污中死去，这具小小的尸体，能填满四分之一的胃吗？还是到头来依然饿死，在十八层地狱里增加一重罪孽？

崔善耐心地拔光羽毛，用树枝剖开肚子——就像生物学上的解剖课，麻雀虽小，五脏俱全，清理出弯弯曲曲的肠子，扔到泥土里做了肥料，仅剩下一丁点肉，恐怕不及一根鸡心烤串的分量，但能让她多活几个钟头。

要有火。

开什么玩笑？北京猿人似的钻木取火？活下去的唯一办法。花园共有六株石榴，必须牺牲最小的一株。她汗流浃背地把整株石榴弄断，截出最粗的根部，又找了根弯曲的树枝，绑上草茎就像弓箭，固定另一根笔直的树枝。连续尝试十多次，耗尽整个下午，钻木取火才告成功。她用枯草落叶包起火种，小心地往里吹气，再用枯树枝做了个火堆。原始人的生存太不容易，人类活到今天或许真是偶然。

炊烟袅袅，烤麻雀好了，飘满略带焦味的香气，崔善相信自己烧烤本领一流。在金黄的麻雀身上咬一口，满嘴滚烫的油脂，舌头差点烫破，肉与细细的骨头进入胃中。不管晚餐还是点心，再来点盐与佐料就更完美了，是严重饥饿后的错觉吗？她心满意足地躺在地上，抚摸肚子里的胚胎……

没有梦见那只小鸟。

第四天，重新加固"箩筐"，捕捉到第二只鸟。不再是小得可怜的麻雀，弄死它费了更多功夫。但负罪感逐渐降低，好像杀死的不是一个生命，而是晚上饿了起来煎个鸡蛋。崔善喜欢比较生的那一面，仿佛在吃即将孵化的小鸡。

连续几天只能喝露水，快要渴死的时候，下雨了。她躺在地上张大嘴巴，疯狂地喝着雨水，带有某种奇怪的酸味，可能是大气污染。

水泥地面无法渗透，落水管道狭小，雨稍大些就会积水，崔善看到了一张脸——灰暗天空下的四堵墙，连同女人的脸，被乱糟糟的头发围绕，随着雨点不断被毁容又修复。她迟疑地摇摇头，张嘴吼了两声，水中的女人做出相同动作。

雨中倒影乍看像个女乞丐，衣衫褴褛，形容枯槁，跟《行尸走肉》没啥区别。她趴在这面易碎的镜子上，用雨水擦干净污垢，露出一张还算年轻的容颜。瓜子脸的下巴轮廓，长长的杏仁眼，久未修过的眉毛，暗淡开裂的薄嘴唇，滴着水的鬓丝。如果擦上粉底，打出眼影，抹上端庄的唇膏，会是一张漂亮的脸，掳获某些男人的心，无论他十五岁还是五十岁。

一脚踩碎地上的镜子，水花飞溅到眼里，混合汩汩的热泪……

忽然，水洼中掠过一个男人的影子。

崔善惊恐地尖叫一声，接着兴奋地回头看去，空中花园里并无半个人影，但在南侧墙头有个人影走动。

雨停了，那个人自顾自地走着，并未看到她。

"救命！"她声嘶力竭地咆哮，"喂！救命！"

然而，男人在故意装傻吗？他看上去四十岁上下，半秃的脑门，黝黑的肤色，穿着件灰色老头衫，背后充满着汗渍。

就是这个人把自己关在这里的吗？

虽然，看起来如此陌生，这种穿着打扮和形象，多半是个建筑工地上的民工，她却有些眼熟——从前见过这个人吗？

不管怎样，先要让他往下看啊。崔善继续狂喊，几乎扯破嗓子，似乎在高空表演杂技的家伙，还是无动于衷。

大叔，你是聋哑人吗？

他消失了。

尽管，她继续叫喊并捶打这堵墙，希望引来其他人，天空却再也没有被打破过。

她绝望地倒在地上，用后脑勺撞击墙壁，直到头晕眼花昏迷过去。

崔善用干燥的泥土与树枝，在水泥地上围了个水池，只有脸盆大小。又一场小雨过后，池子积满浑浊的水。沉淀一夜，就能洗脸洗头。她用细树枝做成简易梳子，清洗后的长发垂在肩上，像从浴室出来的女人。

每个早晨，饥肠辘辘，必须补充其他营养，蛋白质、碳水化合物……

她抓了一只硕大的蟑螂，闭上眼塞入嘴里。口腔与舌头充斥翅膀与六条腿的挣扎，她用牙齿拼命咀嚼咬碎。说实话，有些臭。她学会了用树枝引蚂蚁吃，而毛毛虫水分比较多，个别有甜品的味道。在地球上的某些角落，肯定还有人过着相同的生活。

想是频繁杀生的缘故，崔善被蚊子叮得厉害。她依然穿着黑色小碎花裙子，脏得不成样子，上下破了许多洞眼，露出敏感部位。浑身包括头发散着臭味——泥土里的粪便味，鸟的鲜血与内脏味，嚼烂后的虫子味，还有永远的汗酸臭。

居然还没生病，是天生异常健康？还是在这种绝境中，反而能提高抵抗力，克服各种风寒与邪毒入侵？崔善明显瘦了，腰和大腿细了一圈，也许掉了十几斤肉，不知道肚子里的胎儿还在吗？早上醒来感觉低血糖，有时突然晕倒，不知什么时候就死了吧？

偶尔躺在墙角休息，仰望各种变幻的天空，常看到一群排列整齐的鸽子，领头的是高贵冷艳的白鸽，跟着一群灰黑色的家伙。它们会停在墙头，发出咕咕的噪音，落下满地灰白的鸟粪。崔善并不关心它们是否漂亮，只想捉两只下来，按住鼻孔闷死。她抓住一只离群的鸽子，它也许忘了回家的路，在城市上空可怜地盘旋流浪，直到落入陷阱。吃鸽子，要比吃麻雀垫肚子多了，虽然不放血就吃很腥气。

漫漫长夜，只要稍微有力气，崔善就在水泥地上蹦蹦跳跳——当你被楼上的脚步声与各种动静吵得无法睡觉，容易引发邻里矛盾甚至报警。耳朵贴着粗糙的水泥地面，猜想底下住着什么人，小康的三口之家？有钱的单身贵族？租房的女白领？还是群租房？最糟糕是空着，或者囚禁着一个类似的女人，每天同样祈祷楼上的邻居下来救她。如果，这个笨蛋认定楼上是空房子，听到的一切只是精神分裂前兆的幻觉，她认命。

那个疑似聋哑人的家伙再没出现过。

第七天，她找到一块硬石子，在墙壁上刻了"7"。

第三章

第十天。

除了暂时没用的红底鞋，崔善身上最值钱的东西，就是锁骨之间的施华洛世奇链坠。天鹅形状的水晶，只有一厘米出头，乍看像安徒生的丑小鸭。

如果天鹅能飞，请把求救的信息带出去。

崔善可不想做鲁滨孙，在百尺之上的空中自生自灭。为节约燃料，所有捕获的猎物，连同毛毛虫与蟑螂，每天一次集中在黄昏烧烤，只要不下雨。其余时间她在昏睡，像做瑜伽，调整呼吸，减少消耗。她期盼能有个人出现，无论是来救她的好人，还是囚禁她的坏人。

"我的身材还不错，你要满足某种变态的欲望，就请下来吧，我不会反抗的，如果你能听到！"

几天前，墙顶上走过的神秘大叔，究竟是什么人？真是把她关进来的变态？还是大楼物业的管理员？抑或只是个有毛病的流浪汉？

清晨，他又来了。

崔善睡醒睁开眼睛，头顶一阵杂乱的脚步声，抬头看见那个家伙——绝不会认错的，依旧穿着破烂的老头衫，晃晃悠悠走到墙顶，太阳光晒着他半秃的脑门。

管他是不是聋哑人，崔善照旧狂喊"救命"，同时手舞足蹈，要吸引他的注意。

终于，对方颤抖着低下头。

他看到了崔善。

没错，目光说明了一切，神秘大叔露出异常惊讶的目光，伸手指了指她。

"救我啊！快点！"

当崔善以为即将得救，那个男人的双脚却已瘫软，从南侧高墙上坠落，径直摔在空中花园的水泥地上。

怎么自己下来了？想要占美女的便宜，也不用那么猴急啊！

崔善要把他拉起来，大叔双眼直勾勾看她，浑身抽搐，口吐白沫，喷出恶心的臭气，这是要一命呜呼的节奏啊！

"救命啊！"

她惊恐地退缩到庭院角落，也不知是要救自己的命，还是眼前这个死不瞑目的男人。

仰望南侧那堵墙头，依旧荒无人烟的天空。崔善想起自己也杀过人，索性大胆起来，摸到脚尖绷直的大叔身边。

他死了。

穿着灰色汗衫和脏兮兮的长裤，磨得发白的帆布跑鞋，鞋带都没系，大概有四十岁到四十五岁。个子矮小，虽然精瘦，胳膊却有肌肉，像电视上看到的泰拳手。

忽然，崔善横下心来，把手摸入死人口袋，却只有几张揉得烂烂的钞票，还有半沓擦屁股纸，就是没有她盼望的手机。

这个人的死，对崔善毫无意义，反而增加了一具尸体的污染——天哪，这下还要伺候死人，该给他擦防腐剂还是解剖变成木乃伊呢？高温潮湿多雨的季节，说不准没几天就腐烂了，尸体孵化出蛆虫，再变成几百只苍蝇……

一想到可能要陪伴腐尸睡觉，度过整个漫长的夏天，崔善就不寒而栗。

她不是法医，不敢再碰尸体，也不知对方是怎么死的，总不见得是摔死的？死者头部没什么伤痕，几乎没流过一滴血，显然在坠落下来前，已有了某种致命原因。突发心脏病猝死？还是误以为她是个女鬼而被吓死？

抑或——他死于谋杀？

而这个人的死，与崔善有没有关系呢？否则，他为何要死在这个地方，死在她面前？

再度强忍着恐惧，仔细辨认这张脸，脑中掠过大片白花与黄花，有个半秃头的中年男人，以奇怪的目光盯着她……

想起一个多月前的葬礼，程丽君的追悼会，崔善怕被发现而急着离开。在殡仪大厅外的花圈背后，她见过这张毫不起眼的脸，尤其他光光的脑门和眼神。

这不可能是巧合。

如果，就是他把崔善关进来的，那么这个家伙的死亡，也就意味着，世界上再也没有第二个人可以把她放出去了？

整个酷热的白天过去，暴露在阳光直射下，尸体的面色明显发黑，不晓得在哪个部位会出现尸斑？她已闻到异味，苍蝇飞到尸体上产卵，驱赶也是徒劳，是楼下地面飞上来的吗？如果，这样的恶臭能引来别人，倒也是件好事，前提是她还能活到那时候。

黑夜，耳边重新充满噪音，楼下的喧闹歌声，伴着连接音箱的吉他——"如果还有明天／你想怎样装扮你的脸／如果没有明天／要怎么说再见……"

竟然记得这首歌，据说世界末日的那天，她在钱柜狂欢时唱过，真的感觉明天就要死了。

你想过自杀吗？

崔善异常疲惫，强迫自己睁大眼睛，看着月光，千万不能睡着，身边躺着一具正在腐烂的男尸。她不是恋尸癖，却在想象许多恐怖片的场景：空中花园的活死人之夜，死者复活如行尸走肉，吞噬所有活人……

与尸同眠。

她下意识地把裙摆拢得更紧些，免得把内裤暴露给死人看。她更害怕的是正在怀孕，鬼魂是否会投胎到她肚子里？传说亡灵转世总是寻找最近的胚胎。

各种各样的噩梦之后，天已大亮，只感到浑身骨头与关节酸痛。真想抽自己一耳光，怎么没坚持住就睡着了？崔善向庭院正中看去，男人的尸体不见了。

她瞪大眼睛四处寻找，扒开石榴树下的泥土——昨晚被自己埋了还是饿极后吃了？

直至挖掘到水泥地，除了一些零星的鸟骨头，什么都没发现。

难道他没死？

不可能，昨天大叔都开始腐烂了！有人把尸体运走了？真是太可怕了……

还是，所有发生的一切都只是幻觉，就像无数部的国产惊悚片的结尾？

崔善猛吸了吸鼻子，闻到淡淡的腐臭味，趴到昨晚尸体所在位置，依稀可见一圈尸液，仿佛将人形烙在水泥上。

不，确实有个人死在她面前，却在凌晨莫名其妙消失。

她惶恐地退回到角落，抱着肩膀不敢想象下去，感觉触摸过尸体的皮肤好脏，很想要洗个澡，管他有没有热水。

这个乞求很快应验了。

下午，刮起大风，雨点密集打到身上，两三分钟已淹没脚踝，海浪般一层层卷过。

这不是普通的大暴雨，而是——台风！

闭上眼睛，迎风敞开双手，如某部电影的海报。砸在脸上的狂风暴雨，一刻不停地倾泻，将她猛烈推倒，就要剥光仅剩的衣裙。

水面从小腿肚子，涨到膝盖，又没过腰际——下半身浸泡在水中，腹中隐隐绞痛。贴着墙壁才能有些倚靠，淹到胸口了，她大口呼吸，嘴里全是雨水，似乎鼻孔里和肺叶里都是。

一两个钟头，水已淹过脖子，漂浮树枝与落叶。她本能地蹬起双脚，双手划动，拨开污浊之水。黑压压的夜雨，不知脚下有多深，如果没有游起来，恐怕活活溺死在水底了。

漂浮在水面上的她，随之而逐渐升高，竟然越发接近墙顶……

老天，这场台风与暴雨是来救命的啊！

拼命伸手去抓墙顶，即将爬出去时，狂风掀起一个浪头，把崔善打落到水中。

不小心呛了口水，几乎沉没到底，像被落水鬼抓住脚踝。眼前浑浊不堪，如充满羊水的子宫，却没有一丝温度。她浮出水面，大口咳嗽，本能地向墙边游去，雨势却逐步减小了。

再也抓不到墙顶。她虚弱地踩着水，眺望最近的那栋高楼，顶层某扇亮着灯的窗户，白色炫目的光，隔着高空无数尺的雨点。

水面正在绝望中下降，离那扇窗与光渐行渐远，大雨变成细雨，黑夜像巨大的帐篷，将她围困在狱中。

脚踩到地面，雨停了。

清晨，空中花园的积水才排去。腿上有几道伤口，不知被什么锐利物划破。她整夜熬着通红的眼圈，担心不知不觉晕倒，溺死在浅浅的水洼中。

台风过后，满目狼藉，涂着一层薄薄的泥土，无数碎枝与枯叶。辛苦建造的洗脸池荡然无存。许多东西被吹到天台上，包括一大片塑料布，可能是哪个建筑工地上的。为什么不吹来个手机什么的？就可以打110求救了。

下午，又开始下雨——如果将落水管道彻底塞住，就能迅速建造起一个游泳池，借助浮力而逃生。

崔善趴到落水管道前，找来一堆杂物堵死，积水如在塞住的浴缸中上升。不过，这场雨始终没像昨天那样狂暴，淅淅沥沥下了几个小时，水面始终徘徊在膝盖上下。

无法忍受满地臭水，还混合了排泄物，没饿死之前先会被熏死。她找了两根细长树枝，塞进落水管道疏通。看着螺旋形下降的漩涡，想起某部希区柯克电影。

还想清理灾难后的空中花园，让自己活得更像个人而非畜牲，但她太虚弱了，总是间歇性昏迷，倒在湿漉漉的墙脚下。

忽然，大腿上流过一片温热液体，连弯腰去看的力气都没了，只能用最近的那只手，蘸着黏稠的东西放到眼前，只见深暗的血红色。

崔善意识到自己正在经历人生的第一次流产。

黑色鲜血流满整个庭院，引来无数蚂蚁——是来吃她的孩子的。

男孩还是女孩？

每个女儿碰到这种时候，都渴望妈妈来照顾自己，为什么不来救我？

泪水顺着脸颊滑到嘴里，咸得发苦，像身体里的血，沿着瘦弱光滑的小腿，从脚趾尖滴落泥土，不知道会是什么滋味？实在渴死的时候，去尝试喝一喝这禁忌的血？

他（她）死了，确凿无疑死在这座监狱，年龄是八个星期，体重等于鲜血与尘埃。

崔善流不出眼泪了，像一部沉睡的机器，浑身零件都锈蚀了。下半身流血，上半身发烧——脑袋几乎要被烧穿，四肢却冰冷，如雨后疯狂的蚂蚁，无孔不入地钻进皮肤和骨头。

暗红的鲜血，似乎即将流尽，带走生命。一只苍蝇，嗡嗡地围着她的脸飞，连挥手驱赶的力气都没有。苍蝇在鼻孔产卵，很快蛆虫会爬满腐肉，小鸟和老鼠会把她当作早餐，而非相反。

第四章

第十五天。

人死以后，如果心有不甘，就会存着尚在人间的妄念，行尸走肉般游荡在世上，直到遇见亲人而无法对话，甚至看到自己的尸体，才会恍然大悟化作一团烟雾消失。

崔善在空中监狱醒来，眼前是一个塑料袋。

流产之后，连续多天的高烧，酸痛的关节，特别是小腹深处的绞痛，提醒自己还活着，包括这突如其来的异物——塑料袋上印着某个药房的 logo。

手指还能挪动，吃力地打开袋子，却是一小瓶矿泉水，还有五花八门的药，每板都有十几粒胶囊或药片。

大概是高烧产生的幻觉，眼前各种神仙显灵……她轮番向上帝、佛祖、圣母玛利亚、唐僧、孔子、观音菩萨、黄大仙祈祷，朝秦暮楚极不虔诚，能选至尊宝吗？

但她毫无疑问地看到：药板背面印着阿司匹林、扑热息痛、感冒通片、银翘解毒片，还有头孢拉定胶囊。

战栗着撕开药片和胶囊，大口吞咽进喉咙。几天没有饮食，吃药都很困难。费尽全力拧开水瓶，极有节制地放到唇上，一点一滴喝下去。西药中药还有抗生素，通过食道，在胃里慢慢溶化。下半身还在流血，她躺着节省最后一点体力，在药片发挥作用前。

唯一的运动在脑子里——谁把药和水放到她身边的？至少，不可能是风吹进来的。

有人发现了她？为什么不救人？是囚禁她的人吧，其实每天看着她，当她要死的时候，才会送来补给品——还是，这些不是救命的药，而是来提前结束痛苦的毒药？如果想要杀她，有一百种更方便更残酷的小法，下毒最无聊了。

高烧似乎消退了点，矿泉水分成十二次喝光，按时吃了两次药。

但她快要饿死了。

脸上起了一层厚厚的白屑，油腻的额头爆出好几颗痘痘，眼角差不多要生出皱纹。半个多月没擦过任何护肤品，现在可以直接去演贞子。

崔善很想在死以前，吃到一口天鹅肉，小时候听爸爸回忆起过那种美味……

次日，身边又多了一个纸袋，装着两大块新鲜的面包，还有一小瓶水。

这不是做梦。

拧开瓶盖灌了几大口，像沙漠里的倾盆大雨。她小心地将面包放入口中，刚开始完全无力咀嚼，隔了好几分钟，舌尖才分泌出大量涎液，帮助牙齿撕碎溶化食物。等到面包和着水进入食道，虚弱的胃包有了充实感，这才开始狼吞虎咽。

不要难过，不要哭，会有的，都会有的，面包会有的。

难道是爸爸？

吃完这辈子最香的早餐，饥饿感还没退去，但是崔善确信，投送来药和食物的那个人，至少希望她活下去。

他（她）是谁？

接连三日，每个早上醒来，眼前都会出现个袋子，永远是一瓶水与大块面包。

劫后余生的庭院，她独自野蛮生长，一如风吹草长的野蒿们，随着泥土散布到各个角落。等到所有药片吃完，体温已恢复正常，她猜的。虽然，下半身还在流血，早已染红双腿，但量小了许多，腹中疼痛也在缓解。吃多了蟑螂，她有了跟小强一样的生命力。

眺望最近的那栋高层住宅，矗立在西侧墙壁之外，三十或二十九层的某扇窗户。她用双手捂紧胸口，以免破烂的衣裙暴露胸部。忽然，她挥舞空水瓶，挑衅地伸起左手中指。

喂，希望你能看到！

崔善修复原来的洗脸池，制作陷阱与钻木取火工具。又一只鸟被捕获，可以早上吃面包，晚上吃烧烤，荤素搭配，不至于依赖那个混蛋。利用被台风刮到空中花园的塑料布，她做了一个简易雨棚，用树枝撑在墙边，既能躲避风雨又能遮阳。她为自己铺了层干草垫子，不必直接睡在水泥地上。树枝在减少，幸好野草还在疯长，否则很快会烧光。她开始整理空瓶，收集雨水和晨露。

捡回一条命后，她再也不敢睡觉，熬了一整夜，瞪大眼睛仰望墙顶。也许，不知哪里会伸出一张脸，俯视可怜的囚犯，如同野猫爬下来，无声无息地走过脸颊边⋯⋯

第五章

第二十天。

当眼眶通红而流泪，露水打湿头发，太阳投到脸上，崔善看到了一架直升机。

这辈子见过最小的飞机，几乎没有声响，倒是螺旋桨转得飞快，异常平稳地接近楼顶。

跳起来狂喊救命，直到距离四五米的高度，才看清它不过是个航模，算上头顶的桨叶展开也才一尺多。

直升机航模有个小钩子，半空中挂着大大的纸袋，看起来还有些力量。飞到接近墙顶的高度，钩子灵巧地自动打开，袋子准确坠落到她脚下。

捡起袋子的刹那，迷你直升机已拉起飞走。她茫然地在空中花园里乱转，从一堵墙跑到另一堵墙，想要看到这家伙是从哪里来的，头顶还有没有人。

喘息着坐倒在地，一夜未眠的眼皮，再也无法支撑，肚肠也是辗转万千。打开空降的袋子，果然是水和面包，竟有几分眼熟。心急火燎地大口吞咽，尝出是 85 度 C 的小牛角。

等到吃得一点都不剩，就连手指尖上的面包屑也被舌尖仔细地舔去，才发现袋子底下还有一张纸。

是普通的黄色便笺纸，别着一支小小的圆珠笔。

纸上只有三个字，写得工整规范——

你是谁

本能地抓起那支笔，右手却剧烈颤抖，看着这几个字，又抬头看监狱的四面墙，还有遥不可及的天空，那栋最近的高楼。

他（她）都不知道我是谁？不，他（她）在玩猫鼠游戏，就像每天送来食物却依旧把人关着一样，用各种方法羞辱和玩弄，就像人们跟宠物狗握手，让小猫在地上打滚，其实它们根本就很厌恶。

很多天没碰过笔，感觉连字都不会写了，崔善在便笺纸的背面，一笔一画地反问——

为什么把我关起来？

她的笔迹工整而娟秀，还想再多写些什么，比如："你又是谁？""请你放我出去，保证不会报警。""你想要什么？我都可以给你！"……

终究一个字都没添，她把这张纸攥在手心，唯恐被风刮走被水溶化被泥土弄脏。

坐回泥土脸盆前，昨天的细雨积起水洼，尚算清澈，用手掌捧水洗脸，除去耳根与脖子的污垢。满头长发浸在水中，顾影自怜。她只觉得好多天没刷过牙，似乎闻到一些口臭，破坏了美好的情调。

耐心地等到第二天。

清晨，睁开眼睛，停在面前的不仅有面包和水，还有迷你直升机。

崔善抢先抓住它，牢牢抱在怀里，大约有台 iPad 一代的重量，表面刷着黑漆。机舱内有个小人，更像孩子的玩具。内部的马达是金属的，顶上三片螺旋桨薄而坚硬。航模里没有电池，显然是充电的。

来不及吃宝贵的早餐，她把昨天写的便笺纸，塞到机舱里的小人身上。检查舱门，确认有暗扣，不会掉出来。她把航模放在空中花园中央，仿佛楼顶的停机坪。退到最近的墙角底下，依然目不转睛地盯着它。

半分钟后，螺旋桨开始迅速旋转，带着直升机平稳地升起，越过西侧墙顶，向着最近的那栋高楼方向飞去。

直升机在空中消失成小点，崔善能看到的对面最顶上的四层，至少有二十扇窗户，无法判断哪些敞开哪些关着或者哪些只开了一道缝。

去死吧！

对不起，你不能死。如果你死了，那我也死了。请你好好活着，等我自由的那一天，我会杀了你。

一天一夜，在焦虑中度过，猜测会得到怎样的答案。

崔善在黎明前醒来，清醒地仰望微亮的天空，直到被那架黑色的航模戳破。

迷你直升机进入空中花园，螺旋桨放慢速度，近得可以看清转动，像个外星武器停在地上。取下面包和水，足够她吃两顿了，有心减肥的话能撑全天。

机舱里有张全新的便笺纸。还是那个人的字迹——

你是谁

靠，总是明知故问干吗？

先抓紧时间填饱肚子吧，今天的早餐量特别大，想必还包括了午餐。

她喝着水向西边高楼挥手，意思是直升机可以起飞了。

但它没动。

出了什么问题？靠近它，螺旋桨转了几圈，刚离地几厘米，便又稳稳降落。

他（她）在等待答案，要是不写纸条，大概会一直停在空中花园。

取出前天送来的笔，她果断写上一行字——

我叫崔善，不是坏人，半个多月前，我被强盗关在这里，请放我出去，我发誓，定有重谢！

纸条被迷你直升机带走之前，她又把自己的身份证号码写在了最后。

第六章

第三十天。

对面的人会来救我吗?

清晨,六点半。

迷你直升机来到空中花园,崔善突然抓起一根长长的树枝,像RPG火箭弹命中直升机。

黑鹰坠落。

她如灵敏的野猫,将航模扑在怀里,也不怕被螺旋桨伤到。面朝最近的那栋高楼顶上,充满敌意与挑衅目光,但她没愚蠢到把航模砸了,而是拿起圆珠笔,在直升机底部的标签纸上写了一行字——

我要一件新衣服

然后,崔善把它放在地上。螺旋桨带着黑色航模升空,离开危险的摩加迪沙。

隔了两天,迷你直升机第一次出现在黄昏,半空扔下个大纸袋。

她收到了礼物。

一件女式睡袍,中间有条腰带,下摆恰好遮住膝盖。摸上去面料还不错，应该是全棉的，秋天应该很暖和吧。不过，这款式看起来土得掉渣，粉红底色之上，布满蓝色的小熊维尼，刚进城打工的保姆也不会这么穿吧？

女仆什么的最讨厌了！

躲在无法看到的墙角，脱下破裙子，用瓶里的水冲洗身体。赤裸皮肤，冷得起鸡皮疙瘩，深深的羞辱感。好像，那双眼睛从未离开，躲在空气深处，看她敏感部位。更远的摩天大楼，玻璃幕墙发出血色反光，窗后的白领与高管们，会不会围在圆桌前，捧着卡布奇诺或拉菲，无论男女眉飞色舞，轮流在望远镜中评点女奴的表演？可惜，她太瘦了，骨感到连胸都快没了，大煞了风景。

穿上他（她）的礼物，崔善用带子系在腰间，身体紧贴纯棉的温暖，第一次有了微弱的安全感。回到庭院中央，故作优雅姿态，舞者般脚尖点地转身。这是最基本的礼节，尽管很想把他（她）杀了。

你觉得这身衣服好看吗？白痴，丑得要命！

睡袍口袋里还藏着什么？

掏出来却是牙刷和牙膏，崭新的没拆封过。崔善挤出小抹牙膏，擦在可能发黄的牙齿上，对着最近的高楼顶，咧开嘴巴大笑。

原来的内衣裤扔了，早已脏得不能再穿，浸满流产的鲜血，容易引起细菌感染。现在习惯于真空穿睡袍，无拘无束，有时暴露在光天化日下，放肆地敞开身体。

当墙上的数字刻到"39"，给她运送食物的航模机舱里，多了一支小小的录音笔。

底下附着纸条：**"说说你的童年吧。"**

玩什么禁闭与审问游戏？她攥紧了录音笔，只说一句："变态去死！"放到耳边听了几遍，只觉异常刺耳，茫然地看着对面高楼，不知该说些什么。童年？

整个白天，她都对着录音笔发呆。当高空陷入深夜喧嚣，崔善躺在薄薄的干草堆上，看到了那只猫。

既有老鼠出没，必有野猫捕食，人类不再处于食物链顶端。一双绿幽灵般的猫眼，在墙顶注视她。月光抚摸白色皮毛，丝绸般反光，尾巴尖烧成火红斑点。它跳进空中花园，姿态撩人地趴着，宛如贵妃醉酒后披了一袭白貂裘。猫脸像古墓壁画中的女子，因漫长岁月而褪色变形。她不能轻举妄动，稍微挪下手指，甚至某个眼神变化，都足以令其消失。

崔善认识这只猫。

不要轻易给小动物取名，一旦叫惯名字，便有了亲人般的感情。它的妈妈是只白色大猫，终日在幽静的庭院中晒着太阳，它的爸爸则是只精瘦的斑纹野猫，每夜流浪在垃圾桶与餐厅门口。猫绝不是忠诚的动物，总想着逃出家门，在黑夜树丛中寻找刺激。它肥硕温顺的妈妈也不例外，墙外一声刺耳的猫叫，就让它心旌摇荡地蹿出去。在公园长椅脚下，绿化地的冬青丛中，贫民窟的瓦片上，放纵地彻夜交配。此起彼伏的尖叫声，让即将高考的学生们难以安睡。有个考生家长把毒药塞在咸鱼肚里，贪婪的公猫一命呜呼。

两个月后，一窝小猫来到这悲惨世界。主人不喜欢这些小家伙，嫌弃它们是不忠又淫荡的老猫带回来的野种，更怕跳蚤之类脏东西。小猫依次死去，每次都让母猫哀嚎整夜，所有奶水留给最后的幸存者——它有着近乎纯白的皮毛，尾巴尖上火红似的斑点，这是它爸爸的唯一痕迹。等到它不再依靠母乳，却被主人送走。母猫被关在小屋里，将墙壁与家具抓得千疮百孔，猫眼隔着玻璃窗，看着孩子被菜篮子装走。三天后，老猫饿死，猫碗里的穿条鱼完好。

小猫被转送了好几次，差点做了猫肉煲，在街头漂泊一年，终究无法捕食到老鼠，因打架而遍体鳞伤，遭到中华田园犬追逐险被咬死，经常连续挨饿多日，几乎冻死在积雪墙脚下。

一个小女孩发现了它，将瘦弱不堪的猫抱在怀中。猫骨头很轻，又圆又滑。手指穿过它的胯骨，搂住苗条的腰身。它没有任何惊慌，沉静优雅地蜷缩，鼻孔里喷出的热气，与人的呼吸混杂在一起。它真热，小女孩有些出汗，反而把它抓得更紧。它越发温顺，为了躲避寒冷，顺势用两只前脚搭住女孩肩头，收缩爪子，让她抚摸脚掌心几块软软的肉垫。小女孩大胆地抚摸它全身，从两只薄薄的耳朵到透过长毛纤细可人的脖子，从两排轻灵的猫肋到变化多端最不顺从的尾巴，并不顾忌流浪的污垢与异味。就像抚一把古桐琴，小女孩抚遍了它身体的三匝，就差在猫唇上轻轻一吻。

小白，我们从小就认识，不是吗？

它幸运地有了新主人。小县城里的一户人家，底楼天井种着花草与藤蔓，夏天结满葡萄，简直是猫儿的乐园。它没像妈妈那样红杏出墙，而是乖乖地守在庭院中，每夜瞪着猫眼驱赶硕大的老鼠。小女孩快要读书了，很少有六七岁的女童，像她那样留着茂密的披肩长发，如同日剧或港片里的漂亮女生。她很乐意接受这些夸奖，但更喜欢与小动物相处，她相信自己与小白是青梅竹马，甚至是上辈子失散的恋人。

然而，小女孩的幸福像猫尾巴上的绒毛般短暂而易逝。七岁生日过后不久，爸爸有一晚喝醉了酒，在麻将桌上赌输了几万块钱，回到家看到他的新鞋子里有团猫屎，便怒不可遏地抓起猫尾巴，将它整个身体抡在半空中，重重地砸到天井墙壁上。

猫仅仅惨叫了一声，熟睡中的小女孩惊醒。当她慌张地跑出来，才看到小白的脑袋被砸烂了，各种颜色的脑浆涂在墙壁与泥土上，月季花的叶子全被染红，只有猫腿与尾巴还在抽搐，直到彻底僵硬冰冷……

突然，被囚禁在高楼之巅的崔善，没来由地抱头痛哭，心像被浸泡在盐水中，似乎浑身都被撕碎，脑浆砸得飞溅四溢。

她的第一只宠物是被爸爸杀死的。

月光愈加凄冷，不知道几点钟了，凌晨两点？空中花园里转世投胎的猫，被崔善的哭声惊得打战。一眨眼，尾巴尖扫到她的腿肚子，热热的，毛茸茸的，很痒。它在石榴花墙上无影无踪，仿佛一跃跳下高楼的错觉。

记忆，像黎明的天空幽光，每一秒都越发明亮，近乎透明的宝蓝色，静得如同世界尽头。

她想起了爸爸的脸。

一张还算不错的、有几分英俊的脸，个子消瘦而挺拔，高而细直的鼻梁，不大但很锐利的眼睛，颇为吸引异性的目光，包括女儿。

伸出手，在空气中触摸他的嘴唇与下巴，面孔的轮廓如此真实，他那热烘烘的呼吸扑面而来，伴随酒精与烟草味。

崔善读小学前，更喜欢爸爸而非妈妈。

老家的县城郊外，有条宽阔的流花河，偶尔有野天鹅出没。三十年前，当她还没出生，候鸟迁徙的深秋，有个猎人意外发现一只天鹅，隐身在河滩的苇丛中，开枪将它射杀。天鹅肉分给附近村民吃了。那年爸爸刚从部队退伍，从乡下亲戚手里，好不容易买到大半斤天鹅肉，带回家腌制成风鹅，储存到过年的餐桌上，全家人吃得终生难忘。

爸爸当过三年兵，在老山前线的猫耳洞，但从不承认杀过人。战争让他学会了野外生存，没有任何工具，赤手空拳用树枝野草制作陷阱，每次能捉住十几只鸟。

在流花河边的荒野，崔善跟着他学会了钻木取火，她亲手杀死猎物，清洗小鸟内脏，放到火上烤成新鲜野味——爸爸就用这种方式把小白吃了。

他说他爱吃猫肉，真的不酸。

这辈子，只要再闻到那种味道，崔善就会呕吐。

七岁那年的夏天，爸爸杀死她最心爱的猫，全家离开小县城，去了那座海边的大城市。

从此以后，她恨爸爸。

并且，怀念小白。

直到现在，她还觉得，猫是一种会死而复生的动物。她的小白并没有死，随时可能回到身边，或在某个夜晚趴在窗外看着她，放射幽幽的目光。可是，将近二十年过去，再没看到过任何相同的猫——全身白色唯独尾巴尖上有火红斑点。

被关在空中花园的监狱，她才发现猫真的会重生，过了奈何桥，渡了忘川水，喝过孟婆汤，还记得我吗？

第七章

第四十天。

关于童年，我想从十岁说起。

小学三年级，我还穿着白裙子，脑后扎着蝴蝶结，想起来真是土得要命。我就是你们所说的外地借读生——虽然，我不在这里出生，但我会在这里死去。

有个双目失明的老头子，大家都说他是半仙，成群结队来找他算命。妈妈把我拖到他家，我很厌恶那个地方，烟雾缭绕，充满恶臭。妈妈的手心冰冷，我总想把手抽出来，却被紧紧抓着。瞎子半仙算着我的生辰八字，摇头晃脑说了半天，结论是我的八字凶险异常，会把全家人克死。妈妈听了寝食难安，拜托半仙给我换个名字改改运势。瞎子开价一万元，爸爸说他是个骗钱的货色，何况我们户口还在老家县城，要回去改名字很难，要花掉更多的打点费用。

最终，我还是叫崔善。

此后三年，妈妈始终担惊受怕——果然，瞎子半仙的预言成真了。

十二岁的夏天，我刚从北苏州路小学毕业，即将读初中预备班，爸爸出事了。

爸爸叫崔志明，每晚都在喝酒，永远叼着一根烟，在我眼前飘满蓝色烟雾，以及尼古丁的味道。烟灰缸总是满满的，地板上也全是香烟屁股与烟灰。有件妈妈给我买的新衣服，被他的烟头不小心烫出个大洞，我心疼地哭了两天。

爸爸死在一场大火中，尸骨无存，也有人说他是自杀的。

死讯传达的那晚，我来了初潮。

现在，我还能准确回忆起那晚的疼痛。而对于爸爸的死，我并不悲伤。

那时起，我告别了童年。

我的初中在五一中学，因为给老师送了重礼封住嘴巴，没让同学知道我的秘密。爸爸死后，我和妈妈相依为命，担心她会带我离开这座城市。毕竟县城里还有老宅和爷爷奶奶。虽然，魔都的房租一年年上涨，家用开销像无底洞，常有人上门讨债，但妈妈奇迹般地活了下来。我们的生活费以及我的学费，全靠她做钟点工的收入。我早早学会了这里的方言，谁都看不出我的小县城出身。只要开口问妈妈要，我就有足够的零花钱，第一时间买到女孩们最时髦的东西。那时我很瘦，胸部却发育得早，让许多要么过早肥胖要么发育不良的女生羡慕。我留着乌黑长发，雪白的皮肤，目含秋波，常有人说我像玩偶娃娃。

初二开始，有男生给我传纸条，毫无例外都被拒绝。现在我很后悔，没挑选他们中的某个，好好谈一场早恋。我大概伤过许多人的心，比如把纸条在班级里展示一遍，当众羞辱暗恋我的胖墩儿。又比如说好了一起看电影，却跟女生们去看漫展了，让谁在影城门口空等了一晚。

我对同学们说谎——我的爸爸是个大校军官，经常下部队指挥好几个师。我又说妈妈是做生意的，总在国外飞来飞去。有闺蜜提出想来我家玩，但我说家里门禁森严，爸爸藏着军事机密，不能让外人进来。久而久之，我变得心安理得，仿佛一天不说谎话，就会浑身不舒服。我甚至幻想这些都是真的，简直自我催眠。

妈妈的姓氏很稀罕：麻。我想她小时候常被人嘲笑：麻皮、麻风病之类的。

她还有个特别通俗、一度时髦、许多中老年妇女都有过的名字——红梅，也是我们老家县城男人最爱抽的香烟的牌子，那味道让我从小受不了。

妈妈说过自己名字不好，带个"梅"字，自然一辈子倒霉了。

麻红梅。

听着，已经告诉你这么多了，我想知道这是什么地方。

我还要些卫生棉和卷筒纸，这个小小的要求你应该可以做到的。

暂时先想到这些，等我收到这些以后，再告诉你后面的事情。

等你！

她放下录音笔，蜷缩在干草堆里，看着清晨的太阳。刷牙洗脸完毕，水池里形容枯槁的脸，还有几分少女时候的样子，干草堆上却还渗着鲜血——流产以后无法停止。

第二天，崔善的要求得到了满足。

迷你直升机带来一个大袋子，先是有张白纸写着四个字——

巴比伦塔

What？

忽然，崔善想起来了：自己来过这个地方？

但对她来说更重要的是，袋子里还装着卷筒纸、大宝SOD蜜、雅霜雪花膏、美加净保湿霜，最后是几包脱脂棉——白痴！她确定对面那个是男人，他连卫生棉是什么都不知道！

看到这些廉价的国产护肤品，虽然以前没怎么用过，但她小心翼翼地打开一瓶，贪婪地闻了闻香味，抹在脸上觉得也挺滋润。她专门辟出一个角落，用树枝搭了个小窝，把这些护肤品都收藏起来，免得被什么动物弄坏掉。

她很感激那个男人。

第四十九天，中国传统玄学里具有特殊意义的日子，月亮明媚，圆得让人措手不及。

算了算日子，八月十五？

想不起上次中秋节怎么过的了，许多人在窗口看月亮吧？就像对面楼顶那些窗户，他们能看到崔善吗？她继续躺在墙脚下，任由月光覆盖额头。

昨天，迷你直升机带来了一盒月饼。

崔善从没喜欢过月饼，总是嫌它们太甜，但这仍是个惊喜，总好过一成不变的面包。她贪婪地吃掉半盒，把剩下的捧在手里，等待明天再慢慢享用，还得防着被老鼠偷吃。

秋老虎过后，就要降温了。睡袍难以抵御后半夜的凉风，何况在露天楼顶。干草垫子底下的水泥地，恐怕更难将息。崔善决定晚上不睡了，白天躺在墙脚下晒太阳。

醒来后的傍晚，身边多了条厚厚的毛毯。

中秋夜，响彻晚高峰的噪音，却没看到那台航模——趁着她熟睡时放下来的？难以置信地抚摸毛毯，足够把整个人盖住，温暖而柔顺，有多少羊毛成分？

谢谢你，主人。

毛毯里裹着一支录音笔，就是上回送出去的那支，原来的录音已被擦掉了。

崔善缩在羊毛毯的深处，听着楼顶呼啸的风，居然感觉到了幸福。虽然，从没见过那张脸，也没听过他的声音，但跟囚禁自己的那个人，竟已朝夕相处了那么多天。

她想给对方起个名字。

想了半天，最后落到一个最简单的——X。

其实，她最先想到的是个大叉。

X，晚安。

第八章

第五十天。

空中花园的石榴树结了果子。

崔善的指甲镶嵌着泥土与污垢，好几次划破了脸，但摘石榴很方便。高楼顶上的果实小而坚硬，一颗颗放入嘴里，酸得几乎掉牙。但她强迫自己吃光，否则会被鸟叼走。吃剩的石榴子被埋入泥土，明年会生根发芽吗？石榴果实的诱惑，增加了猎物。昨天抓到三只小鸟，杀死可怜的小动物前，照例先说对不起，祈求它们的灵魂保佑自己逃出去——要求是不是太多了？可忏悔是真诚的。

迷你直升机载着面包与水，降落在水泥地面。她打开半寸宽的机舱，看到一枚小小的指甲钳——知我心者，变态也。

很开心收到这样的小礼物，简直是闺蜜级别的。

午后，楼下响起麦克风，有人在介绍某某高中，领导讲话，咒语念经似的。接着是许多合唱歌曲，有的男女混声合唱还挺好听的，有的简直五音不全。

记忆如潮汐归来，不可阻挡地涌过堤坝——十年前，南明路还有些荒凉。南明高级中学，围墙两边是工厂废墟，多年前是有名的公墓，阮玲玉就曾埋葬在那片地底。同学们盛传各种灵异说法，包括学校图书馆——常有人从宿舍窗户里，看到子夜阁楼亮起神秘烛光。南明高中是寄宿制重点学校，崔善的中考成绩相当出色。妈妈用尽各种方法，花光所有积蓄，可能还陪某些人睡过觉，终于让女儿获得户口，才有机会在这儿读书。

她蜷缩在石榴丛中，依稀见到一个男人。他丝毫没变老过，戴着金边眼镜，梳着整齐头发，宽肩与修长的身材，总能把休闲西装撑得很好看。就像第一次见到他，南明高中的操场边缘，她抛下几个纠缠的男生，躲藏在蔷薇花墙后，胸中小鹿怦怦乱跳，嘴里充满薄荷糖的味道，十六岁生日那天。

容老师。

他竟也来到空中花园，腋下夹着教案，拿起粉笔在墙上写字。水泥颗粒粗糙了些，却是天然的巨大黑板。容老师的笔迹潇洒，每天放学后，他带着崔善单独练钢笔书法，才给了她今天一手清秀的字。此刻，他写的是高中语文课本里的《诗经》——

氓之蚩蚩，抱布贸丝。匪来贸丝，来即我谋。送子涉淇，至于顿丘。匪我愆期，子无良媒。将子无怒，秋以为期。乘彼垝垣，以望复关。不见复关，泣涕涟涟。既见复关，载笑载言。尔卜尔筮，体无咎言。以尔车来，以我贿迁。桑之未落，其叶沃若。于嗟鸠兮，无食桑葚！于嗟女兮，无与士耽！士之耽兮，犹可说也。女之耽兮，不可说也……

居然写满整面墙壁，他手中的粉笔却未曾减少。

"老师好，我是崔善。"

闭上眼睛，感到他停止板书，干裂的嘴唇湿润。一只手搂紧她，瘦弱的充满骨头的后背。崔善也抱住他，隔着男人的西装，还有他嘴里的热气："莫失莫忘，仙寿恒昌。"

她像融化的冰块，脸颊贴紧他的肩膀，不敢睁开眼睛，害怕多看他一眼，就再也不能见到。

"不离不弃，芳龄永继。"

一觉睡醒，天已昏黄。她轻轻触摸那堵墙壁，希望能找到残存的《诗经》，哪怕只是一个淡淡的笔画。

错过下午的捕猎，崔善啃着早上剩下来的半块面包，喝完矿泉水瓶里的雨水。

然后，她抓起录音笔，说出八年前的回忆——

学校图书馆的午后，星期六，宿舍里都没人，窗外的操场静谧得可怕。春天的花瓣不时飘到玻璃上，四周弥漫旧书腐烂的气味，还有老师体内散发的男人荷尔蒙。我是有多么迷恋那种味道啊，深深地把头埋在他怀里，想把自己打碎贴在他身上。他打开笔记本电脑，看杜拉斯小说改编的电影《情人》。

我的第一次，给了高中语文老师，也是我们的班主任，这个沉默时很像梁家辉的男人。

但是，容老师已经结婚了，在我成为他的学生之前。

那是高三的下半学期，高考前夕，我想要嫁给他。这个三十二岁的男人未置可否，他只是跟我一同沉溺于每个周末，在空无一人的图书馆的桌子上。

我的成绩一落千丈，妈妈把我关在家里不准出门，强迫我突击复习半个月直到高考。

走运的是，最终总分不算太差，我考上了本市的 S 大学。

然而，那个炎热的暑假，当我再找到容老师，却发现他已有了新女朋友——年龄看起来比我还小。

这个男人让我滚，永远不要再来找他，否则让我一辈子完蛋。最让我无法接受的是，他还骂我是个小淫妇，是我主动勾引了他。

农历七夕的那天，我爬到自家的楼顶，决定从那上面跳下来。我竟然天真地以为，这才是我惩罚他的最好的方式。

妈妈从背后抱住了我。

我活了下来，后来却时常埋怨妈妈——为什么不让我跳楼死了，还要活着每夜做噩梦哭醒？

你好吗？我很好。

小善住在市中心的豪宅，拥有超级奢侈的空中花园，每天都能晒着太阳睡觉。

容老师，很想邀请你来我家做客，你一定还要活着……

次日，清晨。

航模照旧送来食物，崔善把录音笔塞进舱门，突然发现不对劲——机尾的缝隙间，隐藏着一个针孔摄像头。

他——不，应该叫 X——想近距离偷拍空中花园全貌吗？毕竟在对面楼顶观察，不可避免会有死角，用这种方法可以一览无余。

或者，X 还是个偷拍商场试衣间、女生更衣室甚至厕所的色情狂？

崔善抓起直升机，几乎要把它砸了。螺旋桨飞速转动，却被她死死抓在手里，有本事连人带航模一起飞走？她用最尖的指甲抠进机尾缝隙，硬生生把针孔摄像头拔出来，扔到地上踩得粉碎。

迷你直升机趁机逃跑，带走机舱里的录音笔。

崔善还没平息恼怒，躲藏在 X 看不到的墙脚下，抓起面包大口啃起来。

但是，航模再没有回来过。

连续三天，焦虑地坐在庭院正中，看着四堵墙的方向。她开始无尽地后悔——为什么要破坏摄像头？也许，这是变态唯一的乐趣？崔善的疯狂行为，让对方感到恐惧，进而再也不敢送来食物。

没有面包的日子极度难熬，只能恢复茹毛饮血的生涯，太糟糕了——完全依赖于他投送的食物，就像被围困在山顶上的伞兵，没有空投补给就会弹尽粮绝。

饥饿的崔善第一次发觉，自己并不恨 X，反而无比思念，亲人般地希望 X 回来。就像妻子原谅出轨的丈夫，哪怕他终究会到年轻女孩身边。

穿着 X 送的睡袍，面朝最近的那栋楼顶，她跪在地上，挥手呼喊，卑贱地求饶——我不会再乱来了，将乖乖留在这座监狱，直到你愿意放我走的那天。

他离开了那个窗户？神啊，你是我的神吗？救救我吧。

等等，你死了吗？

第九章

第六十天。

X 回来了。

惩罚终告结束，当崔善饿得昏昏沉沉，迷你直升机再度降临，挂着比平常更多的食物，包括两颗橘子。

第一次得到水果供应。新鲜的橘子，金黄黄的简直刺眼，如一堆打磨抛光过的水晶，带着细细枝叶，像在郊区果园让游人采摘的那种。剥开橘子皮，挖出鲜嫩橘肉，剔去表面白丝，嫩得像初生婴儿，抑或初潮少女。她一直讨厌橘子，因为有股怪味，加上毛茸茸的纤维。但在空中花园，却视若珍宝地一瓣瓣品尝。牙齿咬破果肉瞬间，橘子汁飞溅在口腔，让人有某种兴奋的欲望。不管是胃，还是内心，还是舌头，还是别的什么，无比欢喜。

谢谢你，我的狱卒情人。

一天一夜，把两个橘子吃完，橘皮没舍得扔，放在截断的瓶子里，慢慢泡成橘子水喝。

X 的航模送回那支录音笔，连带一副耳机，打开听到一段对话——

"你是崔善的男朋友？"

（这是个年轻的女声，听起来有些耳熟。）

"是。"

（谁他妈是我男友啊？）

"真让人想不到啊。你说她失踪了？对不起，我没办法帮到你。毕业以后，就没再跟她联系过。我们是南明高中的同班同学，高三填志愿，很巧合填了同一所大学，竟还是同一个专业，并且都考进了。"

"你们是闺蜜？"

"其实……我俩关系一般，平时说话也不多。你是她男朋友，应该更了解她吧。哎，怎么说呢？崔善是个奇怪的人，在你面前不该说这样的话——她跟我们这些正经的女孩子相比，完全不是同一个世界的人。我猜，她也不是失踪，只是故意消失而已，对你未必是件坏事。请不要再问了，抱歉，我很忙，学生们还等着我去上课呢。"

"还记得高中班主任吗？"

"容老师？他也是语文老师，又高又帅，每个女生都喜欢他。就在我们高考后的暑期，他突然失踪了。直到隔年，新一届高考的夏天，所有学生都投诉学校水质有问题，自来水里有股令人作呕的臭味。校长派人检查水箱，才发现容老师的尸体，早已沉在水箱里高度腐烂——整个学校喝了一年的尸体水。死因至今没查出来，反正学校就以自杀处理掉了。"

"谢谢你，我会继续寻找崔善的。"

听到最后这句话，崔善几乎要把录音笔也砸了。

但她第一次听到了 X 的声音，应是个二十来岁的年轻男子。

虽然，他确实去 S 大学找到了苏玉芹，但根本不是为了救崔善，而是想要挖掘她更多的秘密。

索性全部告诉他吧，崔善打开录音功能说——

那时，我在上铺，苏玉芹在下铺。大学让我自由，即便寒暑假，我也很少住家里，要么跟同学们合住，要么去外地旅游。因为，我无法忍受妈妈。

确切来说，我不想看到妈妈是个钟点工的事实，包括她穿的廉价而丑陋的衣服，她每天吃的馒头与稀饭，还有她从不坐地铁等交通工具，永远一辆老掉牙的自行车——当它在桥下被人偷掉，妈妈掉了好几天眼泪。她是个不错的钟点工，同时做三四个人家，几乎全年无休。她常在有钱人家干活，每个月收入不低，大部分积蓄都给了我。妈妈有洁癖，总是盯着我的衣服，有半点污垢也要我脱下来洗。她强迫我不浪费一粒米，要把最后一点菜哪怕汤也吃光。

妈妈总跟我说——永远不要相信男人的话，就像永远不要相信一只猫。没错，我一直觉得爸爸的职业是骗子，而非他自己声称的各种大生意。

大二那年，有个男生不停地给我打电话发消息，虽然我都懒得搭理，有次却被妈妈发现——她没事爱偷看我的手机。还有更过分的，那个男生告诉我：有个中年妇女跟踪他，远远地目露凶光，他担心遇上变态。我嘴上说你小子活该，心里却怕得要命，因为还没有一个同学知道我妈是钟点工的秘密，要是因此而泄露，从初中开始的伪装就前功尽弃。

我跟妈妈大吵一架，几乎把家里东西砸光了，最后搬出那个冰窟般的家，再没回去过。我们断绝了一切来往。

虽然，她每月打到我账户的生活费从未中断过。

苏玉芹是我最好的朋友。很少能有这样的闺蜜，高中是同桌，大学竟还是同寝的上下铺。我选择S大学也是受到她的影响。但许多年后，我怀疑这个选择是否正确。我们两个人形影不离，一起看电影，泡图书馆，逛小商品街。我经常送她礼物，偶尔挺贵重的，包括各种电子产品。有人说我俩是女同的关系，要真是这样，也不错。

大四那年，有个老师推荐实习的机会。那家公司是世界500强，收入丰厚不用说了，如果留下就业，很可能派驻到美国，接触到默多克之类的富豪与名流，那是许多人梦寐以求的机会。

我和老师的关系不错——毕竟，我比苏玉芹漂亮许多，她看起来更像个大学中文老师，而许多人私下里称我S大的校花。

就在推荐前不久，一夜之间，所有人都在七嘴八舌我的秘密：你知道吗？原来崔善的妈妈是个钟点工！这个女人太可怕了，在大家面前装作富家千金，说爸爸是高级军官，吹牛不脸红，没去当演员真是可惜了……

QQ上传来我的新八卦：崔善勾引过高中班主任上床。

结果可想而知，没有一个女生再跟我说话了。男生们也用奇怪的目光看着我，仿佛一顿饭就能把我弄去开房。原来狂追我的那个家伙，彻底断绝了念头。

至于泄露这个秘密的人，只可能是苏玉芹。读高中时她就发现了吧，却隐忍不发藏在心里，直到真正有用的时候。

原因嘛，自然就是嫉妒。

我早就该猜到了，她并不真的乐意跟我在一起玩，每次我们两个出现在同学间，总是她遭冷落而我被众人捧着。

原来，她恨我，在南明高中就恨我，恨不得我立刻死掉，或者远远离开，而我每次却顽强地出现在她身边——我真傻，如果是我，大概也会做出这种事吧。

苏玉芹没有得到被推荐的机会，但她顺利留校做了老师，看起来最符合她的气质。

至于世界500强的工作机会，留给了一个向老师自荐枕席的大胸女生，后来被送到美国培训，嫁给了公司的高级合伙人，据说已住在加州比华利山的豪宅中。

那年夏天，我灰溜溜地从S大学毕业，去了一家叫盛世的广告公司。我没拍毕业合影。希望所有同学都忘了我，如果他们没有一个个死掉的话。

第十章

第七十天。

崔善依旧被关在空中花园。

月亮升起，头顶响起什么声音，露出迷你直升机的影子。底下吊着个大家伙，远远超过平时的规模，难道是顿大餐？

她犹疑地解开袋扣，居然是条棉被，被紧紧折叠压缩，铺开来很大。把被子裹在身上，出人意料地轻而暖和，不是棉被或蚕丝被，而是白鹅绒被子。

袋里还有件宽松的大毛衣，虽是女式的休闲款，但大胖子穿着也不会嫌紧。这件全白的毛衣，摸起来同样舒服，纯羊毛的，也不便宜。

这样在秋夜就不会冷了——鹅绒被也一样，毛毯虽然不错，露天的高楼上却不顶用，很容易感冒着凉死掉。

X不但送来食物，还送温暖，没有比他更体贴的男人了。为何在黑夜投送？因为这床被子目标太大，白天横越城市上空，极可能被人发现，只有晚上是安全隐蔽的。

崔善穿着大毛衣坐在墙脚下，底下垫着干草堆、羊毛毯还有白鹅绒被。以前她常这样穿在家里，蜷起双腿搁在胸前，让毛衣钩紧膝盖与小腿，像裙子把人全部盖住。

天亮以后，收到迷你直升机送来的早餐，还有 X 的录音笔及耳机，加上个小信封。

一边啃着面包打开录音笔，崔善听到嘈杂的背景声中，依然是 X 年轻的声音——

"盛世广告？"

"快递公司不是来过了吗？"

（女人的声音，似乎在哪里听到过。）

"请问你们有没有一个叫崔善的员工？"

"崔善？她早就不在这里了。"

（想起来了——以前上班的广告公司前台，总是故意打扮得很可爱，掩饰剩女的尴尬。）

"她什么时候走的？"

"三年前。你是什么人？别打扰我们工作。"

"我是她的男朋友。"

"你？"

（她的声音中断了，后面是轻微的自言自语——）

"好菜都让猪拱了！"

（接着一片噪音，持续了半个钟头，听起来像一起坐电梯，到公司楼下的港式茶餐厅。）

"我要一份干炒牛河。"

"云吞面。"

"对了，你叫什么名字？"

（女人的声音变得友善了一些。）

"小明。"

"小明？哇，每个班级里都有一个小明，不是吗？我在这家公司干了七年，从没挪过办公桌，你明白的，该死的前台！"

"崔善？"

"我可是看着她进公司的，那时她大学刚毕业，看起来还挺萝莉的。不过嘛，漂亮女孩人人爱追，像我这种稍逊一筹的，自然会有些小嫉妒。"

"崔善失踪了。"

"哦，这并不稀奇。"

"我对崔善太不了解了，我想知道她过去的秘密。"

"那你找到我可算对了！不过嘛，这个女人，我劝你还是趁早放弃吧。我猜——对不起，说得直接一些，你们只是刚刚认识，还没到那么深的关系吧？小哥啊，人要知道自己几斤几两，她不会跟你上床的，听姐的话没错。她跟你——两个世界！何况，知道她太多的秘密，对你没什么好处。"

"她很可怕？"

"差不多……是的。"

"有多可怕？"

"超乎你的想象！好吧，我讨厌她，不仅是她比我漂亮那么一点点，因为她太想获得老板的青睐。虽然，我们老板是个女人，性取向正常，漂亮女孩在她面前没有任何吸引力。但崔善工作很努力，每晚加班到深夜，对于公司里每个同事，都是客客气气毕恭毕敬，还会给我送巧克力之类的。但我是什么人啊？一眼就看穿了她不简单。她跟老板相处得不错，几次获得公司表扬，后来老板出去应酬，也总是把她带着。客户们都对她大献殷勤，居然也拿下几张大单子，活见鬼了！"

"她傍上有钱人了？"

"不，崔善跟我们公司的一个小伙子谈恋爱了。那家伙是外地人，比她大三岁，在群租房里过日子。他俩每晚都一起加班，凑巧住得又近，经常同坐一班地铁，夏天帮她抓到过袭胸的色狼，就这么渐渐勾搭到了一起。公司里的男人们都很受打击，因为他的条件是最差的，除了长相——那小子挺帅的，高个头，很挺拔，有点像黄晓明，如果给你打60分的话，那他就是600分。"

（天生的八婆，她至今还剩着的原因，就是这条舌头。）

"仔细想想，这两人有许多共同点，俊男靓女，拼命的工作狂，也没听他们说起过自己父母，看来都是普通人家出身。他俩都很珍惜这份工作，收入还算不错，关键是领导很赏识他俩，还有了升职机会。老板在公司内部搞公开竞聘，崔善最起劲，无论人缘、能力以及卖命程度，她都是呼声最高的，加上做成好几笔大单，立过汗马功劳。但没想到，这个升职机会，最终落在了她的男朋友身上。嘿嘿，接下来就后宫了，你知道那家伙是怎么做到的吗？他接近了女老板，利用自己的帅哥脸蛋，还有据说六块腹肌的身材，就——"

"别说了。"

"这个秘密，是崔善发现并捅出来的，她在公司内部群发邮件，包括男朋友跟女老板的QQ聊天记录，简直是文字版的AV啊。自然，崔善被老板开除了，那小子却成了老板的情人。"

"他还在这家公司吗？"

"死了！就在崔善离开不久，他半夜在公司加班。据说女老板也在办公室，你可以想象一下。凌晨，他独自坐电梯下楼，结果发生了事故，电梯直接从四十楼掉到底下——死得很惨！如果，你需要我描述一遍尸体的样子也行，看到过被拍扁的苍蝇吗……"

"够了！还有别的吗？"

"我再也没见过崔善了。不过，看在你请我吃这顿晚餐的面子上，我给你发个链接，加微信吧！"

录音到此为止，崔善可不相信 X 会叫什么"小明"。

她打开一同而来的小信封，滑落出一张照片——拍的就是崔善，背景是杂乱的床，她的神情像猫，又像喝醉了，脸颊上两团绯红，正脸迎着镜头，张开黏黏的嘴巴，性感到令人不敢直视。她的脖子以下没有衣服，事实上什么都没穿，直到脚趾尖。

崔善把照片撕得粉碎，感觉被人剥光了，露出所有隐私部位，呈现在光天化日下的闹市街头。

那个女人——广告公司前台的长舌妇，把几年前在微信流传的崔善的艳照，发送给了 X。

凡是看过这张照片的人，都必须死。

最后，信封里还夹着一张小纸条，写着 X 的字迹，崔善轻声念出来——

小善，你是杀人犯？

第十一章

第八十天。

最近常刮大风，在楼顶会捡到外面飘来的废纸，有轻薄的包装纸，沾满油腻的纸袋，用过的恶心的餐巾纸。捡到一片纸风筝，虽然断了线，说明仍有机会与外界沟通。躲藏在西侧墙脚下，崔善整理出所有零碎纸张，堪称洛阳纸贵，都写下同一句话——

救命！我在楼顶！巴比伦塔！

鬼知道"巴比伦塔"在哪里，但没办法，只能寄希望于这些小纸条，随风飘到附近街上，最好正巧贴到某个警察额头，或者哪位推理小说家窗边，请你足够细心并保持好奇。

夜里，楼下传来某种乐曲声，一下子揉住耳朵，如潺潺流水连带月光倒灌入脑中。小时候流行过肯尼金，对，就是这种高端洋气的萨克斯风。

她下意识地唱出粤语歌词——

夜阑人静处响起了一阕幽幽的 saxophone／牵起了愁怀

于深心处 / 夜阑人静处当听到这一阕幽幽的 saxophone / 想起你茫然于漆黑夜半……

小姑娘多愁善感的时节，在 S 大的女生宿舍，她常用手机播放这首《我和春天有个约会》。而在这个秋天的夜晚，崔善轻轻一叹，将声音锁入抽屉。

第二天，她又收到了录音笔，长长的金属像什么来着，打开听到一段嘈杂的对话——

　　"你找麻红梅？"

　　（这是一个中年妇女的声音，崔善的记忆中从未听到过。）

　　"嗯。"

　　（短短的一记，沉闷得像从地底下冒出来，果真是 X 的声音。）

　　"你找她干什么？"

　　"几年前，我家里用过她做钟点工，我妈对麻阿姨非常满意，希望她再回来干活，愿意出更高的价格，但怎么也找不到她人。"

　　（这是几次录音中听到 X 说过的最长的一句话。）

　　"麻红梅，确实是我们家政公司最好的钟点工，许多客户都指名要雇她，但是——你不知道她出事了吗？"

　　"哦？"

　　"她死了。"

　　"什么时候？"

　　"已经快两年了！麻红梅主要在一户有钱人家干活，那是栋三层楼的别墅，虽然收入挺不错的，但是干得也很累，经常每天做十几个钟头，跟住家的阿姨没什么区别。出事的那天，恰好是冬至，东家的女主人也是奇怪，命令她在三楼擦窗户，结果不小心摔下来……也合该是她倒霉，脑袋落地折断了颈椎，等到救护车赶到的时候，早已经没命了。"

"真的是个意外吗？"

（X沉默了很久才提问。）

"谁知道呢？总之啊，冬至这种日子，太邪气了，老天爷收人来着，以后一定要当心！"

"你知道她的女儿吗？"

"麻红梅从没说起过她的孩子，她又说老公早就死了，所以等到出事以后，根本找不到可以报丧的家属。后来，我们才拐弯抹角地打听到，她还有个独生女，但打不通电话。直到一个月后，麻红梅都被烧成了骨灰，女儿才跑回来处理后事，原来在国外旅行，换了手机号码，所以耽误了时间。"

"这种事情没有打官司吗？"

"刚开始，女儿认定麻红梅死得蹊跷，不是什么意外身亡。她甚至准备报警，要告东家的女主人故意杀人。"

"我也觉得有问题。"

"但是，对方爽快地赔了一大笔钱，最后就算摆平了。其实，我们家政圈子里，偶尔也会出这种事情，闹来闹去不就是为了这点钱吗？"

"没有钟点工再敢去那家干活了吧？"

"哪儿的话啊？只要有钱挣，阿姨们都抢着去呢，麻红梅刚死不到半个月，我们公司又派了个钟点工过去。后来，再没出过什么事情。不过，到了今年六月，不是钟点工出事，而是那家的女主人她……"

“怎么了？”

“咳，你看我也是管不住嘴巴，不该跟你说这么多的，我们要为客户保守秘密的。”

“谢谢，再见。”

“喂，你不是找钟点工吗？我们这里还有很多的啊！喂，别急着走啊……”

声音远远地淡去，在一片噪音中消失。

崔善闭上眼睛，决定不再回答任何与之有关的问题。

第十二章

第九十天。

被禁闭在高楼顶上，就像山村贞子在井底，每夜看着井口的幽光，宛如夜空中的圆月，一直等到有人放录像带才能从电视机里爬出来吗？崔善第一次看《午夜凶铃》，是在某个男人身边，他叫林子粹。

迷你直升机飞来。很久没再挨饿了，挂钩下的面包量逐渐增加，除非想要品尝烧烤，已不必辛苦捕猎小鸟。

不过，袋子里还有一台手机。

iPhone。

X 是要放她出去？崔善狂喜地打开，电池是满格的，却没有任何信号，撬开后盖发现没装 SIM 卡。虽然有 WLAN 功能，但搜索不到附近的 Wi-Fi。

死变态，这台手机不是用来逃命或求救用的。

但没密码，可以使用其他所有功能，通话记录为零，通信录也是空的，短信只有出厂设置的那两条。

但手机里储存有一段视频，崔善屏着呼吸点开播放，屏幕中出现一段摇晃的镜头。

无声的画面，似乎是偷拍的，对准某个遥远的窗户——像小高层酒店式公寓。有个大阳台与落地窗，中午温暖的阳光，洒在精装修的屋里，也洒在林子粹的额头。

林子粹。

他还活着？

记忆有些混乱，明明记得那个深夜，自己被关到这座空中监狱之前，用花瓶砸烂了林子粹的脑袋。

不过，视频并没有显示时间，也可能是在他生前录下的。

当他独自坐在窗边抽烟，蓝色烟雾围绕着双眼，目光像在雾中惊起的飞鸟。镜头拉得很近，对准林子粹的左手，无名指上摘掉了婚戒。

她没见过这个房间，也看不到任何照片，倒摆了许多CD，还有一整套组合音响，她知道林子粹是古典音乐的发烧友。他手边放着瓶法国红酒，已喝得脸色微醺，燃烧中的香烟搁在烟缸上，心事重重地闭起眼睛，脸颊不时神经质地抽动，说不定正在听唱片？镜头能看清他的两台手机，其中一台是限量定制款，表面镶嵌着四个字母——LZCS。

只有崔善知道这行字母的意思。

突然，视频中的林子粹紧张地走到门后，似乎有人在按门铃？他小心地从猫眼里往外看，犹豫几秒后开门。

一个穿着黑夹克的男人进来。林子粹恭敬地泡了一杯普洱茶。来访者年龄与林子粹差不多，消瘦的脸上颇为冷峻。他也对准那套组合音响，不知在放什么音乐，微微点头有些懂的样子。此人的表情含而不露，目光不时向房间四周扫视，看起来又很自然，比如欣赏某个小摆件，看看窗外的风景，目光犀利——画面一黑，大概为避免被他发现。

镜头转而对准楼下，原来是在高楼上偷拍的，就像 X 正在对面看着崔善。

手机视频的最后，林子粹正在送客，酒店式公寓门口停着一辆黑色轿车，不速之客坐进去开走，画面里出现车尾的牌照——这是一辆警车。

看完这段盗摄的录像，崔善既惊惧又疑惑，这是最近拍摄的吧？

她继续检查 iPhone 里的各个角落，发现还有好几张照片——

X 在对面偷拍崔善的画面，用非常好的单反镜头，几乎可以看清她身上每个细节。想必是两个多月前，她刚被关到这里不久拍的，还穿着黑色小碎花的连衣裙，露出大半个后背……在她靠近两块肩胛骨中间的位置，竟是行小小的文身。

有对黑色羽翼作为背景，刺着四个英文花体字母——

LZCS

崔善伸手摸自己后背，这里没有镜子，也只有藏在对面的 X 的镜头才能发现。自己好像一头牲畜，背上盖着个印章，即将等待去屠宰。

就像林子粹的那款定制手机，她背上的这行文身也出卖了自己。

最后，她在 iPhone 手机里，找到一段录音，听到 X 年轻的声音——

崔善，二十六岁，巨蟹座，O 型血，身高 166 厘米。前年冬至，你的妈妈麻红梅，在一户人家做钟点工时意外死亡。那户人家的男主人叫林子粹，他的妻子叫程丽君。你该如何解释，在林子粹的手机上，和你背后的文身，都有着相同的字母——LZCS？现在，可以说出你们的秘密了吗？

第十三章

第一百天。

清晨，X 用航模送来食物的同时，还有一条宽大的床单。

崔善垫着床单，平躺在水泥地上，面对阴沉的浓云，伸展四肢，像具无声的尸体，也像容易满足的女人。抚摸脖子与胸口，变细的腰肢，几乎没有脂肪的臀部。皮肤和神经末梢，欲望像毛茸茸的纤维滑过，宛如某人手指……

崔善打开 iPhone 手机的录音功能，想起最短暂的白昼，与最漫长的黑夜之间，水杉树影覆盖的三层屋顶，远观而无法触摸。除了遛狗的老外，几乎不见人影。斜阳即将逝去，带着她的影子在别墅台阶前爬行。

再也无法隐瞒，她开始说出那个秘密——

去年，冬至。

我来到近郊的别墅区，找到这栋黑漆漆的大屋，上一年的这个时候，妈妈死了。

她在这家做钟点工，从三楼窗口意外坠落死亡。隔了一年，我才来到此地。按照本地习俗，冬至要祭奠死去的亲人。何况，今天又是一周年忌日。我全身黑色，带着锡箔与冥钞，蹲在妈妈死去的地方。在有钱人家的院墙外，用打火机点燃纸钱，化作袅袅灰烬。黑烟熏得我落泪，回忆关于妈妈的一切……

看着别墅紧闭的大门，我像个要饭的，站在西北风里。落日燃烧殆尽，刚想上去敲门，问问妈妈到底是怎么死的。右手犹豫在半空，失魂落魄地后退，倒着走过铺满落叶的便道。

背后响起凄惨的刹车声，脚后跟刀割般剧痛。我来不及尖叫，顺势倒在花丛中。枯树枝划破了脸，当我挣扎却无法爬起时，有只手拽住了胳膊。

经验告诉我，那是男人的手，右手。

他的指节修长有力，热热地透过外套，像镣铐锁紧我的肌肉、骨头还有血管。

我被这只右手扶起，他的左手托着我的腰，让我紧靠他的肩膀。

男人向我道歉，音色醇厚的普通话，有电台 DJ 的感觉。他把我扶到花坛边，那是辆黑色奔驰车，车尾有 S600 标记。

他有三十多岁，比我高了大半个头，浓密的眉毛底下，有双大胆直视的眼睛，那是我喜欢的男人眼型，还有颇为立体的鼻梁与下巴，不断喷出温暖的呼吸，像浓雾覆盖我的脸。

脸？

手指轻轻揉过脸颊，擦过一丝血痕，该不会破相了吧？我顺势倒在他怀里，装作昏迷，就算挠痒痒也绝不起来。

那双手抱着我的后背与大腿，放到宽敞的真皮座位上，再将我的双腿屈起——当他手掌压在我的黑丝袜上，从脚指头到大腿根的神经犹如触电。

听到车门关上，然后是奔驰的发动机声。这不是我第一次乘坐这种车，却是第一次横躺在后排。他开起来很安静，感觉转过好几个弯道，加速与刹车间的上坡下坡，偷偷睁开眼睛，隔着天窗玻璃看到冬至夜空，还有市区摩天楼的灯光，像在空中花园看到的世界。

奔驰车把我送到医院，他将我抱在怀里，直到充满消毒药水味的急诊室。

他是正人君子，即便皮短裙毫无防备，夹克敞开着胸口，他也没有趁机吃我豆腐——其实我不会介意的。

脚后跟被车轮碰到一点，涂点药水就没事了，可惜一只高跟鞋报销。至于我的脸，一道浅浅的印子，医生说不会留下疤痕。

男人自始至终默默站着，最后付了所有医药费，把我搀扶到奔驰车里。他说身上现金不够，问我要多少赔偿，他会去 ATM 机上取给我。我还是蜷缩在后排，有恃无恐地把脚搁在座位上，问他不能走保险吗？

听到他说嫌麻烦，我就从后排坐起来，靠近驾驶座，贴着他的耳边说——我不要钱，只要你赔我一双鞋子！久光百货，可以吗？

半小时后，来到商场，我仅穿着一只鞋，像瘸腿那样，半边搭着男人肩膀。我用眼角余光扫向那些柜台，看到女店员们美慕与嫉妒的目光。

不像平常逛街那样走马观花，我很快选中一个意大利的牌子，挑了双适合走路的中跟鞋。我没有趁机敲他一笔，结账下来不到一千块，尚不及我那双被轧坏的高跟鞋。当他爽快地刷卡埋单时，我注意到他左手无名指上的戒指。

穿上新鞋，我故意挓着头发，将发丝泼到他肩上，同时自我介绍：崔善——崔智友的崔，金喜善的善。

他说我像崔智友与金喜善的合体。

而我羞涩地问他的名字，男人并不回答，转身就要离开。而我拉着他的袖子，说要请他吃饭，这里楼上有家不错的日餐，我是真的饿了。

要是走的话，我就喊啦！说你开车撞了人，一分钱没赔，想要逃跑。

他无奈地把电话号码报出来，我赶紧给他拨过去，果然手机响了。我注意到他有两台手机，也许并非常用的那台。

我抱着鞋盒问他会不会接我电话，他停顿半步，转回头笑笑，进了通往地库的电梯。

隐隐约约，从这个背影，我看到了七岁那年的爸爸。

继续在商场逛了半个钟头，却没再买任何东西，直到腹中饥肠辘辘，我才去楼下吃了碗乌冬面。

小时候，妈妈总是说：冬至天黑前要赶紧回家，否则要在外面被鬼抓走的。

今夜，我却讨厌回家，那不过是个单身公寓，狭窄的卧室配着卫生间，每月两千的房租。我连续不断地诅咒那间屋子，每次都发誓下个月必须搬走，每次却仍要回到那张充满夜宵甜品味的床上睡觉。

冬至后第二天，我被迫卖掉最后一个也是最心爱的LV包，终于补足了拖欠的房租。

我给他打了电话，但没接。我又发了条短信：喂，只赔我一双鞋子，还不够。

等到午夜，仍无回音，发出第二条短信：我的脚疼得厉害。

这两年遇到过不少骗子，却从没像这样伤心过。从前，我无所谓地诅咒对方祖宗十八代生儿子没屁眼死一户口本之类的。头一回，眼前总晃着那张脸，还不知道他的名字呢。虽然，我有他的手机与车牌号，但如果他对我无心，即便查清楚又有什么意义？我像只失败了的孔雀，收起尾巴躲进笼子。

平安夜。

去年这时光，我与某位长相英俊的富二代共度，虽然我不过是他十几个女友中的一个。

终于，抵挡不住女朋友的微信邀请，我穿上最后一件值钱的大衣，依然挂着水晶天鹅的链坠，前往参加单身圣诞派对。出门选鞋子，犹豫许久，还是穿了冬至那夜在久光百货买的中跟鞋。

在许多丝袜包裹的大腿、高跟鞋与皮靴之间，我落寞地坐在角落，端过侍者送来的鸡尾酒。贵公子们被年轻女孩团团围住，而我像个过时的怨妇，独自在冷宫台阶上，闲坐说玄宗。

有个喝多了的少女，看起来很小，让人怀疑是否高中毕业，晃悠着坐到我身边。当我要起身离开，她却抓住我的手说：你看我这个镯子好看吗？

她戴着卡地亚铂金手镯，年轻的脸蛋光彩照人，简直有韩星的感觉。女孩说在香港买的，十二万港币。

虽然，一看就明白她是靠什么换来手镯的，我却羞愧地缩回手腕，掩饰自己从淘宝买来的便宜货。

接近子夜，才有两三个男人来邀请我喝酒，我委婉地拒绝了。

派对进行到高潮，大家交替用英文和中文唱起《友谊天长地久》之时，我接到了他打来的电话。

手机显示为奔驰男——我激动地穿过整条长廊，避免被他听到狂欢的音乐与尖叫声，半路几乎跌倒。

喂……我故意把这个喂拉得很长，想率先听到他的声音。

Merry Christmas！

Thank you！

你一个人？

是。

在哪儿？现在。

我报出这里的地址。

等我，Bye！

他惜字如金地挂断电话，而我穿回大衣奔出大楼，来到圣诞夜的街头。刺骨寒风吹动发梢，丝毫没感觉冷，反而浑身冒汗。几辆出租车在面前停下，我却微笑着摇头。脸颊又红又热，刚才的酒精与音乐，让我有种体内深处的快感。

零点过后，奔驰 S600 停在我面前，车窗放下露出驾驶座里的脸。

他毫无表情地看着我，那种特别的眼神，让我想起早已死去的小白。

掏出一枚薄荷糖塞进嘴里，我拉开副驾驶车门，坐在这个男人身边，故作端庄地道谢。

没等我说去哪儿，他已踩下油门，飞驰上圣诞夜的高架路。

他说这两天很忙，我说男人忙不是坏事。他关心我的脚还好吗，我回答：如果少走路，多坐车，或许会好得快一些。

他懂了，自顾自地开车，驶过跨江的大桥，远方是高耸入云的金融区，某栋大厦外墙大屏幕打着圣诞老人的图像。

再也不敢出声，默默看着绚烂的江景，在车窗内喷上一团团热气。偶尔转头看他的侧脸，仿佛被雕刻过的美好的男人线条。

他问我鞋子还合脚吗。

真有先见之明，我穿着这双他给我买的鞋子来参加圣诞派对。

更没想到，他还记得我的名字：崔善。

他又问我妈叫我什么小名。听到"妈妈"这两个字，心里怕得要命，但我如实回答：小善。他说他喜欢这个名字！窗外的灯光扫过，他的眼里有异样的光。

他叫林子粹。

树林的林，房子的子，精粹的粹？

林子粹突然加速，仪表盘超过150，让人的肾上腺素分泌，他问了我个问题——

如果世界末日来临，只能带一种动物上诺亚方舟——马、老虎、孔雀、羊，你会选择哪一种？

怎会有如此变态的问题？我注意他的嘴唇，越是飙快车，就越发镇定。我想了半天，选择了羊。

逃难的时候，还可以吃烤羊肉串嘛。

他说这四种动物，每一种都代表人内心最在乎的东西，但没说羊代表什么。

半小时后，兜风结束，奔驰车停在我家小区外，街边深夜食堂的日餐还在经营。

　　他想要送我上去，但我拒绝了，理由是我家很小、很破，不好意思。这是我面对男人第一次说真话，从前我都会吹牛说自己住在某个高级公寓。

　　自始至终，他都像个真正的绅士，连我的手指尖都没触摸。当我转身离去，听到他说——小善，感谢今晚的陪伴。

　　忽然，这句感谢让我的眼眶酸涩，就在泪水滑进嘴唇前，我回头冲到他跟前，紧紧抱住他的脖子，用嘴堵住他干裂的唇。

　　他的嘴角留下口红印子，以及我的泪水。

　　当我回到屋里，趴在布满霜气的冰冷窗户上，看到楼下惨白灯光下的他，站在奔驰车边抽烟，目光伤感得像只流浪猫，我已知道自己即将告别这个房间。

第十四章

第一百零五天。

记忆，像坏掉的自来水龙头，源源不断送出水流，冲刷眼睛背后那根疼痛的神经。

想起冬至夜的静安寺，难得一夜清静。橱窗里奢侈品依然刺眼，街边行道树上挂着彩灯，并非为迎接亡灵，而是几天后的圣诞。街边穿梭的车流，挟带呼啸的风，吹乱她落寞的头发。

三年前，崔善辞去在广告公司的第一份工作，艳照却被前男友散布在同事圈。她换了许多职业，不是难以胜任，就是嫌工资低养不活自己，或不堪忍受上司的性骚扰。她也应聘过垄断国企与事业单位，却连面试机会都没有。

她开了家淘宝店，每夜耗在阿里旺旺，收入勉强只够付房租。偶尔被女朋友拖去夜场，在酒吧与外国男人聊天，原来她们都喜欢钓老外。可她的英语稀烂，又受不了他们身上浓烈的味道。何况她的目光毒辣，只需瞄上两眼，就能看出他们大半是穷光蛋。有人给她介绍过男朋友，四十多岁过早谢顶的家伙，还有妻子女儿，却一眼相中了她。

崔善拒绝了他。

不过，她收下了男人的礼物，一个 Lady Dior 的包包。

那是她拥有的第一件真正的奢侈品。从此以后，她不停地跟各种男人见面，在高级餐厅吃饭，去香格里拉饭店的酒吧，偶尔也去海滩度假村与乡村高尔夫，每次都能收到礼物，最值钱的是块百达翡丽女表。她会拒绝大多数男人的上床请求，偶尔有看起来不错的，便遂愿共度春宵。

衣柜与鞋柜渐渐塞满，每隔两三个月清理一次，名牌包与手表挂在淘宝上拍卖，或送去二手店，足够当月的房租与生活费，还能频繁更换 iPhone。崔善不再羡慕外企的白领丽人，她们下班后卸去疲倦坐在酒吧里，露出过早衰老的鱼尾纹。她学会了抽 ESSE 薄荷烟，喝烈性酒却不醉，用冷酷眼光打量酒吧客人，准确分辨出深藏不露的有钱人，寻开心的穷光蛋小职员，找生意的高级野鸡，还有自己这样的女人——该用哪个名词来形容呢？大学里参加话剧社团，排的第一出戏就是曹禺的《日出》，她演陈白露。

妈妈死后，她从律师手里拿到一笔不菲的赔偿金。从此，她拒绝了约会邀请，即便周围挤满举着酒杯的男女，男人在唇边说着情话，她仍然感到孤独，仿佛周围都是幻觉，从没存在过，一场春梦惊醒前的派对罢了。才过半年，几十万赔偿金就被花光。虽然，其中一半买了块墓地，据说风水好得不得了，却在魔都郊外，而非老家的流花河，崔善这辈子都不要再回去了。

她很快坐吃山空，几乎卖光柜子里的包包，百达翡丽也换钱交了房租，直到所有信用卡透支欠费被银行停了……

此刻，回到崔善的空中花园，只要见到纸张飘进来，她还是会悄悄写上"救命！我在楼顶！巴比伦塔！"等夜里起风把这些SOS信号带走。甚至捉过一只鸽子下来，在它脚腕绑上小纸条，摸着温暖的羽毛，它的心脏在胸骨里怦怦乱跳，害怕会不会被闷死。而她终究把它送上天，看着翅膀划破天际线，默默为它加油，期待鸽子主人来救她——你会得到惊喜的。

看过一部叫《肖申克的救赎》的电影吗？DVD外壳是个男人敞开衣服，平伸双手站在针点般密集的夜雨中……如果，给她一把小小的工具，无论铲子、凿子还是钻子……

可崔善只有一把指甲钳，X送的礼物，不时用来修剪指甲，唯独留下左手小拇指，稍稍磨平锋利边缘，或许逃跑时会有用。

录音后的iPhone通过航模还回去三天后，崔善再次收到这台没有SIM卡的手机。

有条短短的视频——显然是在深夜拍摄的，先是头顶的月光，再是几堵黑暗的墙，幽幽的石榴树影，最后是裹在白鹅绒被子里熟睡的自己。

镜头几乎紧贴着崔善，跟她一样躺在地上，情人般脸对着脸——不可能是迷你直升机拍的，显然有人半夜来到空中花园……

昨晚，X就睡在身边？

她看过某部西班牙电影，有个变态的物业管理员，每晚潜入美女房间，无声地睡在她身边，对方不知不觉直到怀孕生子。

崔善第一次见到自己熟睡的视频，眼皮底下不停转动，居然还有一句梦话："我没杀人！"

紧接着，视频突然中断，后面不知道发生了什么。

恐惧地解开睡袍，检查身上每寸肌肤——昨晚有没有被侵犯过，甚至被人迷奸？想起早上醒来有些头晕恶心，是不是吸入了迷药，因此才没有丝毫察觉？

糟糕！几乎可以肯定，这不是头一回，那个变态——X，恐怕下来过无数次。从她刚被关进这座空中监狱开始，每个夜晚都有人睡在身边。

iPhone 里还有一条录音——

> 小善，我收到你的许多求救纸条，但这很可能给你带来致命的危险。外面的世界很可怕，所以，你才会躲在这个安全岛上——现在，必须如实告诉我，你和林子粹后来发生的秘密。等你。

必须遵从这个指令，否则不知道还会发生什么。那个叫 X 的男人，无孔不入地掌握她的一切，操纵她的生死甚至内心。

太阳像 X 的手指触摸到额头，崔善对着录音笔讲述——

> 我错了，保证再也不会写纸条求救。
> 请原谅我——天天坐着看云，一会儿像棉花糖，又像老家的小狗，最后是心疼的小白……太无聊了，只能找些刺激的事来做，我不是真的想逃出去。
> 能不能送给我一本书？打发寂寞，随便什么都行，哪怕郭敬明的，谢谢！
> 去年冬至夜，我认识了一个叫林子粹的男人。

我喜欢他的眼睛、鼻子、手指，还有衣领上淡淡的烟草味道，喜欢他突然聊起古典音乐，把蓝牙挂上我的耳朵，响起《天鹅湖》最后的旋律。

圣诞节后不久，我把自己的一切都给了他。过完年，他为我租了套高级公寓，市中心的老房子，月租金八千，带有小院，墙外有茂盛的夹竹桃，像童年住过的老宅，这是我梦寐以求的家——而不仅是房子。

我告诉所有朋友，将要远赴云南与西藏，准备开家私人客栈。我独自飞去大理，又去了丽江几天，在朋友圈发些照片，就坐长途汽车辗转回来。我更换了手机号，退出微信朋友圈和微博，QQ号也注销了，在我的整个世界，只剩下林子粹一个联系人。

我一度渴望彻底失去记忆——或者，如同我对他说的谎言：我的父母已过世，他们都是外地的大学老师，我从小跟亲戚在这座城市长大，正在自主创业，电子商务——这是淘宝店的升级版叫法。

为断绝与过去的关系，我不再流连夜场，戒掉了乱花钱的毛病，还清了银行欠款，甚至没怎么用过他的钱，精打细算每一笔开销——他说使用现金是个好习惯，不要依赖于信用卡。我买的最贵的一样东西，是 Christian Louboutin 的红底鞋，高跟鞋是女人最后的朋友，不是吗？

他总是说我戴的项链太廉价了，想要买条卡地亚或蒂芙尼送给我，却被我笑着拒绝了。这枚施华洛世奇的天鹅坠子，是在大学毕业前夕，我买给自己的生日礼物。虽然，也不值几个钱，但在我最困难的日子里，看到它就有活下去的欲望。而今只有这枚小小的水晶，依旧忠实地陪伴在我胸口。

但我对林子粹说的理由却是——要是经常更换首饰，

你会没有安全感的。

其实，这个道理对男女都一样。

林子粹比我大九岁，但我不觉得是很大距离。我是巨蟹女，他是天蝎男，星座学上简直是绝配。巨蟹用情很深，但缺乏安全感，天蝎都是专一的好男人，我以为我们真的很合适啊。我心甘情愿地做他的地下情人，从不主动打电话，始终用短信联络。我们每周见面四次，大多在郊外的海边，或嘉里中心的电影院。他在我的房间过夜次数屈指可数，最晚十点必须离开。但他真的对我很好，这种好不在于舍得为你花钱，而是舍得为你花心思，为你在特色小店挑选礼物，为你亲手在杯子上画出图案……

我为他学会了做菜，虽然只是煎荷包蛋与香肠，但他很满足。有时他也会沉默，没来由地掉眼泪，让我有种要拼了性命保护他的欲望。然而，每当我跟他提及未来，他的眼里就会犹豫零点一秒——简直好几年的时光。

他的妻子叫程丽君，林子粹现在的一切都来自这个女人，包括他在上市公司副总的职位。公司是岳父白手起家创办的，某种程度来说他是上门女婿。林子粹婚后不久，出了桩司法案子让他丢了律师执照，要不是动用老丈人的资源和关系，差点就要坐牢。程丽君的老爷子行事小心，在他们结婚前签订过协议，一旦离婚，林子粹不会得到任何股份。他现在的唯一收入，是从上市公司领的五十万年薪，只因为他是程丽君的丈夫。

我知道林子粹不会离婚的，他不会为了我变得一无所有。作为一个被吊销执照的律师，他恐怕连自己都无法养活。

于是，我产生了一个念头，让自己也毛骨悚然的念头。

对于这个世界上的许多男人来说，只有一种妻子是最好的，那就是死了的妻子。

第十五章

第一百一十天。

崔善算了算时间，竟已错过了双 11——去年这时候可是疯狂打折网购呢，而今却被关在空中花园坐牢。

可她时常又会怀疑——我真的是个杀人犯？

脑袋像被油炸般疼痛，不想把所有秘密暴露在 X 面前，说不定这个变态会半夜爬下来，把自己强奸再杀死的。

不过，X 通过航模送来了一本书，满足了崔善的要求。

封面上印着纤细的书名《了不起的盖茨比》。书页边缘毛糙而发黄，似乎常被人翻看。菲茨杰拉德是谁？翻开第一章，她默念出几行字——

在我年纪还轻、阅历尚浅的那些年里，父亲曾经给过我一句忠告，直到今天，这句话仍在我心间萦绕。

"每当你想批评别人的时候，"他对我说，"要记住，这世上并不是所有人，都有你拥有的那些优势。"

崔善只知道从自己出生的那一刻起，从来就没拥有过多少优势，除了脸。

惘然合上书本，回想这辈子看过所有的书……南明高中图书馆，灵异传说的阁楼上，容老师给她推荐了大仲马的《基督山伯爵》。

因为，是自己喜欢的男人给的书，她看得特别认真仔细，还难得做了读书笔记。印象至深的情节，莫过于邓蒂斯的越狱成功——当她在空中监狱，绞尽脑汁想了一百多天，各种办法都尝试过，却骤然开窍了。

清晨，崔善并没有如往常那样醒来，而是继续躺在墙脚下。X 的航模降落，她也没去拿食物，仿佛熟睡不醒。小直升机的叶片不断转动，时而飞起时而降临，甚至停到她的被子上，想要把她弄醒过来，但她一动不动宛如尸体。

幸好背朝着外边，确信 X 看不到她的脸，还可以睁睁眼睛咬咬嘴唇。等待了一两个钟头，航模把食物扔在地上，独自起飞离开庭院。

整个白天，始终保持这个姿势，感觉身体越发僵硬，下半身都已麻木，血管里爬满小虫。她怀疑自己是不是已经死了。而对面望远镜背后的眼睛，一定也是如此怀疑。

X 会为此抓狂的！

崔善耐心地等到深夜，她明白不能轻举妄动，随时随地有眼睛注视她，不仅是遥远的对面窗户，也包括这四堵墙壁。

后半夜，听到什么声音，虽不敢抬头往上看，但有人抓着绳子从南侧墙头降落。

X 来了。她的耳朵贴着干草堆，任何震动都能感觉到。

他沉默着靠近崔善，呼吸热热地喷到耳鬓边。然而，X没有触摸她，只是静静地看着她，哪怕她是一具尸体——难道他有恋尸癖？

不能再等了，天知道X会有什么危险举动，比如奸尸之类的。崔善压在身下的右手，早已抓紧一枝坚硬的细树枝，藏在厚厚的被子底下，可以轻易刺入泥土，当然也能刺破肉体。

四分之一秒，利器戳入X的胸口。

就像从前无聊时用圆珠笔刺穿作业本，手指虽已麻木，依旧感到阻力的瞬间，某种清脆之声，几乎没有一滴血溅出。

凌晨时分，无法看清X的脸，只有一团模糊的影子，他没有尖叫，沉闷的喘息都不曾有，只是往后退了几步。

该死的，她没有抓住树枝，这把杀人的武器，不知道有没有刺穿X的心脏？他的胸口插着锋利的树枝，好似被弓箭射中的士兵。

杀了他——这是崔善逃出去的唯一希望。

她狂怒地大喊起来，冲向X颤抖的黑影，没想到他竟抓住树枝，把插在体外的部分硬生生折断，还剩下一截留在胸腔之中。

这下崔善成了赤手空拳，再也不敢靠近这个男人。

X没死，他很愤怒，会杀了崔善吗？

她恐惧地跌倒在地，蜷缩到石榴树丛中，哭喊着求饶："对不起！我……我不是故意的……"

简直扯淡，这种话连自己都不信。

等待中的惩罚却没有到来，一分钟过去，崔善抬头瞄了眼空中花园，期待能看到一具男人的尸体，或是躺在地上的痛苦身躯。

X消失了。

崔善到处寻找那个男人，难道是刚才低头之时，X顺着绳子爬了回去？费力地仰望南侧高墙，只剩下黎明前黑漆漆的夜空。

"喂！你在哪里？你下来把我杀了吧！求求你了！王八蛋！"

她确信X可以听到，除非刚才穿越去了异时空。

沉默几分钟，什么东西从天空掉下来，直接砸到崔善的脑袋上。

王八蛋！

小心地从地上捡起，发现是X的录音笔——他还没走，想让她说下去？太疯狂了吧？

录音笔里有他急促而艰难的声音：**"你杀过人？请把你杀人的过程告诉我！"**

崔善蹲在地上，摸到一两滴新鲜血迹。X的血，年轻男人的气味，很干净，没有烟草味。

于是，她机械地对着录音笔说——

　　小时候，只要我喜欢某样东西，不管采用什么方法，就一定会得到。妈妈最讨厌薄荷味道，但电视里天天放广告，许多同学都在吃那款薄荷口香糖。我总是逼着妈妈买，当她终有一天拒绝，我就从她的钱包里偷了几块钱，悄悄去街边买了吃。

　　春天，林子粹问我是不是认真的。

　　他说我是个可怕的女人。而我问他，究竟有没有爱过妻子？

　　五年前，当他在事业低谷期，程丽君的父亲帮他渡过难关，妻子只比他小两岁，很多人都以为他们同龄。他辞去了律师的工作，帮助经营程丽君的家族企业。刚结婚那两年，他们一直想要孩子，却因为她的问题要不上。开始，他总是回避这个问题，经我几番追问才回答——输卵管阻塞。

林子粹说完抽了自己一个耳光，说怎么能跟我说这些，这是她的隐私，对不起她。

身为女人，我很同情她，真的！

后来，发生了那场空难——林子粹劝妻子不要去认尸，可她偏偏不相信父母已双亡，一定要飞过去亲眼辨认。她在停尸房看到残缺不全的尸块，依稀分辨出两个人的模样。无法想象那有多么可怕，现场还有许多更惨的尸体，有的被烧焦了，有的露出了内脏，扭曲成孩子般的大小，林子粹当时就呕吐了……

我单纯地想起了被爸爸杀死的小白。

原本，程丽君的性格就怪异，何况生不出孩子的毛病，再加上如此强烈的刺激，很快患上严重的抑郁症。如果不吃安眠药，就会在凌晨处于癫狂状态。幸好家里房间多，林子粹快两年没跟她睡过一张床。她的脾气越来越坏，几乎不再跟他说话，而她在这个世界上最信任的人，是当年大学同宿舍的三个闺蜜。

我怜悯地摸着林子粹下巴微微冒起的胡楂儿，直接说出他的命门——他不能离婚，否则就会一无所有，因为所有财产，都在妻子的上市公司名下。

林子粹的脸色一变，立即从床上起来，穿好衣服准备要走。我从背后抱住他，乞求不要离开。我知道贫穷是什么滋味，我也不想再回到那样的生活里去，永远都不想。

这句话让他突然转身，胡楂儿将我的眉心刺痛：小善，其实，我和你是同样的人。

同样的人才会走到一起，命中注定。

他的眼泪打湿我的肩膀，我也咬着他的耳朵说话，仿佛世界上每个角落都有人在偷听。

我要他成为我的丈夫，至于他现在的妻子，交给我来解决吧。

怎么做？林子粹恐惧地从我怀中退出。

既然，程丽君有严重的抑郁症，长期生活在痛苦中，这是常人无法理解，更难以忍受的——她说过想死吗？

面对这样致命的问题，他的嘴唇在发抖。抑郁症不是有自杀倾向吗？林子粹承认了，一年前，妻子在家里的浴缸中放满热水，割腕自杀……在她断掉最后一口气之前，正好有个同为家庭主妇的闺蜜来看她，才救了她一条命。

我问她现在还想死吗？林子粹犹豫片刻后点头。

对于一心求死的人来说，让她受折磨地活在这个世上，不是一件更残忍的事吗？也许……请不要害怕，我们这么做，也不过是帮她实现自己的心愿！

我看着窗玻璃照出自己的脸，白皙的皮肤竟然像圣母，简直头上要发出光环了——所以，这不能算杀人，不是吗？

林子粹问我是不是自认为反而在救人。把一个女人从煎熬中解救出来，让她没有痛苦地离去，同时也让她的丈夫得到自由，简直是个拯救者！他说还不够了解我。是啊，我也不够了解我自己。

他劝我清醒一下吧，就当刚才那些话，全是无聊的玩笑。

而我钩在他身上，抓紧他冰冷的手，放到我的肚子上说，有个好消息要告诉他。他是个聪明男人，手指都颤抖了。

没错，我怀孕了！

从这一刻起，我们开始酝酿杀死他妻子的计划。

其实，我之所以想要杀了程丽君，还有个林子粹所不知道的原因——我怀疑我妈妈的死，虽是工作中的意外，却可能遭受了性格怪异的女主人虐待，她必须为之付出代价。

反复设计各种方案，甚至在卧室模拟血流遍地的情景，我用鸡血来代替人血，再艰难地用拖把与毛巾擦干净，以免警察发现蛛丝马迹。不过，这种暴力行凶的风险太大，万一失手连自己性命都堪忧，希区柯克的杀妻电影《电话谋杀案》，结果凶手反而被女人勒死了。

最好的方法，就是几乎不见到一滴血，让人误以为她是自杀的。

林子粹说妻子每晚十二点准时睡觉，会吃大剂量安眠药——我不是没想过在药里动手脚，但长期服用安眠药的人自然很小心，吃错药的可能性极低，如果硬往她嘴巴里塞，即便成功也会留下痕迹。

但是，在她吃药睡着以后，据说是打雷都惊不醒的，直到次日天明八点自然醒。

若不能入口，则只能入血——五月的一天，我们在海滩的夕阳下散步，林子粹突然冒出一句。

我冷冷地注视着他的侧脸，追问他刚说了什么。

而他茫然地耸肩，我没有继续问下去，却在心里反复地思量——入血？

忽然，我看着一大团燃烧的落日，挽住他的胳膊，凑近他的脸，几乎紧贴在一起，抬起手机自拍了一张。

看着手机屏幕里我俩的自拍照，他的表情却有些尴尬，当我说要把照片删了，他却摇摇头就说给我留个纪念。

这是我和林子粹唯一的合影。

眼看着斜阳把海水染成血色，我们两个在沙滩留下的脚印，转眼被海浪淹没冲刷，我却想到了注射杀人。

虽然，这种方法罕见而麻烦，却干净利落而毫不痛苦，许多自杀案例都有过。对于长期患病打针吃药的人来说，或许早就习以为常。

两周后，我提出计划——利用针筒和致死剂量的药物，趁他妻子在凌晨熟睡，潜入卧室肌肉注射，几分钟就能杀死一个人，伪装成自杀。法医虽会检测出死者体内有安眠药，但许多自杀者为了确保成功，也为了减少死亡时的痛苦，往往同时也会服用安眠药。

林子粹却担心，妻子死后，他将继承遗产，成为最大的受益者，警方首先会怀疑他。

看着林子粹阴沉的面色，我能清晰地听到自己牙齿间的战栗声，仿佛他已被戴上手铐，随着囚车押往刑场执行死刑——同样也是注射。

必须要有不在现场证明！

但这个太难了！我不可能为他作证，更不能让任何人知道我的存在，否则……

沉默半晌，屋里安静得能听到心跳声，我突然抱紧他，咬着耳朵说——我去杀人！

我真的在"咬"，牙齿几乎要把他的耳廓撕下来，他惊慌地将我推开，捂着耳朵说：小心！别留下伤痕！

杀人那天，他可以去外地开会，跟许多人在一起，保证有绝对的不在现场证明，而我去他家杀人！

他把我推开，就要穿鞋往外走，我拽紧他的胳膊，触摸他故意不戴婚戒的左手无名指。

林子粹说不能让我为他冒险犯下杀人罪。但我不怕。

他说自己怕得要命。

豁出去了，我板下面孔说：我以前杀过人的。

说完这句话就后悔了——他会不会对我充满恐惧，再也不敢躺在我身边，害怕哪天我就把他给杀了？

杀人不是开玩笑。

眼前闪过七岁那年，老宅的天井里，小白被爸爸砸到墙上，脑浆迸裂鲜血四溅的画面。回头看着窗外的天井，墙头伸出茂密的夹竹桃，似乎也渗透出莫名的血来。

我茫然地倒在地板上，伸开四肢面对着天花板，一如此刻我面对着楼顶上荒芜的天空。

六月，杀妻计划实施。

先购买几支训练用的针筒，又从护士学校弄到一本专业教科书。我故意淋雨着凉感冒，把病情说得很重，专挑男医生撒娇发嗲，让他给我开药打针。我在注射室坐了很长时间，打屁股的自然不能看，但仔细观察手臂上的肌肉注射——这才是我准备杀人的方式。

不过，别人给你扎针，跟自己给自己扎针，针孔的部位与角度完全不同。于是，连续两个星期，我在家反复训练用针筒扎自己的上臂，代价是难以忍受的疼痛，以及一个月不能穿无袖的衣服。

我去过他家踩点，悄悄躲藏在角落，把进入别墅区的路线，包括怎样打开房门都熟记于胸。他给我画了家里的草图，告诉我哪些东西不能碰，如何最快地找到卧室，以免在七八个房间中迷路。

那个凉爽的午后，隔着茂密的树丛，我远远看到四个女人，坐在别墅花园里喝茶。她们的年龄相仿，看起来都像是家庭主妇，穿着体面生活优渥，戴着金银首饰，身边放着 LV 或爱马仕的包。

反复辨认过程丽君的照片，我一眼认出了她——虽然她才是主人，却坐在最不起眼的位置，随意地绾着头发，穿着丝绸睡袍，看起来有些虚弱，目光散淡地仰望天空。她也不算丑，中人之姿罢了，若非上市公司的女继承人，林子粹怎么可能成为她的丈夫？

另外三个女人，有个明显是产后发胖，面孔有些浮肿。还有个看起来过分显老，烫着一头方便面似的短发。只有一个尚显年轻，保养得有些光彩，像个美少妇。

她们在说什么隐秘的话题？反正林子粹也不在家。程丽君的神色有些慌张，不慎打翻了一个茶杯。

虽然，我有着比她们年轻迷人的种种优越感，但更自卑——她比我有钱，有钱得多，她的钱也来自男人，但是她的父亲。

还有嫉妒。

她是他的妻子，而我算是什么？女朋友？情妇？小三？妍头？

对不起，杀了你，这一切都会解决，他是我的，而你的——也是我的。

杀你的时间，定在了六月二十二日，凌晨一点，这天也是我的生日。

提前一周，我才去购买真正的杀人工具。

早已做了充分准备，耗在网上查看各种药理学与毒理学论文，甚至去了几趟科技文献的图书馆。药店里可以买到两种非处方的注射药剂，分别是治疗皮肤病与妇科病的，但如果把这两种药混合使用，并且剂量翻倍的话，即能迅速致人死亡。

我总共跑了三家药店，购买齐了普通的一次性针筒、两种不同的注射药剂——每一样都要了发票，这在计划里是非常重要的。

　　全程我戴着口罩与墨镜，根据林子粹提供的妻子近照，穿着与她相同的一套衣服，把自己弄成类似发型——出门前照着镜子，简直就是那个女人翻版，我们的身高体重都差不多，我可以叫你一声姐姐吗？

　　为什么这样做？自然为了迷惑药店职员，让人觉得来买药和针筒的是程丽君本人。而在同一时刻，林子粹正载着妻子行驶在高架上，无人能证明她不在药店。

　　再过七天，我就要杀死镜子里的自己。

第十六章

第一百一十一天。

空中花园，刺眼的夕阳下，崔善意外发现墙上的刻痕。

她揉了揉眼睛，将瓶子里的水往墙上浇灌，依稀露出一个汉字——

正

这不是她刻上去的，隐藏在水泥颗粒中，后面还有一个"正"，接二连三的"正"。

正……

墙被落日照得如同镜子耀眼，每个"正"都刻得歪歪扭扭，难以判断男人还是女人写的，仿佛笔画被拆散过再拼装。

想起初中时竞选过学习委员，老师在黑板上写满了"正"——每个笔画代表一票，每个"正"就是五票。

墙上无数个密密麻麻的"正"，说明自己不是唯一的因犯。不知多少年前，还有人被禁闭在此。

忽然，她想到了一个人。

自从来到这里，记忆就有些模糊，但不会是永久性的。否则就这样死了，也没必要喝孟婆汤去投胎了。某张脸宛如暗室里的底片渐渐清晰乃至深刻，还有更多秘密，需要洗去或剥落多年尘埃与污垢，才能从墙上从地下重见天日。

月亮升起了，她蜷缩在墙边，触摸"正"字的刻痕，害怕等到明天醒来，就再也找不到它们了……

凌晨，崔善通过装死吸引来X，冒险用树枝刺入他的胸口，或许再偏半厘米，就能把他当场杀死。

她害怕遭到报复，他下来杀了自己倒不怕，怕的是他再也不来了。

让人意想不到的是，X简直以德报怨，用航模送来毛绒拖鞋，还有薄荷糖和热牛奶——因为看到她每天光脚走路心生怜悯吗？因为录音笔里提到了自己的最爱吗？

穿上温暖的拖鞋，崔善开始担心他了，胸腔的伤口深不深？有没有伤到心脏或肺？去医院做过治疗吗？会不会发炎化脓，留下某种后遗症？要是别的什么人，大概会恨她一辈子。

她打开早上还回来的录音笔，也许告诉X所有的真相，就是对他最好的安慰——

X，你还好吗？这是我给你起的新名字，希望你能喜欢。

六月二十一日，清晨，林子粹开车来找我。他在赶去机场的路上，下午会飞到台北，参加三天的展会，至少有上百人能做他的不在犯罪现场证人。

他带着一枝玫瑰，看得出是临时路过花店买的，但我仍然感激地接过来。林子粹并没有抱我，而是祝我生日快乐。他还说，如果我害怕的话，就放弃吧。

我不害怕，又问了他那个问题——

如果世界末日来临，只能带一种动物上诺亚方舟——马、老虎、孔雀、羊，你会选择哪一种？

他不假思索地回答：马。

到西逮？

林子粹说下星期告诉我，但我永远没得到过答案。

临别之时，他一直说舍不得，但我搞不清楚，他是舍不得离开我，还是舍不得即将死去的妻子？

林子粹的手伸到我的肚子上，我说宝宝还没开眼，不会记得发生了什么事。他说是舍不得这个小小的胚胎。

放心去吧，不会连累你的——我说得尤为决绝，简直有舍生取义的自豪感——就算我被警察抓到，肚子里的宝宝，也会保住我一条命，林子粹是律师出身，他懂的。

我让他为了孩子少抽点烟。同时，我想起十多年前，爸爸葬身火灾前夕，每天几乎要抽掉十包烟，熏得我终日咳嗽。林子粹答应了，拍了拍我的脸，却没说再见，开着奔驰车远去。

心头略微失落，玫瑰插入卧室的花瓶，这是我收到过的最廉价也最有爱的生日礼物。

其实，我骗了他。

林子粹，我并没有怀孕。为什么这样做？还不是为了让你能接受杀人计划？当你告诉我，你的妻子输卵管阻塞的刹那，我就想起了这个念头。她能带给你一切，却有一样最宝贵的永远不能给你，而我能做到。

这才是你杀妻的理由。

感谢自己伪装得不错，没去做演员真可惜了。我服用一种特别的药物，可以拖延生理期到来。故意每晚狂吃宵夜，让自己增肥了几斤肉，表演总是要付出代价的。

我吃了半片安眠药，一整天都在昏睡，想体验他妻子借助药物睡着后的感觉——或者说，是她临死前的感觉。

晚上八点，闹钟将我摇醒。

我嚼着薄荷糖，检查包里所有物品——注射针筒、两种不同的药剂，以上三张发票，加上一副白手套、一双塑料鞋套、几副消毒创可贴，林子粹给我的门卡和钥匙。最后，塞进那本护士注射教程，我在重要地方都用红笔画出来，造成这本书被她经常翻看的迹象。

出门前泡了个澡，刮干净全身体毛。我为自己戴上发网，牢牢裹住脑袋，加上一顶黑帽，不会掉下任何毛发。我给黑衣黑裤做了除尘，尽量不夹带蛛丝马迹到杀人现场，最后穿上不留脚印的平底布鞋。

从我小时候起到现在，穿衣最爱两种颜色：要么纯黑，要么纯白。

在林子粹面前，除了第一次相遇，我几乎只穿白色，有时他会说我像个女鬼。当我独自一人，更喜欢穿着黑色，更别说月黑风高杀人夜。

子夜，零点，出发。

祝我生日快乐，并且，杀人顺利。

我换了三辆出租车，这样没人能发现我的行动路线，更不会顺藤摸瓜找到我家。

六月二十二日，凌晨一点，来到别墅区的大门口。

这一天，是传统的夏至日。我们老家对这个很看重，从小爸爸教我："一候鹿角解；二候蝉始鸣；三候半夏生。"这是二十四节气中最早被确定的一个，通常从六月二十一日或二十二日开始，代表炎热的夏天到了。当太阳直射北回归线，在整个中国乃至北半球，都是白昼最长黑夜最短的一天。我在夏至出生，老法里说本该体性偏热。但我从小到大都是手脚冰凉，有时会让林子粹从床上跳起来，以为身边躺着一具尸体，他说我更像是在冬至出生的。

回到杀人的凌晨，别墅区边侧小门没装摄像头，平常走自行车，半夜也没有保安看守，有门卡就能打开。我走在陵墓般的甬道中，全身被浓密树影覆盖，产生隐形的错觉。转过两个弯，见到静谧中矗立的独栋别墅，四周是郁郁葱葱的水杉。整个形状早已刻在心里，绝不会和其他房子搞混。右边的车库大门紧闭，我就是在这儿与他初次相遇。

屏住呼吸，戴上白手套，穿起塑料鞋套，用钥匙打开外面院子的铁门。

走过铺着鹅卵石的花园，我绕着别墅转了一圈，发现二楼窗户还亮着灯——我知道这栋房子的结构，包括每扇窗的位置，那是他妻子的卧室。

不是每晚十二点准时吃安眠药睡觉吗？林子粹还说她习惯在黑暗中睡觉，因此关灯就代表熟睡。

我小心地潜伏在楼下，看着头顶的窗户，无法确定是她忘了关灯还是忘了吃药。

果然，窗边闪过一个人影，从头发与体形来看，毫无疑问就是她。

姐，快要凌晨一点半了，麻烦你快点睡啊！

平常这时候，我在上天涯八卦或耽美闲情呢，因此精神头还不错。我半蹲在别墅底楼，既为避免被外面的人看到，又不想在这里留下衣服纤维。

我差不多就是这时候出生的——二十六年前，巨蟹的第一天，妈妈生我是早产，县城医院条件差，她为我吃尽了苦头。医生让她选择，保大人还是保小孩？如果保我的话，她很可能没命。妈妈说就算自己死了，也要把我生下来。最终，我和妈妈都活了下来，她却在床上躺了三个月，后面一年都没力气上班。以后，等到我自己做了妈妈，大概才能明白。

对不起，我也是来给妈妈复仇的，如果程丽君要为我妈的死而负责的话。

是不是说岔了？

回到六月二十二日，凌晨，我去杀人。

楼上的窗户依然亮着，她没有睡，因为丈夫不在家，独守空房寂寞难眠？可是，林子粹说他们已经两年没睡过一张床了，她还会这么想他吗？

难道——趁此机会，她带着别的男人来家里了？

她真该死！

无法想象楼上究竟是什么情况。但只要灯没灭，我就不敢踏进房子一步。

心里有个声音狂喊——崔善，快点回家吧，不要再等下去了，回去还来得及。

不，我回不去了！

从冬至那个黄昏，在寒冷的西风中遇见他，我就再也回不去了，必然会走到今晚的这个地方……

肩胛中间的脊椎疼得难受。行动前的几天，林子粹陪我逛街，路过一家文身店。突然，我心血来潮地拖着他冲进去，说要给他一样礼物，请人为我刺上四个英文花体字——LZCS，就是他私人定制的手机上镶嵌的字母。

林子粹劝我不要这样做，以免留下什么后患。但我执意要刺青，电动文身机在背后刺破皮肤，先刺上一对黑色翅膀,再加上四个简单的字母。真是切肤之痛,鲜血往外渗透的感觉,像杀人。虽然,这不过是在行动前给自己壮胆罢了。

X,你无法明白,没有比今晚更好的机会了,更不能错过——改变命运的唯一机会。

凌晨两点。

头顶的灯还亮着,却传来某种音乐声……

夜半歌声?不,是高端洋气上档次的那个叫什么来着?

《天鹅湖》。

没错,柴可夫斯基——我只记得这个名字。

这种声音让我浑身难受,不是从卧室窗户传出的,而是旁边的二楼客厅——有套高档的组合音响,经常用来放古典音乐,那也是林子粹和妻子之间,唯一的共同爱好。

这段漫长的交响乐,在凌晨的别墅中,持续了两个半钟头。刚开始,我听着如同天书,后来随着旋律的变化,竟也渐渐听了进去,一星半点地感受到了什么,时而随着乐曲而欢快,时而又想掉眼泪。甚至,短暂地忘却了自己为什么来到这里。

等到《天鹅湖》终于安静,以为程丽君要去睡觉,二楼窗户里的音乐声,却令人绝望地再度响起。

同样是交响乐,从二楼透过玻璃,传到夏夜的花园,沉闷的奇怪效果,不知什么曲子,越听越令人悲伤,简直是葬礼上的哀乐,似乎每个乐器都像刀子,一片片将人切碎——该不会是程丽君真的想要自杀了吧?

等到这段音乐告终,楼上的灯光却还亮着。我想,她还活着吧。

要命啊,我尿急了。

能不能在花园的草地上就地解决？不行，警察会检查整栋房子，如果被他们发现就完了，尿液里能检测出我的DNA。

发网勒得额头发痛，整个后半夜，看着同一轮月亮，渐渐淡入云层之中。夏至的天色亮得快，还不如冬至黑夜漫长，哪怕寒冷彻骨。

六月二十二日，凌晨五点。

当我在别墅底下的花园里，看着水杉树冠上发白的天空，憋不住要脱下裤子小便——突然，二楼卧室窗口的灯熄灭了。

对不起，X，我就说到这里可以吗？

因为，我饿了。

我要一份鼎泰丰的小笼包，否则回忆不起来，谢谢！

第十七章

第一百一十二天。

太阳升起来了，黑暗留在后面。

崔善被鼻塞弄得近乎窒息，才发现脚边有团衣服，竟是鼓鼓囊囊的羽绒大衣。打开这件雪白的女式羽绒服，穿在睡袍外边，下摆几乎拖到膝盖，像座开着暖气的房子，鼻子刹那畅通了。

羽绒服里有包着保温袋的乐扣餐盒——八个小笼包。

居然还没冷透，浇着米醋和姜丝调料，毫不迟疑地咬下第一口，随着汤汁喷溅在口腔与舌头的各个角落，分辨出是鼎泰丰的小笼包。

味蕾的刺激下，泪水涌出眼眶，顺着脸颊滑落嘴里，眼泪加小笼包的独特味道，贯穿了嘴和食道……

她跟林子粹在一起的时间不久，还得偷偷摸摸躲着别人，每次约会后都去鼎泰丰用餐。他亲手为她蘸上酱料，用筷子夹着小笼包塞进她嘴里。而她用筷子不太熟练，要么掉到地上，要么把包子戳个洞眼，让汤汁不是漏掉就是射到脸上。

空中花园的阳光射在崔善脸上。吃完小笼包，连汤汁与米醋也没放过，连续打起饱嗝。这个乐扣盒子很珍贵，要把它洗干净放好，以便将来储存食物。

感谢X，这样温暖的恩典，无论是对舌头、胃、体温，还是记忆。

美好的回忆只持续片刻，便感到胃里强烈难受，仿佛有只手在撕碎内脏。她难以自制地趴在地上，把吃进肚子里的小笼包，全部呕吐了出来。

冬天即将来临的空中花园，她趴在水泥地上干呕，泪水混合着嘴角的呕吐物，心想彻底失忆是不是更好？

午后，X的航模又飞到头顶，除了面包、牛奶和水，还有那支录音笔。

这个无孔不入的偷窥者，想必已经看到她的呕吐，因此送来更多的食物。崔善打开录音功能，刚想说声谢谢，却发现有新的声音文件。

耳机里传来X的声音——

六月二十二日，宫位：巨蟹座0度到2度。星座：双子巨蟹座，本位的水象。

这天出生的人，不管开朗还是内向，都将人生看作一场恋爱冒险。你有过美好的梦想，但随着自己与家庭的变化，渐渐被社会污染，只能存在于记忆中。你的内心颠沛流离，难以抗拒出轨的诱惑。你有强烈的控制欲和嫉妒心，希望独占所爱的人和物，丝毫不愿跟别人分享。总而言之，你像团疯狂的火焰，不断燃烧自己殆尽，直到遇见坚硬的冰，要么把你扑灭，要么被你融化。你永远处在焦虑中，内心极度敏感，稍微有些挫折，就会充满自卑与沮丧。表面上你会吸取教训，趋向实用主义，小心谨慎，善于伪装和隐藏自己。过度的自我保护意识，往往会让你走极端。你有过很多段恋爱，经过一个周期之后，又会去寻找新的刺激。最终，你会失去理智的束缚，不顾一切，不计代价，乃至犯下杀人的罪孽。如果，你能渡过这些危机，或许会成为很好的家庭主妇。

但是，很不幸，你总是重复自己的错误，不断踏进同一条河流。

你的幸运数字是"4"，因为"22 日：2+2=4"。受到数字四影响的人，都是个人主义者，很容易遭到别人的讨厌。在二十二日出生的人，总是被各种双倍特质的事物所吸引，比如黑与白、夏至与冬至。

你的守护星是天王星，代表反复无常，极易爆炸。

这天出生的你，必须注意皮肤问题，不要过敏，不要长疹子，多用护肤品，哪怕很便宜的都无所谓。还要当心你的胃，千万别挑食，给你什么就得吃什么。

塔罗牌，第二十二张是"愚者"，感情用事，仅凭直觉和兴趣的傻瓜，非常容易被人利用和欺骗。

你的静思语："如果这辈子不是你的，到下辈子绝对跑不掉。"

对不起，以上这些不是指你，而是这天出生的巨蟹座，尤其是女生，请勿对号入座。

小笼包好吃吗？

既然，我已满足了你的愿望，那么你的秘密，杀人的凌晨，回忆起来了吗？

崔善怔怔地听完这段录音，这不是从网上抄来的吗？大学时候，同寝室的女生都痴迷于这些东西，星座啊塔罗之类，特别恋爱的时候，尤其要注意对方的星座是否合拍。

不过，X 说的这些内容，有些从未听说，简直是为崔善量身定制。

再听一遍录音，X 的声音蛮不错的，难得的青涩与亲切感。某些地方稍稍念错并有修正，但听得出精心准备过，或许反复录了好几遍，挑选最好的一个版本发给她。

"既然，我已满足了你的愿望，那么你的秘密，杀人的凌晨，回忆起来了吗？"

反复听着最后一句话，崔善不知如何说起，像只焦虑的母猫，在墙角下踌躇徘徊。

第十八章

第一百一十三天。

崔善把 X 送的床单在腰间缠绕两圈，做成一条宽大的裙子。每一纤维都充满他的气味，虽然没有烟草与酒精，却有男人的荷尔蒙。她有过许多裙子，但最喜欢这条，毫不束缚双腿。穿着它在庭院散步，像盛装晚礼服走过红毯。做女人唯一的好处，是冬天能穿裙子，比男人更耐寒冷。

但从天明等到日暮，她始终没有对录音笔说话，只是嚼着石榴叶子，像咬破他的双唇……

楼下的马路在开膛剖肚，日夜响彻打桩机声。乌云在天空移动，落日躲藏在云朵缝隙间，倾泻金色刀尖般的光。天气渐冷，白昼愈加短暂，天黑得越来越早，似乎每一天都像冬至。崔善在楼顶早早陷入恐惧，最后一棵石榴树，叶子枯黄掉落，随风在庭院中旋转。等到最寒冷的困难时期，野草与藤蔓都会被烧光取暖的。

傍晚，航模飞临空中花园，带来那台没信号的 iPhone，打开看到一段新的视频——

幽暗的手机屏幕，显示不断摇晃的画面，夜色中布满阴森的树林，镜头对准布满落叶的甬道，直至一栋沉睡的大屋。有道手电光束亮起，照着波希米亚或巴伐利亚式的房子，右边有个私家车库，看来很久没用过，锁都快要锈了。

她认得这栋别墅：林子粹与程丽君的家。

X用这台iPhone拍摄的吧——院墙铁门锁着，镜头天旋地转，想必翻墙进入了。围绕别墅扫了一圈，前院铺着鹅卵石，后面是小花园，地上满是枯黄野草。从正门无法进入。黑屏片刻之后，亮起时已在书房，她知道这是二楼。有只手进入画面，男人苍白的手，果然很年轻——按墙上开关没反应，想必是空房子断了水电。

手电照射书架，大部分是法律方面的书。走出书房，来到一间大客厅，照出几张昂贵的真皮沙发，同样落满灰尘与蜘蛛网。

忽然，镜头闪过一双特别的眼睛……

X的手在颤抖，看得崔善也头晕眼花，简直又要重新呕吐一遍。

那不是活人的眼睛。

墙上有张女人的脸，愤怒地注视这个私闯民宅、打扰长眠的不速之客。手电光圈与镜头都对准了她，单眼皮，姿色中等，三十出头，身材倒是不错，穿着一件白色晚礼服，目光忧郁地穿过手机屏幕，注视着巴比伦塔顶上的崔善。

差点没把这台iPhone扔到水池里。

重新打开屏幕，视频抖动的画面中，不过是挂在墙上的黑白照片，边缘镶着黑框——这间别墅死去的女主人。

她叫程丽君。

镜头总算平稳了，二楼除了女主人的遗像，还有整套昂贵的组合音响，墙上整齐排列着黑胶唱片——崔善知道这是林子粹的最爱。

忽然，X的手伸入这些唱片，翻了一两分钟，抽出一张放到手机前。唱片封套有个外国老头的画像，手电光线中看不清楚，但有锐利深邃的眼睛。

唱片的标题是《天鹅湖》。

她想起六月二十二日，凌晨时分，听到程丽君楼上响起的古典音乐，就是从这张唱片里放出的吧。

再看手机屏幕上的画面，唱片封套被翻到反面，却有着一行女人的字迹——

奥杰塔　OR　奥黛尔

崔善的左眼皮有些跳。

突然，X手里多了一支圆珠笔，他在这行字下又写道——

她在塔顶

他是写给墙上程丽君的遗像看吗？让那女人的鬼魂寻找这个烂尾楼的楼顶来复仇？

手机摄像头反复对着唱片，要不是这房子没电，X肯定会把它放到唱片机里，躺在沙发上听一段《天鹅湖》呢。

最后，镜头里的手推开主卧室的门。

手电照亮这个宽敞的房间，窗外摇曳着干枯树影。屋子正中有张大床，铺着床单与被套。X的手轻轻碰上去，扬起鬼影般的灰尘。

刚才遗像里的女人，就是死在这张床上的。

X异常小心地在杀人现场寻找着什么，抽屉是空的，但有过某些重要的东西。

最后，镜头落在床头柜上，一张蒙着灰尘的相框，依稀有几人的合影。

还是他的右手进入画面，用白布擦了擦相框的玻璃表面，手电照出四个女人的脸。

视频就在这里结束，崔善的十指颤抖，抓紧这台手机，仰望业已深黑的天空。

疯狂的 X，竟夜闯五个月前的杀人现场，翻墙实地考察，每个角落都不放过，就为了核实崔善回忆的真伪？因为说谎者总是容易忽略细节。

现在，他该相信崔善的每句话了吧。

第十九章

第一百一十四天。

耳边响起一段交响乐，旋律竟有几分熟悉，如同循环往复的永动机，将心脏推往如镜的水面，这明明是……《天鹅湖》？

清晨，X 的航模降落到空中花园。送走 iPhone 同时，录音笔随着面包与水一同而来。崔善来不及享用早餐，急着插上耳机，想听到 X 最新的消息，却是这段突如其来的音乐。

他真是个执著的家伙，没能在停电的杀人现场听到《天鹅湖》，回家后找了 CD 来听，还复制在录音笔里送给崔善？

面对荒芜的天空，她不奢望看到天鹅，却意外发现一只海鸥。白翅膀，颀长体形，羽毛散发海水咸味。海鸥怎么会飞到市中心的楼顶？它很累，白羽覆盖的胸口起伏，带来滩涂与芦苇的潮水声。萧瑟严冬到来之前，海鸥必须迁徙，它从哪里来的？北极？西伯利亚？日本海？……流花河？它要去印度洋上的小岛，抑或南半球的夏天？

《天鹅湖》是怎样的故事呢？崔善只知道王子与公主幸福地生活在一起，似乎所有童话都是这样的结局。事实上，她从没听妈妈讲起过任何童话故事，什么灰姑娘、白雪公主与七个小矮人……全是从同学们嘴里听来的，这也是她读小学时自卑的原因之一。

整个白天，崔善把录音笔攥在手心，好几次放到唇边，却像喉咙里被塞了块抹布，不知如何说下去。眼前不断泛起红与黑的影子，头痛欲裂——六月二十二日，凌晨五点，程丽君的卧室……

然而，她却想起了流花河。

七岁那年，河畔是荒无人烟的旷野，夏夜布满熠熠繁星，清澈得像小姑娘的眼睛。唯独有座废弃的屋子，翘起的屋顶说明有些年头，老人们说那是宋朝的古庙，后来被日本鬼子烧了。即将上小学，在老家的最后一个夏天，爸爸带她去荒野里捉鸟。趁着大人不注意，她好奇地走进破庙。布满蛛网与灰尘的大殿，阳光透过屋顶的漏洞落下，到处是残破的砖块与木头，墙上依稀有色彩剥落的壁画。庙中有座雕像，虽然面目不清，却有着丰娆的胸部，窈窕的腰肢，简直撩人之姿。

后来，才知那是九天玄女娘娘，据说《水浒传》里的宋江，就是在这座庙里遇到娘娘显灵的。这位中国上古神话的女神，既是兵法神，又是主司房中术的性爱神。

她看到在九天玄女娘娘神像背后，半空露出一双女人的光脚，那双脚直直地绷紧，在屋顶泄漏的阳光和灰尘里，发出青紫色的反光，简直要刺痛人的双眼。她顺着这双腿往上看去。接着是一条白色短裙，裹着年轻女子的身体，脖子上缠着根丝带，将整个人悬挂在破庙的房梁上。终于看清了那张脸，一个还算漂亮的女子，大约二十来岁年龄，瞪大死灰色的眼睛，伸出长长的舌头，一直拖到胸口，滴滴答答淌着充满腥味的涎液……有两滴落到小女孩的脸上。

冰冷的，黏黏的，死亡的味道。

小女孩尖叫着冲出屋子，爸爸喊来警察赶到破庙，听说是附近乡村的姑娘，因为结婚前被人欺骗，想不开寻了短见。

那是崔善第一次亲眼看到死人。

虽然，已是十九年前的往事，那座小城早就如此遥远，但她到死也不会忘记。

……

回到黑夜，楼下的广场舞，变成流浪歌手的吉他，蔡琴的《塔里的女人》。

"有人用美丽换取同情的谅解／有人用麻醉逃避清醒的痛楚／我只愿以长夜的无眠／换取一支天鹅垂死时美绝的歌／你将是我一生最美的悲哀／因为你短促的生命已将我的青春燃成灰烬……"

这段歌声提醒了自己什么？脑中闪过某个模糊的背影，不可磨灭，无比真实。

刹那间，崔善找到了一把钥匙。

压抑狂跳的心头，她重新打开手机录音功能，在子夜喘息着回忆道——

　　X，在你听到真相之前，先问你一个问题——
　　如果世界末日来临，只能带一种动物上诺亚方舟——
　　马、老虎、孔雀、羊，你会选择哪一种？
　　六月二十二日，夏至，我的生日，凌晨五点。
　　当我带着杀人工具，躲藏在林子粹与程丽君别墅的花园内，快被憋死几近放弃时，突然二楼卧室的灯光熄灭。

我立刻转到底楼房门前，屏息静气等待了十五分钟，这是留给程丽君的安眠药生效的时间。

终于，我用林子粹提供的钥匙开了门。虽是初次进入，却已对这里了如指掌，按照事先预习过无数遍的步骤，踏上楼梯，穿过客厅，进入卧室。

程丽君正在床上熟睡。

这是林子粹与她的床，虽然他已两年没睡过了，但看着这个女人，这张反复温习过的脸，我依旧心存怜悯。

然而，短促的夏夜眼看要耗尽，再等候片刻，天就要亮了。

我掏出针筒和注射药液，还有购买注射器和两种药液的三张发票，以及注射教程的册子——它们将作为自杀的重要证据，先放到床头柜上。

同时，我注意到了床边相框里的合影。

按照平时的演练，我干净利落地完成准备工作，注射器已充满致命的毒药。犹豫几秒，我抓起程丽君的胳膊，丝毫没反应——大概林子粹也这么试过，才告诉我不会有问题。

眼前闪过七岁那年的流花河畔，九天玄女娘娘庙里吊死的年轻女子。

我的右手抓着针筒，前所未有地剧烈颤抖，仿佛被打上一针即将死去的人是我。

楼下响起什么声音？

晕，底楼有人！

不可能是林子粹回来了，难道是保安发现异样过来了？还是其他什么角色？

抑或，X——现在囚禁着我的你？

来不及收拾了，我慌乱地把注射器放在床边，连同所有杀人工具以及发票等等，都遗留在了杀人现场。

当我从熟睡中的程丽君身边逃跑时，百分之百肯定她还活着！

我蹑手蹑脚地下楼，身上只背着一个空包，才发现厨房亮起了灯，依稀有个模糊的人影。但我很幸运没被发现，直接打开大门逃出去。

天都亮了，趁着保安没有看到，我悄无声息地逃出别墅区，拦下出租车就回家了。

回去的路上开始落雨，黄梅天的雨，让人心头发霉，五味杂陈：既有没完成任务的羞愧，也后悔把杀人证据都留在了现场，担忧自己跟林子粹的未来，更有种莫名的轻松感——终究还是没有勇气杀人……

X，请你相信我，程丽君不是我杀的！

我确实与林子粹一同蓄谋杀人，但我绝无杀人的动作，只要针筒没有刺入她的血管，法律上就算是犯罪中止，顶多也是杀人未遂！

至于，真正的凶手是谁？

我不知道。

不过，如果我没有猜错的话，就是同时出现在厨房里的那个人影。难道，当林子粹在外与我偷情的时候，他的妻子同样也红杏出墙？趁着丈夫出差在外的机会，让情夫跑到家里幽会？这也是程丽君直到凌晨五点，才会熄灯睡觉的原因吧——或许，在此之前，两个人正在她的床上缠绵？然后，他杀了她。

老天，我在想些什么啊？但这是最有可能的解释，一旦错过这个机会，便是世界末日。

亲爱的 X，很抱歉，你胸口的伤好些了吗？我保证不会再伤害你，也不再尝试逃跑，真的。

你能帮我抓住那个人吗？

现在，我已说了太多关于自己的秘密，我想听你说故事了。

第二十章

第一百一十五天。

空中花园的清晨，崔善腹泻了好几天，蜷缩在最后那株石榴树下，尖利的枯枝几乎划破脸颊，才看到挂着的纸飞机。

能飞到那么高的地方吗？她疑惑地打开，发现 A4 纸上写着两个字——

老虎

这是 X 给她的回答：关于马、老虎、孔雀和羊。

纸飞机是怎么过来的？至少，不可能从对面高楼。抬头看着墙顶，昨晚 X 又来过吗？这回他不怕被刺破心脏？

崔善裹紧了白色羽绒服，在泥土脸盆里刷牙洗脸。灰暗的天空下，她停滞不动，如镜的水面上，倒映着一张女人的脸。还算年轻，虽然眉眼发黑而暗淡，皮肤更显苍白，脸颊与脖子消瘦，长发披散在肩上，有哭过的痕迹，像只被射中的天鹅。

传说人们照镜子时会自动脑补，感觉比真实长相好看 30%，尤其在晚上。继续给自己洗脸，冰冷的水刺激皮肤与毛孔，不如出去洗个热水澡，哪怕用三天的面包来换，哪怕洗完再马上回到这座监狱。

如果，马上就能逃出去，她还想做个SPA，让泰国技师全身按摩。剪掉这乱糟糟的头发，哪怕变成短发也好。对了，超想去做个美甲。肚子又开始叫了，它在想念伊比利亚火腿？小杨生煎？十三香小龙虾？小黑蚝情？三文鱼刺身？赵小姐不等位的盐烤蛏子？

X的迷你直升机落到身边，带来了录音笔，崔善插上耳机，听到一段对话——

　　　　"你是崔善的男朋友？"

　　　　（一个陌生男子的嗓音，成熟而有磁性，让人听了如沐春风，语气中似乎带有怀疑。）

　　　　"嗯。"

　　　　（虽然短促，却毫无疑问是X的声线。）

　　　　"我是叶萧警官，很抱歉把你请到公安局来，想了解一下崔善的情况。"

　　　　"有她的消息了吗？"

　　　　"没有。"

　　　　"警方为什么要找她？"

　　　　"这个你不用管。"

　　　　"对不起，我也一直在找她。叶警官，你是怎么找到我的？"

　　　　"我找到了她以前工作过的盛世广告公司，前台工作人员告诉我，最近有个男人找过她，自称是崔善的男朋友，因为你们互加了微信，所以我找到了你。好吧，请如实回答警方的提问——你最近一次见到崔善是什么时候？"

　　　　"今年，七月。"

（崔善有些头晕，七月份自己最抓狂的时候，有没有遇到过某个变态或奇怪的人？）

"六月二十二日，她在哪里？"

"云南。"

"警方询问过她的社会关系，据说是去了云南和西藏。我查了航空公司的信息，她在今年二月飞到大理，却没有回程记录。你们是一起过去的？"

"不是。"

"你和崔善认识多久？"

"两个星期。"

"嗯？"

"六月二十一日，我第一次见到她，在丽江。"

"倒是艳遇的好地方，你喜欢泡吧？"

"叶警官，你误会了，我和崔善认识的地方，是在丽江城外的白沙镇。"

"那是？"

"没有酒吧，非常安静，出了镇子，就是麦田与荒野。我是专门去看明代壁画的，在镇子里有棵大银杏树，我的照相机拍到了她。然后，我跟着她，在空无一人的古庙深处，直到她以为碰到变态，我们就这样认识了。"

（X还真会编故事！）

"听起来不错，你的运气也好。"

"在白沙镇的一间小客栈，我和崔善一起住了十来天。我们每天清晨起床，在田野里散步，骑马，上山，跟纳西族的小孩子们玩，在银杏树下看着天空。在高原上好像能摸到云，有时又荒凉得什么都看不到。夜里，月光照在我们窗边，再也不用看电视和上网了，看着蜡烛一支支烧完，也就是入睡时刻。"

（崔善的眼角一酸，竟为 X 而莫名感动。）

"听你这么一说，有空我也想去住几天。"

"七月，她就消失了，不辞而别，毫无预兆。"

"没留下什么东西吗？"

"崔善只有一个随身的旅行包，在小镇里不需要手机，我连她的号码都没留过。"

"我能理解你。"

这是录音的最后一句话，不知警官有没有相信这通鬼话？

一阵秋天的风卷夹着沙粒吹过，崔善坐在空中花园的黑夜，掌心紧紧攥着录音笔，充满自己的体温。

第二十一章

第一百一十六天。

"盖茨比买下那幢房子，是因为黛西就住在海湾对面。"

崔善重新开始读《了不起的盖茨比》，很有耐心地翻过几十页，却想起 X：他住在那栋楼顶的某扇窗后，只因为她被禁闭在对面的空中花园？

她还是很想逃出去。每天守株待兔别的什么飞行器，而不再是那黑色的航模直升机。中午，有艘巨大的飞艇路过，标着某个奢侈品广告。她却懒得求救，不过是浪费体力。读书时常能在操场上空听到飞机轰鸣，看到不知哪种机型掠过长空，拖出两道细细的气流，拽着她的视线消失在最远的云层间，去巴厘岛还是巴黎抑或拉斯维加斯？她羡慕过飞机，包括一切在天上飞的东西，从蚊子到麻雀再到风筝甚至国际航班的空姐。

想要飞，哪怕像天鹅那样飞走，下意识地摸了摸胸口的项链坠子。

喝完最后半袋牛奶，她发现自己有了一根白头发。

真崩溃，这根从额头上垂到眼前，发出金色反光的细细发丝，是否正在以十倍的速度老去？她不敢再从水池中照镜子了，害怕看到的不是自己而是妈妈的脸。

X的航模又来了，带着早上送回去的录音笔。崔善插上耳机，听到一长串他的声音——

第一幕：欧洲中世纪某王国。齐格弗里德王子即将成年，要在明天的生日晚会挑选新娘。当晚，王子去天鹅湖打猎。

第二幕：齐格弗里德偶遇一只戴着金冠的天鹅，为它的倩影所迷恋。其实，她曾是公主奥杰塔，被魔王罗特巴特施了咒语。黑夜，她是少女，被悬挂在城堡高塔上的空中监狱囚禁了三年；白昼，她化身为天鹅，以免任何人窥见她的美貌。因为，只有一个男子真正爱她，才可以让她得救。齐格弗里德深爱上天鹅，邀请她来参加舞会，答应娶她为妻。

第三幕：王子的生日晚会，他对各国佳丽毫无兴趣，一心只念奥杰塔公主。魔王罗特巴特带着女儿奥黛尔出现，伪装成奥杰塔的形象，只是变成了黑天鹅。王子未能识破真相，便与奥黛尔缔结婚约。当他意识到自己被骗，立即赶往天鹅湖解救奥杰塔。

第四幕：齐格弗里德王子持剑而来，与罗特巴特展开一场恶战，终于杀死恶魔。但为今生不能结合而悲恸，王子与天鹅一同投湖自尽，却意外破除魔法，天鹅还原为少女，两人美满生活在人间。

这就是X要说的故事？

结尾听来像梁山伯与祝英台？却是个恶俗的大团圆。不过，崔善想起王子与天鹅，总有一种人兽恋的感觉。

每个秋夜，萨克斯代表春天来和她约会。她钻进温暖的鹅绒被，像藏在云朵里，看着雨棚外的月亮。那只猫偶尔还会出现在墙头，转世投胎的小白。

她打开录音笔，贴着唇边说——

X，你是谁？每天赐予我食物，送来睡袍、毛毯和白鹅绒被，除了你，又有谁会注意窗外的世界，变态似的天天盯着对面楼顶？你能偷窥到我的一切，是吗？感谢你的天鹅湖，但我不相信这个结局，一定还有其他版本。你以为我是奥杰塔？同样被不知哪个魔王施了咒语，困在高塔顶上逃生而不得，每天只能跟各种鸟类相伴，以及永远看不见面孔的你。如果，你是救我的王子，我会千倍百倍地奉还，请把我放走吧！求你了，我的 X. 齐格弗里德。

夜空下，崔善滑溜溜地钻出来，撩起疯长的头发，摆动细长的脖颈，黑天鹅般魅惑。

第二十二章

第一百一十七天。

冬天提前来了，高空上布满严重雾霾，快要让人喘不过气。太阳像个永远化不开的鸡蛋黄，被扔在天上的垃圾堆里。

正当崔善担心 X 看不见她了，迷你直升机送来了一副口罩。

韩国牌子，标签写着"超细纤维过滤 PM2.5 防护"，淘宝价应在 180 元左右，表面印着很酷的彩色怪兽，让人怀疑他是个宅男。

她戴上口罩，取出机舱里的便笺纸写道——

谢谢！请给我买一套女士内衣。

是否不妥？对男人的性诱惑？犹豫几秒，她还是没把便笺纸撕掉，让航模带回去吧。

下午，崔善收到了内衣礼物。

故意看着对面楼顶，打开包装袋里的内衣，一套 CK 的文胸与内裤，全系浅粉色，摸起来不像是山寨的。

她喜欢。

变态！你以为我会穿给你看吗？

躲在 X 看不到的墙角，脱下羽绒服与睡袍。寒冷雾气的深处，幕天席地光着身子，只剩下口罩遮着面孔。她利索地换上新内衣，再严严实实包裹起来。很长时间没来过生理期了，不知这内衣还能保持干净多久？

对不起，让你失望了，之所以要这套女士内衣，是为了逃出去后不至于走光。

待我长发及腰，越狱可好？

崔善认真洗了红底鞋，若能活着出去，别让人觉得她是从非洲逃难来的。即便不能逃生，也不想等到人们发现空中花园，横陈一具光脚的女尸。公安局有没有她的失踪记录、寻人启事？电视、微博、微信、天涯、交友网站……遍布她的脸，以及失踪时穿的黑裙子，麻烦 P 得好看点。错了，没有人会报案她失踪的。人们早已习以为常，不过是茫茫人海中，又有个陈白露一样的女人，不辞而别去寻觅新的枝头罢了。

高空的傍晚，依然充满各种噪音，看着被污染的星空，崔善拿起录音笔，告诉 X——

六月二十二日，凌晨，我没有杀人。

三天后，林子粹告诉我：她死了。

根据警方的调查结果，程丽君很可能死于自杀。

一个月后，林子粹得到了死去妻子的全部财富，成为上市公司最大的个人股东，却要把我抛弃。

没人知道我们的秘密。他跟我联系的手机，并非平常所使用的，也不是用他自己名字购买的。就连第一次留给我的号码，也不属于林子粹所有。而他给我租的公寓，也是用别人的身份证……

林子粹信誓旦旦过，要伪装成丧妻后才认识我，同样也是一次偶遇，地点在久光百货。妻子的一周年忌日过后，就可以去领证结婚。而他唯一担心的，是那时我腹中的宝宝已经诞生。

虽说是第二任妻子，我仍然渴望披上婚纱，走过铺满玫瑰的红毯，在地中海的游艇上……不需要任何亲朋好友到场，来祝福的都是素不相识的外国人。

崔善，世界上没有比你更傻的傻瓜了，从一开始你就被他欺骗了。

天蝎男，太可怕了。

但我真的怀孕了，只想见他一面，告诉他这个秘密。

记得念初中那几年，每个礼拜，我都去学校对面的小店，买来花花绿绿的信纸和信封，偷偷给王力宏写信。整页纸写满工整字迹，像个虔诚的信徒，无非是喜欢他的新歌，倾诉遇到的烦心事，求一张签名照之类的。这些信大概都被经纪公司扔进垃圾箱了吧。

终于，我找到了这个男人，大约是七月三十日深夜。

林子粹彻底反悔，想把我打发走。他说，发生凶案时，他在外开会一无所知，冒充程丽君去药店的人是我，钥匙和门卡是我从他身上偷走的，凭什么说是两个人合谋？我反问道，我为什么要杀人？真正获利的人是林子粹！而我冒了全部风险！警察只要想到这个动机，他就逃不开干系。他说我疯了——完全活在妄想中，觉得只要杀了程丽君，我们就可以结婚。

就算我有精神病，为什么不阻止我，还要在杀人那天故意飞走？他的理由让我崩溃，竟说这次的杀人计划，是我完全瞒着他干的。我是疯子，只要一提出这种可怕的想法，就会引起他的警觉。所以，我不敢告诉他，只能独自秘密行动，许多案例都是这样的，并非里应外合才会杀妻。我可不懂什么法律，完全被他讲蒙了。林子粹无情地说，他还爱着亡妻，是程丽君让他拥有了现在一切。而我，不过是个更年轻更漂亮让他满足的女人而已。他在葬礼上流的眼泪是真的，我永远无法替代他的妻子。

更让我难以接受的是——他知道了我妈妈曾是他家钟点工的秘密。

最终，他对我妈妈的侮辱，彻底激怒了我。

十多年前，爸爸葬身火海，妈妈完全可以带我回县城生活，开个小店，或去原来单位上班，安安稳稳不用吃任何苦头。她年轻时很漂亮，每次跟她一起上街，都会有男人回头看她。当她变成寡妇，也不缺少人追求。逢年过节，我很喜欢一个叔叔送的甜点，后来却被她拒之门外。妈妈选择做一个钟点工，用我的话来说是下等人。因为，她知道女儿喜欢这座城市，不肯离开学校和同学们，像个被扫地出门的小公主。为储蓄给我上大学的钱，妈妈不停更换着东家。常遇到家境殷实的人家，有跟我年纪相仿的女儿，妈妈说，希望我过着跟别人家女儿相同的生活。就是那户人家，家里少了现金，无端怀疑钟点工做贼，报警把她送到派出所。妈妈饿着肚子被关了整晚，我却没有给她送饭，害怕自己会被人瞧不起。可当我考上S大学，妈妈还是那么骄傲，打电话告诉老家的每个亲戚，回去请客吃饭了一圈，连她当年的中学同学都没放过。

还有两个秘密，除了我没有任何人知道——妈妈杀过两个人，当我十八岁与二十三岁。

现在你该明白，我的高中班主任容老师，以及大学毕业后第一个男友死亡的真相了吧？他们都深深伤害过我，如果妈妈现在还活着的话，说不定林子粹也早就死了。

X，你也会被她杀了的。

虽然，我从没感激过妈妈，但我无法容忍林子粹的话，激动中抄起房间里的花瓶，砸碎了他的脑袋。

当时，我以为他死了。

后面的记忆是模糊的，我慌乱地逃出那家酒店，穿着黑色小碎花的裙子，踩着 Christian Louboutin 红底鞋……

当我醒来，已躺在这座空中花园的监狱里了。

对了，你看到过我的下半身在流血吧，真是难以启齿——其实，那是流产。

X，林子粹还活着吗？

X，是你把我关进来的吗？

X，你爱我吗？

请你明白——但是太阳不是我们的，我们要睡了。

我想看到林子粹。

第二十三章

第一百一十八天。

似乎很遥远的春大，一个男人站在落地窗前，阳光越过院墙外的夹竹桃，倾泻在他赤裸的身上。崔善用被子遮盖自己，肆意欣赏他背后的肌肉，还有大腿上蓬勃生长的体毛。

为什么梦到这个？她的请求就要兑现了吗？

崔善越来越频繁地做梦，不知是否 X 爬到她身边的缘故？但每当睁开眼睛，总是一片空虚，即便故意装作睡着，整夜强迫自己醒着，却也等不到他的呼吸声。

他只需要一样东西——崔善所有的秘密。

几十天来，她一直对着录音笔或 iPhone 说话，简直把它们当作心理医生来倾诉，从自己的童年到少女时代，第一次恋爱与第一次被欺骗……每个女人都有这些秘密，只是男人无从得知，或者过分邪恶地想象。

对不起，X，崔善并不是第一次说谎——她没有说出全部真相。

死亡是什么？

除了七岁那年，小白被爸爸砸死；十二岁那年，爸爸被大火烧死，还有……关于她的爸爸，那个叫崔志明的男人，他不是被大火烧死的。

十四年前，天虽然也是灰蒙蒙的，却没有难以驱散的雾霾，也没有黑夜挎着迪奥包的年轻女郎。

那一年，崔志明扔掉 BP 机，买了第一台摩托罗拉手机，偶尔会光顾街边的小发廊。自从离开老家，他就没正经上过班，在外面做着各种生意，倒也从未让老婆和女儿吃过苦。偶尔深夜拿回家一大笔钞票，给麻红梅买漂亮的衣服和首饰，给崔善买电子琴与游戏机。

那一年，麻红梅年迈且久病的父母相继在老家离世，她在一家服装店做营业员，总感觉眼皮不停地跳，即将发生什么大事。那时平均房价只有三千元，夫妻俩商量着准备买套小房子，说不定还能把户口迁过来。

那一年，崔善小学刚毕业，已开始微妙的身体变化，每天起床似乎都有些不一样。学校里有男生为她打架，男老师看她的目光也略有猥琐。麻红梅从没跟她聊过这方面的话题，只是默默观察，担心女儿在这座城市早熟，更怕她会受到爸爸的影响。

她的爸爸是个骗子。

那一年，四个放高利贷的家伙跑来讨债，搬走了家里最值钱的几样东西。麻红梅骗女儿说，为了买新家具才把旧东西送人。多年的彩色气泡破灭，崔志明喝着白酒浇愁，向妻子承认打麻将欠了一屁股债。而跟他合伙做生意的两个人，一个已上吊自杀，另一个进了精神病院。

从此以后，麻红梅多打了两份工，每周七天早出晚归十二个小时，只想多赚点钱帮丈夫还债。

但崔志明没有找工作，要么在外闲逛，要么拆东墙补西墙还债，直到所有人远远躲开。当麻红梅深夜疲惫回家，发觉女儿独自看电视，丈夫满嘴酒气地抽中华烟，把家里天花板都熏黑了。她仅仅说了崔志明几句，就被抽了个耳光，鲜血顺着嘴角滑落。但她没有流一滴眼泪，在女儿发现前悄悄抹掉。

放高利贷的总是上门，有时还会骚扰女儿。麻红梅用铁棍把对方打得头破血流，治安拘留十五天，还丢了工作。丈夫却没到公安局来接她。当麻红梅独自深夜到家，崔志明正从小发廊回来，带着浑身劣质香水味。他走进女儿房间，看着熟睡中的十二岁少女鲜嫩白皙的大腿。麻红梅将他揪到外面，说要跟这男人离婚，崔志明却抽着烟说："你可以跟我离婚，但我是小善的爸爸，我必须跟女儿在一起。"

"休想。"

"对不起，法院不会把孩子判给一个刚被公安局拘留过的妈妈。"

崔志明说得没错，何况这离婚官司必须回老家打，那里的法官恰是他的发小，麻红梅知道自己必输无疑。

"可是，你连自己都养不活，怎么把小善带大呢？"

"算我运气好，女儿长得漂亮，发育得又早，再过一两年，就可以带她去东莞，很快我们父女就能发财了。"

看着丈夫黑青的眼圈，突然变得如此陌生并丑陋不堪，麻红梅在心里画了个红色大叉。

不久，她有了新的发现——几个月前，崔志明给妻子上了高额人身保险，一旦麻红梅意外亡故，他就能获得上百万的赔偿。

那个夏天，崔志明说在郊外看中一个废弃厂房，可以盘下来经营废品生意。他带着麻红梅来到荒野，空荡荡吓人的废墟里，堆满各种易燃物品。崔志明正要从背后将她推入井底，早有警觉的麻红梅躲过一劫，两人展开生死搏斗，麻红梅抽出藏在身上的榔头，最终将丈夫砸晕过去。

她已猜到崔志明的计划——放火将妻子烧死，伪装成意外事故，领取保险赔偿。麻红梅同样也放了把大火，无人旷野里烈焰冲天，将要把崔志明烧成灰烬。忽然，她改变了主意，冒着葬身火海的危险，将丈夫救出。并且，留下他的衣服、钱包还有证件。

麻红梅将他囚禁在郊外的小屋，但这地方随时可能拆迁，必须另寻一个安全所在。

于是，她在市中心找到一栋烂尾楼，发现了荒凉的空中花园。

这鬼地方是天生的监狱。

麻红梅用了足足三个月，每天清晨来到烂尾楼，利用堆在十九层的剩余建筑材料——水泥、黄沙、砖块与石灰，亲手砌起坚固的黑墙。当时，周围没有任何高楼，无人可见这项浩大工程，即便在楼下仰望塔顶，也难以感受高空的变化。

终于，麻红梅把崔志明打晕后转移到空中监狱。

每个清晨，她都会上来送吃的，扔一瓶水和一个包子。偶尔会把女儿吃剩下的菜，打包带给饥饿的崔志明。天凉以后，她给丈夫送了席子、毛毯还有大衣。

除了过年那几天——麻红梅带着女儿回到老家，在流花河畔买了块墓地，在墓碑上刻下崔志明的名字，把他的衣服埋入地底。

第二年，崔志明怕妻子要在楼顶上关他一辈子，每天在墙上写"正"字，以免遗忘时间。反正再怎么喊救命也没用，他不再高声咒骂麻红梅，更不会抓得满手鲜血自残，而是每天对着墙壁发呆，简直十年面壁图破壁。

第三年，开春，他向妻子祈求泥土与石榴树苗。麻红梅满足了他的要求，监狱从此变成花园。当石榴冒出新芽，他开始制作捕鸟工具，甚至抓住可恶的老鼠，自己生火烤了吃掉。崔志明开始习惯于这个新家，至少安全而幽静，不会有放高利贷的来找他了，更不会有酒精、烟草、乱七八糟的女人与麻将牌的噪音。

第四年、第五年、第六年……崔志明不再提出放他出去，唯一的请求是让他看一眼女儿，但麻红梅无情地拒绝了他，虽然这时崔善刚考入大学。

一个个寒冬与酷暑之后，当墙上的"正"字已成百上千，被雨水冲刷得难以辨认，他再也记不清自己被关了多少年。崔志明只能从雨后倒影里头，看到自己渐渐变白的头发与胡须，从挺拔迷人的中年男子，变成一个佝偻后背的老头。

六年前，崔善有个暑期找不到房子，只能跟妈妈一起住。多年来，她对妈妈从未关心过，比如每天清晨会消失一两个钟头。直到有天妈妈生病住院，连续一个星期，麻红梅对于病情并不担心，但总是看着窗外惶惶不安。

终于，妈妈在病房悄悄对女儿说："小善，必须告诉你一个秘密，否则，你爸爸就要死了。"

崔善一直以为爸爸死于那场大火，她十二岁那年。

于是，麻红梅将以上所有秘密告诉了她……

"小善，你来选择吧——是你自己把你爸爸放出来，还是报警将我送进监狱？"

最终，她的选择却是："妈妈，告诉我具体地址，我去烂尾楼上，给爸爸送饭！"

那天下午，是崔善带着食物和水，登上这栋烂尾楼顶，送给饿得奄奄一息的爸爸。

当她趴在高墙之上，俯视那个骷髅般生存的男人，却没有丝毫怜悯，连一声"爸爸"都没叫过。

她还在恨爸爸，因为七岁那年的小白。

崔善只做了几天的临时狱卒，崔志明也没看到女儿的脸。不久，麻红梅提前从医院出来，继续对丈夫的漫长囚禁。

女儿始终保守这个秘密，没有对任何人说过——X也不会例外。

前年冬至，麻红梅在林子粹家做钟点工意外身亡。两周后，崔善才接到噩耗，匆匆回国后的第一件事，并不是去殡仪馆领取妈妈的骨灰，而是直奔这栋烂尾楼。

然而，崔志明消失了，整个空中花园一无所有，除了冬天干枯的石榴树。

爸爸去哪儿了？

要么是几年前死在了这里？或者早就被妈妈释放，如今躲藏在地球上某个角落？

唯一可以确认的是，现在囚禁自己的这座空中监狱，正是妈妈亲手建造起来的。

她早已忘了这栋楼的具体地址，更不清楚烂尾楼的名字，只知道在市中心，楼下有个市民广场公园，紧挨着贯穿南北的高架桥。

现在，这是她的家……

第二十四章

第一百一十九天。

巴比伦。

当中国第一个王朝尚未建立，这座城市已矗立于肥沃新月地带的末端。犹太人在尼布甲尼撒二世的"巴比伦之囚"后诅咒道："沙漠里的野兽和岛上的野兽将住在那里，猫头鹰要住在那里，它将永远无人居住，世世代代无人居住。"

尼布甲尼撒二世最著名的遗产，是巴比伦空中花园。他的王后是米底公主安美依迪丝，来自今天伊朗的西北部，那里有层层叠叠的山峦与森林。为了让王后见到故乡山水，尼布甲尼撒二世下令按照米底的景色建造空中花园，被古希腊人列入与埃及金字塔、奥林匹亚宙斯神像、亚历山大灯塔、摩索拉斯陵墓、罗德岛太阳神像、阿尔忒弥斯神庙齐名的世界七大奇迹之一。

公元前539年，波斯大帝居鲁士征服美索不达米亚平原。消灭过斯巴达三百勇士的薛西斯王，下令摧毁巴比伦城。两百年后，亚历山大大帝决定修复这座古代奇迹。然而，大帝死于一只蚊子叮咬，巴比伦塔继续躺在幼发拉底河畔的废墟下直到今天。

以上是 X 的声音，昨天通过航模传来的录音笔。

崔善反复倾听这段并不新鲜的故事，仰望天空与四堵高墙，巴比伦塔与空中花园？

这天清晨，当她从雾霾中醒来，在墙角捡到一个女包，印着大大的 LV 标志，一摸就知道是山寨的。

昨晚 X 又来过了，空气中隐隐有男人的味道。

这算是哪门子礼物？打开包，没有手机，更不会有皮夹子、餐巾纸、防晒霜、唇膏，甚至卫生巾。

但有一本护照。

大红色的封面颇为土气，打头就是 PASSPORT，下面印着个国徽，像艘帆船载着几棵椰子树，最底下是一行英文——

REPUBLIC OF SODOMA

崔善反复念了几遍，忽然想起一部电影：索多玛共和国？

从没听说过这个国家，疑惑地翻开护照，发现第一页就是自己的照片。

晕。

那是一年多前她拍的证件照，怎么会出现在这本护照上？再看底下的英文，写着一行陌生的名字——

Surname：ZHANG

Given names：XIAO QIAO

按照最常见的中国人的名字，倒翻过来就是"张小巧"？很有赵本山的《乡村爱情》的味道啊。

底下有英文的出生年月，却比她的实际年龄小了一岁。生日从六月二十二日变成了十二月二十二日——从夏至出生变成了冬至，正好地球公转了二分之一。

英文的出生地则是 FUJIAN CHINA。

福建省？崔善这辈子都没去过。

护照再往后翻，除了一些原本印着的文字，全是空白，也没有任何签证与出入境盖章。

张小巧？这是 X 给她的新名字？可在这个空中监狱，要这本不知道哪个鬼国家的护照又有什么用？

第一次，她对"崔善"这个名字有了亲切感。一百二十天原始人的生活后，她相信，当人类祖先没有名字地活在荒野中，就跟他们的捕猎对象没什么区别。而人之所以跟动物不同，是因为我们有了名字，所以跟别人不同，才可以被人记住，自己才变得重要——或者说，有了名字，人才变得自私，是这样吗？

崔善还是把护照塞回山寨 LV 包。

中午，她被楼下的鞭炮声惊醒。还有几支热闹的高升，耳膜刺得直疼。火药味飘到空中花园，小时候每年过春节，都盼望闻到这气味，长大后反而觉得刺鼻厌恶。

有人结婚？新房在对面那栋三十层楼？多少钱买的房子？新娘漂亮吗？当崔善还是个小女孩，羡慕过披着婚纱的新娘子，四个多月前还有憧憬——现在不会再有了。

深夜，最后一粒薄荷糖，在嘴里慢慢溶化，渗透在舌尖的味蕾，伴我同眠。小白又来了，尾巴尖的火红斑点，在夜雾深处闪过猫眼石般的光。崔善梦见了妈妈。

十二岁那年，爸爸失踪后不久，妈妈带着她去过一次教堂，也是崔善这辈子仅有的一次——少女的她曾暗暗发誓，下回再进教堂，就是自己披上婚纱的那天。

没想到妈妈笃信宗教，跟着老家亲戚一起信的。星期天教堂里挤满了人，哥特式的穹顶之下，彩色玻璃透出暧昧神秘的光，宛如离天国如此之近。崔善好奇地东张西望，还以为这是给爸爸来做七的。妈妈狠命掐她大腿，让她安心听祭坛上的神父讲话。

满头白发的神父，说着浓厚乡下气的普通话，费了半天劲才大致听懂——

很久很久以前，全世界只说一种语言。男人与女人们，来到巴比伦原野，建造一座高塔，"塔顶通天，为要传扬我们的名，免得我们分散在全地上"。人们昼夜不停地堆积砖块，直入云霄。要是一块砖头从塔上掉下来，会有人痛哭流涕，因为搬块砖到塔顶要整整一年，那样的悲伤你无法理解。耶和华说："看哪，他们成为一样的人民，都是一样的言语，如今既做起这事来，以后他们所要做的事就没有不成的了。我们下去，在那里变乱他们的口音，使他们的言语彼此不通。"高塔倒塌，人类语言隔绝，互相分离仇恨，去了世界上各个角落。

后来，那座城就被叫作巴别，意思是变乱。而从未建造成功的高塔，又叫作巴别塔、通天塔、巴比伦塔。

梦的最后，鼻息间飘过某种熟悉的男士香水味。

第二十五章

第一百二十天。

崔善在清晨醒来，盖着厚厚的白鹅绒被，恍惚之间闪过个念头，这会不会是天鹅的羽毛做的呢？

高楼顶上的天空是灰色的，干枯的石榴树枝却一片雪白——正在融化的雪。

融雪正在带走一切可以带走的热量，包括血管里最后一点体温。被子几乎被雪浸湿，肌肉与关节快冻僵了，深入骨髓地冰冷。她迅速套上大毛衣和羽绒服，踩上毛绒拖鞋。

如果，今晚还睡在这里的话，一定会被冻死的。

一秒钟后，当她看到墙角还躺着另一个人，确信如果冻死才算是走运。

穿着灰色呢子风衣的男人，三十多岁的高大身材，皮肤在融雪中冻得苍白，头发上结着冰凌，只有口鼻中呼出的热气，证实他不是一具尸体。

崔善认识这张脸。

在第一百二十天——她还没忘记在墙壁刻下这个数字。

"林子粹！"

男人的额头有块新鲜的伤口，地上有凝结的血迹，从墙上摔下来的？还是被扔下来，就跟崔善来到这里的方式一样？该怎么办？就这样看着他，任由他昏睡过去，会慢慢冻死的吧？

她想要知道——自己是怎么来到这里的？

林子粹唇上的霜在融化，崔善抱住他，用体温挽救他冰冷的身体，直到呼吸化成喘息。

才看到墙角躺着一架纸飞机，浸在雪里有些发软，她捡起来拆开，有行熟悉的字——

他说的任何话，你都不要相信，切记！

这是 X 留给她的口信。

上次录音的最后，崔善提出请求要见林子粹一面——X 才是有求必应的好男人。

感谢偷窥我的你。

切记，她反复警告自己，回头林子粹已睁开眼睛。

覆盖着长睫毛的男人眼睛，最初的迷惘过后，看清了崔善的脸。不知是喜是悲？他东倒西歪地退入石榴丛，轻揉额头的伤口，摇头问她："你好吗？"

"我很好。"

这样的重逢时刻，又变成了像什么似的。

"小善，是你救了我？"他摸着里里外外的口袋，却没找到手机和钱包，失望地理了理纷乱的头发，"有你的味道。哦，这些天你到哪里去了？让我想想——对，四个月，我一直很担心你。"

"如果世界末日来临，只能带一种动物上诺亚方舟——马、老虎、孔雀、羊，你会选择哪一种？"

"你？怎么问这个？"

面对一脸茫然的林子粹，崔善冷静地问："告诉我，这四个答案，分别代表什么？"

"马代表事业，老虎代表自尊，孔雀代表金钱，羊代表了爱情，你所选择的就是你内心最在乎的东西。"

"当初，我的回答是羊，而你选择了马，这是男人和女人的区别吗？"

"很抱歉，这不过是骗女孩子的小伎俩罢了，当初刚认识程丽君的时候，我也是用同样的段子问她的。"林子粹冷得直哆嗦，似乎脑子不够用了，"虽然，我继承了程丽君的遗产，拥有了一家上市公司，也有许多女孩子想跟我交往，但从没一个比得上你。小善，在许多个夜晚，我时常会想起你。"

崔善把 X 的纸飞机塞入口袋："我只想知道，你怎么没有死？"

"对，你下手可真狠啊，用花瓶砸破了我的脑袋，让我昏迷了整整一晚上。第二天是酒店服务员发现了我，送到医院缝了很多针，才抢回了一条命。"

"那我还不够狠！离开酒店之前，应该检查你有没有断气，如果还没死透的话，最好再补你一刀！"

他皱了皱眉头继续说："小善，我没有找公安局报警，我跟医生说是自己不小心摔的。当天下午，我就从医院出来，却发现你失踪了。你的房东还在找你，我跟房东说你已经搬家，我是去替你收拾行李的。"

"把我的东西放哪儿了？"

"开车拉到荒野，放把火全都烧掉了。"

"我所有的衣服，心爱的包包，最后的首饰和香水，都烧了？"

"这是为你的安全着想，我担心这些东西里面，可能存在你杀人的证据，万一落到警察手里就麻烦了。"

听起来如此让人信服的理由，崔善却冷冷地说出真相："如果可能的话，你还想把我也烧了。"

"哦……"

在林子粹停顿的半秒钟间，眼神中泄露这才是他的心里话。

"在这个空中监狱，谁都没必要撒谎。"

林子粹哑然失笑："这是个陷阱，对吗？你还想拿回不该属于你的东西？"

"不，这些对我而言，根本都不重要了。我只想要为自己复仇。"

"小善，现在最重要的是，我们怎么离开这个鬼地方？"

"如果我知道怎么逃出去，也不会在这里跟你见面。"

"什么意思？"他明白了什么，又看着四面的高墙，"不会吧！你在这里多久了？"

"一百二十天。"

"啊？"

林子粹低头在心底默算着日子。

"好吧，我再问你个问题——"崔善轻抹眼泪，让自己看起来坚强一些，"你知道我妈妈麻红梅，曾经是你们家的钟点工。两年前的冬至，她从你家三楼窗户摔下来，不巧折断脖子而死——这件事，你的妻子有没有责任？我妈做了那么多年钟点工，从没出过这种事，我不相信她是因为过度疲劳而失足掉下。"

"你想听实话吗？"

"告诉我——在我死以前，否则做鬼也会纠缠你。"

"好吧，我承认，我死去的妻子，程丽君，她虐待过家里的钟点工。"

"Fuck！"

"你知道程丽君有严重的抑郁症，平时喜怒无常，有时对麻红梅非常好，有时又会大声辱骂。不过，你妈妈脾气相当好，从无半点怨言——因为程丽君给钟点工的薪酬异常丰厚。她觉得麻红梅是个奇怪的女人，充满了好奇心，也是同样缘故，就会格外苛刻。冬至那天，本来没有必要擦窗，程丽君却强迫她爬上三楼窗台。麻红梅说年纪大了，累了想下来休息，却被逼继续工作。程丽君还一边要跟她聊天，也不知聊了些什么。最后，程丽君轻轻推了她一把，钟点工就摔下去了。"

"杀人犯！"

崔善的手中做出注射的姿势。

"但是，程丽君不是想故意杀人，她完全没想到会有那么严重的后果——三楼嘛，最多也就是骨折而已，但你妈妈摔得不巧，直接把颈椎摔断了。"

"当时你不在现场吧？"

"是的。"

"你相信你妻子的话？"

"不知道，但她有杀人的动机吗？"

"我该早点杀了她！"

林子粹看着她的目光，感到一丝害怕，摆摆手说："够了，你已经做到了。"

"听我说——程丽君——她不是被我杀死的！"

"什么？"

"六月二十二日，凌晨五点多，我确实潜入了她的卧室，也准备对她实施注射，然后伪装成自杀。但我听到楼下响起动静，就吓得逃了出去，当时你家里还有第三个人。"

"我怎么不知道？"

"如果，这个人不是你的话，我也想不出会是谁。"

"程丽君不是你杀的？"林子粹疑惑地挠挠头，自言自语，"难道……"

"还有谁？"

"不，不可能！"

崔善盯着他的眼睛，但再也无法确信，他究竟有没有说谎。

两个人无声地僵持片刻，几乎能听到雪融化的声音，她换了一个问题："你知道《天鹅湖》的结局吗？"

"哦？"

"《天鹅湖》——柴可夫斯基的《天鹅湖》。"

林子粹茫然地摇头："你怎么也？等一等……你是……"

"谁是奥杰塔？谁又是奥黛尔？"

"我不知道……你疯了！"他抓着自己头发，一把将崔善推开，"你先告诉我——是谁把我弄进来的？"

"X。"

"你说谁？"

崔善的视线瞄向头顶："他是我的新男朋友。"

"一群疯子！"他摸了摸额头的伤口，欲言又止，看着高高的墙壁，"好像有个人，从我身后？"

她明白这是 X 设置的完美圈套。

突然，林子粹扑到她身上，双手掐紧她的脖子，整张脸由苍白涨得通红，热气再次喷涌在脸上，发出含混不清的声音："你怎么还没死？"

瘦弱的崔善无力反抗，任由男人粗大的手，像野兽的爪子，渐渐勒断头颈与气管。她清晰地感到项链被扯断了，天鹅从胸口迸裂而出，展翅飞过雪中的阳光。

与此同时，大脑缺氧，睡觉的困意袭来……

失去意识之前，她看到寒冬冰封流花河畔，满地白茫茫的积雪，七岁的女孩与爸爸一起奔跑着放风筝，天空像宝石般干净而透明，妈妈在河对岸看着自己。

第一百二十天。

换面

魔王：我想问一问奥杰塔，如果你想救这小子，那么你愿意做我的妻子吗？怎么样奥杰塔，愿意把心交给我吗？愿意发誓爱我吗？

王子：不能发誓，奥杰塔，你别管我！不能把心交给魔鬼！

魔王：奥杰塔，怎么样？是不是杀了他？

公主：等一等。

王子：不能答应，奥杰塔。

魔王：快说，你是发誓爱我呢，还是让我把他杀了？说！说！说！

王子：奥杰塔，我宁愿为你而死！

魔王：说吧，奥杰塔。

公主：罗特巴特，我从心里……我从心里……

王子：住口！

刹那间，柴可夫斯基的交响乐雷鸣般响起，震耳欲聋地响彻世界，王子夺过魔王手中的剑，不顾一切地刺入自己胸口，放射出毁灭所有的金光。化作猫头鹰的魔王父女，在惨叫声中烧成灰烬，高塔上的空中监狱转瞬崩塌。茫茫云海中露出太阳，无数天鹅从湖上掠过，石头武士得以复活，鸟儿从笼中自由，天鹅湖恢复了宁静。当一把宝剑插在心形的花丛之上，齐格弗里德王子与奥杰塔公主醒来，在阳光下的废墟中相拥。

崔善七岁那年，在老宅的电视机里，曾经看过这部古老的日本动画片，只是早就忘了这个结局。

她唯一记住的名字：奥黛尔。

B 面

我们拼命划桨，奋力与波浪抗争，
最终却被冲回到我们的往昔。
——费朗西斯·斯科特·菲茨杰拉德《了不起的盖茨比》

第一章

第一百二十天。

凌晨，五点。

黎明还未到来，天空如墨漆黑，星星都被朔风卷走，路边水洼结起冰碴。今晚天气预报说寒潮南下，突然降温到零度以下，很可能迎来今冬第一场雪。

一个身材高瘦的男人，披着过分宽大的皮夹克，无声无息地穿过便道，仰望水杉树影下的三层洋楼。

掏出钥匙打开外院铁门，没人会给凶宅换锁的。鹅卵石发出细微的摩擦声，用另一把钥匙进入底楼，第一脚踏入玄关，尘土在手电光圈中翻腾。

如果，程丽君不是自杀，那么在今年六月二十二日，同一时间，有人用同一方式，进入了这栋房子。

想象那个杀人的凌晨，如潮汐一层层卷上海滩，冲刷出凶手走过的路，剥落每样家具的尘土，地板上的霉菌，光线里的影子。他走上大理石楼梯，不泄露半点声音，就像某个女人的脚步。

二楼，还是宽敞的客厅，有套顶尖的组合音响，可惜落满灰尘。中间有四张真皮沙发。当手电光线扫动，突然出现一个女人。

她就站在墙边，穿着白色晚礼服，用忧伤的目光看着他。

男人记得这张脸，数月间经常盯着她的照片——不，这是遗像。

程丽君。

此刻，这个女人正作为骨灰躺在墓穴。

转身穿过走廊，轻轻推开卧室门，那个女人似乎还躺在大床上。

他取出用 USB 充好电的备用灯放在床头柜，大体相当于台灯的亮度。

地上有脚印。

显然不是自己的，这套别墅被空关了很多天，积了层厚厚的灰。眼前的脚印中等大小，属于一个身体健康的男性，从深浅程度来看，估计是一周前留下的。

于是，他小心地检查了整栋别墅，发现书房窗户没关牢，明显存在被入侵过的痕迹。

是谁从二楼爬进来的呢？在杀人案发的几个月后。不可能是林子粹，他有自家钥匙的嘛。

再度回到卧室，细心地搜索一番，从死过人的大床到柜子，现场并未遭到破坏，

最后，目光落在梳妆台的镜子上。

男子脱下外面的皮夹克，露出黑色警服，相对还算年轻的脸，肩上有着高阶的警衔。他的目光总让人抬不起头，除了照镜子。五官与轮廓分明，嘴上刮得很干净，萝莉们喜爱的大叔类型。他没有戴眼镜，

目光却仿佛遮着道帘子，令人难以捉摸。

他是叶萧。

六月二十二日，下午，每天来这里打扫的钟点工，意外发现女主人的尸体而报警。

警方立刻到现场勘查，发现程丽君躺在卧室床上，死亡超过十个小时。床下有用过的针筒，还有两个注射液的药瓶，残留部分药水。死者左手上臂有注射针孔，从部位与角度来看，是她自己注射的。果然，在针筒上提取到了她右手的指纹。

这些都是明显的自杀痕迹。

案发现场的床头柜里，发现了注射器和药剂的发票，是在三个不同的药房购买的，还有一本护士注射教材。钟点工说从未见到过这些东西。

根据这些发票，叶萧警官走访了两家药店，店员依稀记得程丽君的样子，确认是她本人购买，药店监控录像也证明了这一点。

因为两年前父母遭遇空难，她患有严重的抑郁症，有过一次几乎成功的自杀行为。所以，程丽君走上这条路并不令人意外。

当晚值班的小区保安说，凌晨四点多钟，巡逻经过程丽君的别墅门口，听到里面传出奇怪的音乐声。保安说不清那是什么，但反正不是唱歌。警方给他听了各种音乐，最后确定是交响乐——这也符合林子粹交代的情况，他们夫妇都是古典音乐发烧友。

也就是说，在程丽君死亡前一个钟头，她还在用二楼的组合音响听音乐。她是一个人独自欣赏的吗？还是有第二个人在场？

不过，有些人确实在听过古典音乐之后，突然有了自杀念头。这个重要线索，加强了程丽君自杀的推理论据。

但叶萧疑惑的是——为何采用注射呢？虽然，这种方式最干净也痛苦最少，但很多女人都对针头有恐惧感，使用起来也颇为麻烦。何况，她的抽屉里就有两瓶安眠药，直接吞药自杀不是更方便？事实上尸检也查出安眠药成分，但属于安全范围，只能让人快速入睡。

虽说"女人心，海底针"，尤其患有抑郁症的女人，什么疯狂的事都干得出来，叶萧仍然怀疑死者的丈夫林子粹——他是妻子死后最大的受益人，将会继承价值数亿元的上市公司股份。不过，他有不在犯罪现场证明，程丽君死亡当天他正在台湾。

正常情况下，这个案子会以自杀了结。

叶萧却不死心，他先调查了林子粹的通话记录，可除了工作电话，看起来没什么异常。这种男人很可能有外遇对象，但未找到明显证据。

他又查了程丽君生前的通话记录，发现她在死亡前一晚，给女士美容养生店打过电话，预约第二天去做SPA。因此，叶萧判断她不太可能自杀。

有一点可以肯定，林子粹和妻子的关系并不融洽。

叶萧让林子粹仔细检查家中财物，看看失窃了什么重要物品，比如现金啊首饰之类的，至少得排除劫财的可能性。但他说家里什么都没有丢。

不过，他的话未必可信。

至于购买杀人的注射器与药剂，也未必是程丽君本人——可能只是穿着她的衣服，伪装成她的另一个女人。监控录像显示，这个女人全程戴着口罩与墨镜，没有一个店员看清过她的脸。而程丽君的身材体形属于中等，只要稍微熟悉她，很容易就能模仿。

如果，不是自杀而是他杀的话，可以说是几近完美的谋杀。

叶萧重建了犯罪过程——六月二十二日，凌晨五点左右，凶手潜入别墅，趁着程丽君服下安眠药熟睡之际，用注射器混合两种不同的药液，肌肉注射进入左上臂，造成她迅速心脏麻痹而死。杀人之后，凶手把程丽君的指纹擦到针筒上，又把购买注射用药和针筒的发票，以及注射教程放入床头柜的抽屉，加上之前去药店假扮冒充，最终伪装成死者自杀。

凶手是个女人。

至少，有一个女人是主犯或从犯。

叶萧刚到案发现场勘查时，在死者床头注意到四个女人的合影——看起来都是三十出头的少妇，程丽君在最不起眼的位置，背景是某个风景名胜区。

很快找到照片上另外三个女人，她们都是程丽君的大学同学，当年是情同姐妹的闺蜜，各自结婚后也都保持密切往来。

这张相框仍在床头柜上，表面有新近擦过的痕迹——手电照亮其中最漂亮的那个。

一个多月前，他刚去林子粹新家拜访过，顺便通知被害人家属，凶案若再无进展，专案组只能暂时搁置了。但是，叶萧坚持不以自杀结案，而是一起尚未破获的谋杀案。

市中心的酒店式公寓，进门就听到古典音乐，耳朵一下子被震惊。林子粹解释说这是《天鹅湖》，卡拉扬指挥的柏林爱乐乐团的版本。他刚要关掉音响，叶萧说声音调低就行了。

身为警官的职业习惯，他总是用锐利的目光扫射四周。茶几上摆着林子粹的两台手机，有台明显是限量定制款，钻石镶嵌着一行字母"LZCS"，叶萧不动声色地默记在心中。

例行公事一番后，没问到更多有价值的信息。不过，从林子粹的眼神判断，无疑还隐藏了什么。

最后问到了崔善，林子粹说不记得这个人。叶萧略微犹豫之后，却绝口不提两年前的冬至，发生在林家的钟点工意外死亡事件——不想打草惊蛇，不如先压住不说吧。

两个男人聊着聊着，却谈到耳边的《天鹅湖》，林子粹点起一根烟说："这是亡妻生前最爱的音乐——彼得·伊里奇·柴可夫斯基，她很崇拜这位俄国古典音乐大师。我和程丽君第一次认识，就是去听俄罗斯国家爱乐乐团的《天鹅湖》交响音乐会，正好两个座位紧挨着，我看到她边听边流眼泪，给了她一块手帕，就这样开始谈恋爱了。"

"小时候看过一部很老的动画片，至今仍然印象深刻。"

"1981年东映版的《天鹅湖》，上译的配音。"

"哦。"叶萧有些尴尬，"林先生，果然我们的年龄相仿。"

"柴可夫斯基是天才的作曲家，但他的个人生活，却是一幕彻头彻尾的悲剧。他三十七岁时结婚，妻子叫安东尼娜，原是他在莫斯科音乐学院的学生。安东尼娜不断给老师写情书，威胁不娶就自杀。柴可夫斯基都不记得班上有这学生，但他正打算将普希金的《叶甫盖尼·奥涅金》改成歌剧，想象自己就是诗中的男主人公。因为叶甫盖尼拒绝了女主人公，从而余生都在痛苦之中，柴可夫斯基便草率地答应了女学生的婚约。"

尚是单身的叶萧由衷叹息道："婚姻需要慎重。"

"柴可夫斯基没过完蜜月就后悔了，跳入莫斯科河自杀，却被寒冷逼出水面，从此患上严重的肺炎。他再没见过妻子，但会准时寄出生活费，却没有离婚，直到他死——后来，安东尼娜被检查出有精神病，死于第一次世界大战期间。"

"那么柴可夫斯基呢？"

"叶警官，你是问大师的死？据说是服毒自杀——至少程丽君深信不疑。而柴可夫斯基自杀的原因，有种说法是社会上对于同性恋的抵制，而大师本人暗中好男风。"

"原来如此。"看着林子粹深邃迷人的眼睛，叶萧不禁后退到门口，听着音响里循环往复的旋律，一秒钟都不想待下去了，"再见！有什么消息随时联系。"

"等一等。"

林子粹居然拉住警官的衣袖，叶萧警觉地挣脱："有事吗？"

"亡妻程丽君自杀前几天，在家里反复听《天鹅湖》——她会边听边落下眼泪。"

"这个你以前交代过的——那么她临死前听的音乐，也是这个《天鹅湖》吗？"

"我估计是。"

"柴可夫斯基的自杀结局，严重刺激到了程丽君，想以同样的方式结束自己生命？"警官微微闭上眼睛，耳边是轻快的圆舞曲，"你是想提醒我这一点吗？"

"我……"

叶萧难得嘴角一撇："分析得很有道理哦，谢谢！"

"现在听到的部分，是王子在生日舞会的最后，选择奥黛尔作为新娘并指天发誓。然后，魔王让他看到奥杰塔的幻影，王子才发现自己被欺骗了。"

"谢谢！看来我要多向你请教了。"

"警官先生，我送你下楼。"

两个男人在楼下告别，叶萧感觉有双眼睛在盯着他们。

但是，他依然不相信程丽君是死于自杀。

办理过上百起凶杀案，叶萧总结了所有犯罪的杀人理由——

第一种，为保护自家性命；第二种，为夺取他人财产；第三种，为占有异性而消灭竞争对手；第四种，因各种理由而对他人复仇；第五种，为了执行上头的命令；第六种，为佣金而杀人；第七种，无理由杀人。

如果是情杀，那就是第三种或第四种。

第四种——复仇。

有什么人要找程丽君复仇？叶萧通过细致的调查，发现在案发一年半前，也就是前年冬至，在林子粹与程丽君家发生过一起命案——他们家的钟点工，时年四十七岁的麻红梅，从三楼窗户摔下，头颈折断当场身亡。

当时，警方判断这是一起意外事故，是钟点工自己不小心掉下来的。

死者在本市唯一的亲属，是她的女儿崔善，在海外旅行没及时获得消息，回来时只见到骨灰。据说崔善提出过异议，认为妈妈生前可能遭受女主人虐待，但人都烧了也只能不了了之。程丽君本人从未出面，全程由律师处理此事，最终赔了笔钱了事。

从理论上来说，麻红梅的女儿崔善，同样具有作案动机——为死去的母亲复仇。

然而，叶萧发现这个人失踪了。

警方费了很多时间寻找崔善——二十六年前，她出生在北方内陆的小县城，七岁时搬到本市居住。十二岁那年，父亲在一场火灾中失踪，至今音讯渺茫。后来，她获得这里的户口，毕业于S大学。崔善在广告公司工作过一年，辞职后做过多份工作，从保险公司文员到文化公司行政助理，后来再没上过班。她经常更换租房地址，没有正式收入来源。崔善的信用记录不太好，一年前，好几张信用卡都因欠费被停了。今年春节后，就没人知道她的下落。有人说她夫了云南和西藏旅行，还准备要在拉萨开客栈。

一周前，叶萧再次去了崔善工作过的广告公司，那个超级八卦的女前台，却提供了一条重要线索——有个自称是崔善男朋友的人，最近来打听了她的过去。

因为有对方的微信号，警方轻易找到了此人。

那是个年轻男子，他说今年六月二十一日，自己在丽江与崔善相遇，在小客栈里跟她同住了两个星期，然后她消失了。

如果，他没有说谎的话，崔善就不具备作案时间。

但叶萧发现一个巧合，就是崔善的身份证号码：生日六月二十二日，也是程丽君被害的那一天。

生日礼物？

回到杀人现场的别墅，已是凌晨五点半，差不多程丽君的死亡时间。叶萧离开死者的卧室，在别墅女主人遗像的注视下，检查客厅的组合音响，四处都结着蜘蛛网。

但在摆满黑胶唱片和 CD 的墙脚下，发现几双新鲜的脚印，跟在卧室里发现的脚印，明显属于同一个男人。

叶萧注意到有张唱片略微靠外，似乎有被动过的痕迹。小心地抽出这张唱片，用手电辨认，却是柴可夫斯基的《天鹅湖》。

忽然，他想起林子粹说过的话：程丽君死亡前夕，每天都在听这张唱片。

她的死跟这个有关系？

在唱片封套的白色背面，有着一行手写的黑色钢笔字——

奥杰塔　OR　奥黛尔

毫无疑问，程丽君的字迹。叶萧为了这桩案子，查阅了死者生前手迹，包括她做老师时留下的批阅考卷。

不过，他不明白这个"奥杰塔"与"奥黛尔"是什么意思。

一粒雪子飘到窗玻璃上，融化成几行冰冷的水，距离天亮还早着呢。

更让叶萧困惑的是，在同一张唱片封套底下，不知是谁用蓝色圆珠笔写了一行字——

她在塔顶

第二章

他在塔顶。

林子粹撕下一页《了不起的盖茨比》，擦去指甲上的血，十指连心般疼痛——这是他妄图用手指挖出一条地道逃脱的结果。

后脑勺有块新鲜伤痕，半边脸颊全是血，太阳穴的神经不断抽痛。他躺在墙角的干草堆上，裹着崔善留下的白鹅绒被子，仰望十二月冰冷的天空，以及对面居民楼的顶层，发出野兽般的嚎叫。

林子粹已喊了几个钟头的救命，任何声音都被高空噪音稀释，再也叫不动了。

一天一夜，没吃过饭，更没喝过水。而他既不会捕猎，也不知如何钻木取火。何况，这个季节不会有鸟来了，更别说其他什么动物或人类。只有那只全身白色并且尾巴尖有点火红的猫前来探视过他。

数小时前，当林子粹醒来，空中花园里只剩他独自一人，积雪彻底融化，寒冷彻骨得让人绝望。

她去哪儿了？

脑袋上的鲜血还没流干，口中呵出虚弱的热气，他狂暴地喊起来——

"崔善……小善……喂……对不起……亲爱的……我的小善……请你放我出去……崔善……你在哪里……"

差不多把泥土翻了一遍，也不见她的踪迹，只发现一本《了不起的盖茨比》，书页折在倒数第三页。

他不知道崔善是怎么逃出去的。

还是这一切，根本是个圈套？崔善也不过是在演戏，配合那个变态，把他吸引入陷阱而已。

昨天，林子粹的酒店式公寓窗台上，突然多了一张小纸条，写着几个字——

救命！我在楼顶！巴比伦塔！

这是崔善的字迹，漂亮却难以模仿，读书时练过钢笔书法。

她正在什么楼顶求救？

巴比伦塔？通天塔？无论如何也不会穿越回去。但林子粹是个聪明人，想到"巴比伦"可能是某栋大厦或酒店的名字，立即掏出手机上网，搜索附近带有这三个字的地名。

十分钟后，林子粹来到南北高架与市民广场公园旁边。隔着幽暗的绿化带，矗立着一栋丑陋的高层建筑——通天塔与古埃及方尖碑的结合体，底下十层宽阔的圆锥体，往上收缩到一半高度，变成了正方形。

严格来说，这是一具钢筋水泥混凝土组成的尸骸，因为骨头过于坚硬牢固，长久地站立在自己的坟墓上，就像它那墓碑似的造型。这栋千疮百孔的建筑，从未真正完工，从古怪的形状来看，不可能是居民楼，也很难说是写字楼或五星酒店，也许本该成为一个超大规模shoppingmall，现在更像是给死者在阴间享用的。

它有一个高端洋气上档次、充满《圣经》时代与密码色彩的名字——巴比伦塔。

简直是暴殄天物，附近居民与上班族们，有另一个通俗而亲切的称呼：烂尾楼。这个叫法是最真实也最不违和的。

崔善在楼顶等待救命？

他不敢直接上去，一是无法确定她是否真在上面，二是这种烂尾楼里不知深浅，贸然闯入会很危险。在附近转了很久，林子粹穿着灰呢子的风衣，高挑身材简直衣架子，踩过布满落叶的街道，总能引来少女或妇人们回头。

高架对面是个住宅小区，七栋高层建筑，有栋三十层楼靠近路边，如果站在天台上，或许可以看清烂尾楼的一切。

他买了台望远镜，穿过高架下的天桥，坐电梯直达顶层。只有一套单元，看来是个复式房子。

经过维修通道，林子粹来到天台，冬日雾霾之中，这里是最佳观察点，比烂尾楼顶高出十层楼，隔着六七十米的斜线距离，视线差不多四十五度角，自西向东穿越高架上空——

十九层的烂尾楼，在塔顶分成两个空间，半边是空中花园。

望远镜里出现了崔善。

偶尔还想再抚摸这张脸，她穿着羽绒大衣，靠在枯萎的石榴树下。花园没有任何门窗，她怎么进去的呢？除非被人囚禁，才会写出"救命！我在楼顶！巴比伦塔！"

塔顶北半边是观景天台，比花园高了整整一层还多，覆盖尘土与野草。囚禁她的四堵墙壁，东、西、北三面连接大楼外墙，形成九十度悬崖般的陡峭直线。只有南侧墙壁紧靠天台。如果打穿其余三面墙，爬出去会坠落万丈深渊，但穿过南墙将安全进入烂尾楼内部——但必须有冲击钻之类的工具，或者每夜用小凿子挖十几年或更久。

或许，接到空中飘来的求救纸条是天意，林子粹却不想把她救出来。

他更希望崔善默默死在那里，变成一具干枯的尸骨，这样警察也无法找到她，更不会发现他俩之间的秘密。但他不能无动于衷，因为崔善只要还活着，就有可能得救。一旦她回到这个世界，那么他已经拥有的一切，可能转眼灰飞烟灭……

两分钟内，林子粹决定了一个计划。

他下楼去了药房，用衣领遮盖着脸，购买了针筒和某种药剂。然后，他在蛋糕店买了块奶油小方——这是崔善最爱吃的甜点。

天黑了。市民广场公园，他找了个僻静树丛，自以为没人看到，用针筒将药水注入蛋糕，吃了就会毫无痛苦地死亡。

深夜，林子粹坐在长椅上抽烟。寒潮来袭，气温直线下降，他被迫起身，扔掉最后一根烟头，向巴比伦塔底下走去。

穿过树丛后形同虚设的小门，进入幽暗的烂尾楼，意大利皮鞋底发出清脆回音。手电照亮灰暗的楼梯，敞开的巴比伦塔中狂风呼啸，充满各种灰尘与霉菌，要是夏天会发出腐臭。底层有些破烂棉被，想必是流浪汉的乐园。不过，没人敢住到上面去，谁想要每天爬十九层楼呢？林子粹听到自己的喘息声，在偌大的塔内雷鸣般回响。

最后一道楼梯，陡峭地通达天花板，爬上去推开厚重铁门。无数泥渣落下的同时，他看到了月光，美得让人心悸。

爬上清冷的天台，整栋烂尾楼的制高点，周围有无数更高的建筑，但这里已能触摸天穹，只差一步就完工的通天塔。

北侧有道低矮的水泥栏杆，小心翼翼把头探出去，看到底下的空中花园。

崔善在熟睡。

隔着破碎的雨棚，能清晰看到她的脸。白鹅绒被子将她裹成粽子状，外面加盖着大毛衣，地上铺着毛毯与干草堆，会不会半夜冻醒？

看着她，仅仅三米的垂直距离，口水都能落到她脸上。风掠过他的头发，眼前越来越模糊，仿佛一个人趴在井底，自杀前看着水里的自己……

把注入毒药的蛋糕扔下去，林子粹相信，这是他能恩赐给崔善的最好礼物与归宿。

杀人之前，他想要抽根烟，在烂尾楼顶会有不错的感觉。当他把蛋糕和手提包放在地上，拿出烟正要点燃时……突然，感到背后有只手……林子粹失去平衡，坠落到天台下的深渊。

几乎同时，冬季的第一场雪，过早地降临在巴比伦塔顶。

一天一夜之后，被囚禁在空中监狱的林子粹，已对饥饿与干渴麻木，感觉快被冻死了。

他很恐惧，不是从坠入这井底开始，而是与崔善商量如何杀死自己妻子的那天起。

五个多月前，程丽君死了。警方初步判断是自杀，但有个叫叶萧的警官，没有放弃过怀疑林子粹。他有一个多月在躲避崔善，虽然最终还是被找到，并且被那个愤怒的女人，用花瓶打破了自己的脑袋。

幸好，他活了下来。

崔善的意外失踪，让他惶惶不可终日——她究竟是远走高飞，还是隐藏在城市中的某个角落，随时都要找他来复仇？他再次搬家，住到市中心的酒店式公寓，有二十四小时的保安看守，绝不会再被入侵。

一个多月前，叶萧警官再次找到他，其间提问："你认识一个叫崔善的年轻女子吗？"

林子粹未露声色，心里却极度害怕，不知道警方怎么会问到崔善，难道发现了她的尸体？至少，他与崔善之间的关系，尚处于绝密之中，不可能被泄露出去的。

警官走后，他连续抽了四包烟，想起两年前，崔善的妈妈——钟点工麻红梅死在他家楼下，警方想必已调查到了这一点。

尽管可以说崔善为复仇杀人，但怎么解释她拥有进门钥匙，又对于程丽君的情况如此熟悉，天衣无缝地伪造成自杀呢？显然，必有内鬼策应。

无论如何，都不能承认自己与崔善的关系——也只有当崔善变成死人，林子粹才会绝对安全。

烂尾楼顶的空中花园，又一个后半夜正在流逝。林子粹忽然想起，崔善最后说的那句话——

"听我说——程丽君——她不是被我杀死的！"

不是她，那又会是谁？

难道，是她口中的那个"X"？也就是把自己推入陷阱的变态？

X又是谁？

忽然，林子粹想起程丽君的床头柜上，相框里的另外三个女人。他用手指蘸着自己的血，在墙上依次写下她们的名字——

全曼如、章小雪、梅兰

第三章

第一百二十夜。

雪，已化尽。

最近五十年来，这座城市第一次那么早降雪。

对面高楼之巅，越发寒冷稀薄的空气中，挂着一弯超大新月，宛如伸手就能摘下。

坐在一张布满枯叶的长椅上，遥望近在眼前的烂尾楼。这栋奇形怪状的建筑物，在月光下裸露着内脏与骨头，还有顶四堵高墙的帽子，曾是囚禁她的监狱，在漫长的一百二十天。

崔善，早已经死了，现在她叫张小巧。

十二个小时前，她在空中监狱遇见了林子粹，这个如此想念过的男人，却用双手扼紧她的喉咙——那双手的感觉很熟悉，连带被熏黄的指尖香烟味，过去常在她的胸前划过。

即将断气的瞬间，他的双手却松开了。崔善剧烈咳嗽，喘回第一口气，脑中隧道也告消失。林子粹的脑袋压在她脸上，还有他全身重量，像以往许多个夜晚。用尽最后一点力气，她虚脱地扶着墙壁站稳，只见他的后脑勺被砸破，鲜血顺着头发蔓延在地上。

旁边躺着半块破碎的砖头。

蹲下摸了摸他的口鼻，仍有热气往外喷涌，只是被砸晕过去，男人的脑袋可真坚硬。

忽然，她发现南侧墙边有根绳子垂下来，既像自杀的上吊绳，也像勒死人的绞索，同时是救命的尼龙绳。

想起流花河畔九天玄女娘娘的破庙。

这是给她准备的吗？用力拉绳子，手感非常牢固，该轮到她逃出去了。

崔善没忘穿上 Christian Louboutin 红底鞋，还有那个丑陋的 LV 女包，装着名叫张小巧的索多玛共和国护照，再戴上 X 送给她的口罩。

她抓紧绳子爬上墙，尽管全身瘦弱不堪，胳膊细得像个鬼，但在被囚禁的一百二十天，每日都在训练这个动作，把藤蔓编织成草绳模拟，这是逃出此地的唯一可能。

终于，她来到塔顶的天台上。

第一次看到咫尺之遥的地方，那么多天可望而不可即，平台上布满枯萎野草，许多空鸟巢与老鼠窝。四周寒冷的天空，多出几十栋高楼，几乎再也认不出那排最熟悉的楼顶，因为没有了高墙遮挡。

翻墙的滋味很爽，崔善一边咆哮着，一边泪流满面。

但她没看到 X。

现在还不知道他是谁，但她明白，是他救了自己，用砖头砸晕了林子粹，又给她放下绳子，还让她奇迹般地活到今天。

当崔善跪倒在积雪消融的地上，才发现有个包放在醒目的位置。

她认识这个日本牌子的手提包，是林子粹的，还是陪他在久光百货买的。里头有他的钱包，插着信用卡，以及五千多块现金，还有两台手机：一台是他日常使用的三星；还有一台高级私人定制版，表面镶嵌着"LZCS"，崔善对它是如此熟悉。他的妻子活着的时候，并不知道这台手机的存在，而今他也带在身上了。

自由了，该去哪儿？

逃离塔顶之前，最后趴在栏杆边，看了一眼空中花园里昏迷的林子粹，她收起那根救命的绳子。

再见，我的爱人。

经过漫长的楼梯，穿越整个烂尾楼腐烂的体内，回到久违的地面。

崔善想自己的样子很滑稽吧，脸上遮着怪兽口罩，乱糟糟的长发及腰，上身雪白的羽绒大衣，下面却露出睡袍，光光的小腿与脚踝，踩着一双红底高跟鞋，很像一只白天鹅。

她的肩上挎着 X 送的山寨 LV 包，藏着护照、钱包、两台手机。至于林子粹的手提包，则被扔进了垃圾箱。

站在冻僵的泥土上回头仰望，眯起眼睛看塔顶的四堵墙，几乎与天连在一起，无法想象自己在那上面住了一百二十天。

不过，崔善最钟爱的水晶天鹅项链，已落在了巴比伦塔顶上。无论如何，她都不敢再上去取回来，说不定就攥在林子粹的手心里。假如他还活着。

再见，天鹅，世上没有不散的宴席。

身后是广场式公园，每天傍晚大妈们的广场舞，还有流浪歌手们的吉他声、高中生的合唱比赛都来自于此。穿过铺满落叶的小径，看着几乎结冰的池塘，来到车流汹涌的马路边。

街对面的商场，她给自己买了条裤子、两件衣服、短裤与长裤，还有一双雪地靴——本想刷林子粹的信用卡，她知道密码，但犹豫再三觉得不安全，还是用钱包里的现金。

至于内衣，崔善很喜欢另一个人送她的那套。

大快朵颐一顿之前，她找到商场唯一的体重秤，指针落在四十公斤。好吧，有几天暴饮暴食的指标了。

在商场楼下的小超市，她买的第一样食物，却是薄荷糖。

中午，崔善一个人去吃了麻辣烫，真的是扶墙进扶墙出，最后差点呕吐，服务员都被惊到了。

隔壁有家经济型酒店，她用张小巧的索多玛共和国护照登记，居然挺管用的。住进一间商务套房，窗户正对巴比伦塔与市民广场公园。也只有这种房间才有浴缸，跳进去冲了个淋浴。终于有热水冲刷身体，各种污垢从身上从头发上洗下来，用尽两瓶洗发水和沐浴液，足足洗了六十分钟，几乎把浑身皮肤洗破，仍觉得无比肮脏，似乎每个毛孔都渗透出油腻与烂蛆。她虚弱地泡在一缸热水深处，像屠宰清洗后等待被大卸八块的肉，八十多斤，加上中午吃的麻辣烫。

差点在浴缸里睡着，呛到水才醒过来。崔善披着酒店的浴袍，钻进被窝睡了一觉，直到晚上七点多钟。

孤独地躺在大床上，看着窗帘外的世界，不过是拥挤嘈杂的城市一角。迟到的泪水从眼角滑落，让人有些怀念躺在塔顶，看着一望无际的天空的感觉。

她想，再去巴比伦塔底下看看。

随便吃了碗拉面，啃了清真寺门口的羊肉串，来到市民广场公园。

最后的流浪歌手已经收摊，经受不住刺骨的寒风。

崔善依然穿着那个人送的羽绒大衣，坐在一张长椅上，背后是寂静荒凉的树丛，仰望黑暗中的烂尾楼顶，还有月亮。

身后蓦地响起萨克斯，她情不自禁地跟着旋律，唱起极不标准的广东歌："在这晚星月迷蒙 / 盼再看到你脸容 / 在这晚思念无穷 / 心中感觉似没法操纵 / 想终有日我面对你 / 交底我内里情浓 / 春风那日会为你跟我重逢吹送……"

一曲终了，眼前站着一个男人。

X？

男人怀抱着金灿灿的萨克斯，看着这个古怪的年轻女了，用布满皱纹的眼睛。旁边有盏公园路灯，他的头发花白，至少六十多岁。她并不排斥老男人，有的女孩子更喜欢成熟的他们。

但，是你吗？

她感觉他好像爸爸。坐在长椅上聊天，老男人姓张，退休后常来这儿吹萨克斯玩。两个多月前，有个年轻人听他吹了这首《我和春天有个约会》，希望老张每晚都吹一曲，他保证每次坐在长椅上安静地听完。老张并未当作一回事，没想到年轻人真的每晚必来，一声不吭坐在长椅上，无声地祈求他再度吹奏。老张在这个公园吹了很多年萨克斯，从未有人从头到尾听过。于是，每晚老张都会吹响这首歌，年轻人每次在长椅上坐十分钟，不多一分，也不少一秒，像她现在这样仰望烂尾楼顶。

最近一两星期，对方再没出现过，但老张已养成习惯，似乎不在此吹这首歌心里就会特别难过。

"他长什么样？"

"记不清了。"

"不是每晚都会见到他吗？"

"是啊，但我从没记住过他的脸——我说不清楚，很抱歉。"

"他穿什么衣服？用什么手机？带什么包？还记得吗？大叔，求求你了！"

崔善几乎要靠在他肩上撒娇，老男人却很老实："都很普通，灰蒙蒙没什么印象。"

"那他说过什么特别的话吗？提到过什么人？"

"嗯——我问过他好几次，为什么要听这首《我和春天有个约会》？但他只是默默地听。最后一次，他说：还会有一个人，坐在这张长椅上，听你吹这首歌的。"

不知该说什么话，她傻傻地说了两个字："谢谢。"

"姑娘，那么晚了，该回家了，再见！"

老张背着萨克斯离开公园，崔善仍然坐在冰冷的长椅上，回家？不就在巴比伦塔顶上？

仰望几近零度的塔顶空中花园，不晓得那个男人是否还活着？崔善打开林子粹的手机，是他平常使用的三星，接到一条最近的短信，傍晚时发出的——

"12 月 15 日，程丽君的生日，我们将举办一个小型的追思会，你来参加吗？"

来自一个叫"梅兰"的人。

女人。

第四章

"七天后，程丽君的追思会，还要请哪些人？"

全曼如抱着一杯热咖啡，迷惘地看着窗外密密麻麻的摩天大厦，浓密的雾霾中宛如漫步云间。这里位于城市中心的制高点，将近一百层楼顶的旋转餐厅，钢琴弹奏着《Smoke Gets in Your Eyes》，全市只有这个地方，连早餐都有钢琴伴奏。

"除了我们三个，她还有其他朋友吗？"

说话的是章小雪，坐在全曼如的对面，阴沉的面色映在玻璃上，染过的金色鬈发，在窗外浓雾的覆盖下，宛如一锅煮熟了的泡面。

"好吧，我刚预订了这个餐厅，包场一个钟头，十万块，我们三个AA吧。"

"没问题，我老公答应给我这笔钱了。"

"我的卡里也还够刷。"

章小雪掏出 Prada 钱包，看着身边的女人问："梅兰，你呢？喂，问你话呢？"

"对不起……"

梅兰有些走神，正在看着窗外的景色，一阵凛冽的西风吹来，暂时驱散了浓雾，露出久违了的阳光。

"你在走神。"

"是……"她还在喝最后一口早餐粥，指了指弹钢琴的小伙子，"在听这首曲子。"

全曼如把脸鼓起来，像只被阉过的肥猫："对啊，我们读大学的时候，挤在宿舍里看过一部韩国恐怖片，说的是几个女高中生的故事，片尾曲就是这个音乐。"

"可是——"梅兰的思维再次跳回，"林子粹到现在还没回消息，给他打电话也是关机。"

"他凭什么也来参加追思会？"

"是啊，当妻子等着他回家，他却在外面抱着年轻漂亮的女孩子。"

章小雪不断给露出皱纹的脸上补妆："十有八九，林子粹也是杀人的同谋！"

"废话，要是没有林子粹帮忙，那个狐狸精怎能用钥匙打开大门，半夜潜到程丽君的床头？她又怎能穿着程丽君的衣服去购买毒药与针筒，造成自杀的假象！"

全曼如有强迫症，焦虑地摆弄着餐具，反复几次打开手机，屏幕上是肥嘟嘟的女儿，今年刚上幼儿园托班。

"哑巴怎么还没找到？"章小雪的鬈发微微颤抖，拉着梅兰的手说，"你真的不知道吗？都快四个月了！"

梅兰看着被淹没在钢铁森林中的烂尾楼顶。玻璃上除了呵出的热气，还有自己姿容姣好的脸庞，正与十公里外的那栋楼合二为一。在同学四人之间，她是公认最漂亮的那个，当年寝室里就数她收到鲜花和情书最多。她很懂得保养自己，许多人误以为她还不满三十岁。

"你怎么了？总是不回答我们的问题。"

"没关系。"

短短的三个字，却依稀埋藏深意。章小雪搭着她的肩膀问："亲爱的，你说等到十年以后，当我们真的老了，还能像以前那样做闺蜜吗？"

"当然——"话没说完，梅兰的肩膀有些打颤，"除非，我死了！"

"呸！我们四个人里刚死了一个，不要再说晦气话了！"

全曼如目露恐惧，像过去那样疑神疑鬼："最近，我有一种感觉——丽君的死，是老天的安排。"

"你是说——因为她，带我们去那个地方的？"

"嗯。"

"亲爱的神婆，还要再算一副塔罗吗？"梅兰打断了她们危险的谈话，"聊聊别的开心事吧。"

每个周末，她们都会找个地方聚会，要么在谁家院子，要么在这个旋转餐厅。许多年来雷打不动，始终是程丽君、全曼如、章小雪、梅兰，直到五个月前，其中一个变成了死人。

三个女人沉默半晌，还是章小雪先开腔："喂，你老公给你买了辆新车？"

全曼如故意露出手里的奥迪车钥匙，略略得意道："大概——是他察觉到问题了吧，这两天看到我就面色煞白，急着送辆新车来安抚我，免得这个混蛋自身难保。"

"你可真幸福啊，我老公抠得要命，快半年没给我买包了。"

"小雪啊,你要小心——他会不会又有了外遇?"

"男人都是下半身动物,本性难移,不是吗?"

章小雪说到忿处,竟掰断了一支点单的铅笔。梅兰想起大学时代的寝室,就数小雪的风流韵事最多,白天还跟数学系的帅哥看电影,晚上就拉着体育系的肌肉男去开房了,隔天又坐上男老师的新车去郊外的度假村。

她们又都安静下来,面面相觑,葬礼似的。

梅兰走到钢琴台前,问弹琴的帅哥会不会《天鹅湖》。音乐学院读书的男生微微一笑,以为又钓上了富姐,指间流出柴可夫斯基的旋律。

当她回到原座,全曼如不解地问:"为什么选这个?"

"程丽君生前最喜欢的音乐。"

"不会吧,我怎么不知道?"

"+1。"

章小雪倒是盯着弹琴的小伙子看,觉得有几分像李云迪。

"只有我知道——程丽君的追思会上,一定要放《天鹅湖》做背景音乐。"

"好吧。"全曼如又想起什么,"对了,那个叫叶萧的警官还来找过你吗?"

"很讨厌啊,前几天又来骚扰我了。"梅兰眼底起了一层雾,平静地摇头,"放心吧,他永远别想知道我们的秘密。"

而她并不知道,就在自己座位底下,藏着一支工作中的录音笔。

窗外,四百米的城市之巅,重新笼罩起浓雾,再也无法窥见巴比伦塔。

第五章

　　梅兰在车库跟全曼如与章小雪拥抱道别，下次聚会仍是这个地方，也将是程丽君的追思会。

　　独自坐进英菲尼迪的驾驶座，梅兰从手套箱里拿出熟悉的相框，那是四个女人的合影，在她们每个人的床头柜，都放着这张相同的照片。

　　还有件事，她并没有说出口，就是叶萧警官来找她时，告诉她林子粹失踪了。

　　下一个会是谁？

　　叶萧反复询问她与林子粹的关系，梅兰掩饰得颇为巧妙。

　　最后，警官提了个奇怪的问题："谁是奥杰塔？谁是奥黛尔？"

　　"我听不明白。"

　　"不，你懂的，关于《天鹅湖》的故事。我查过你在师范大学的学科记录，你和程丽君都选修过西方音乐史，而你这门课的成绩非常出色。"

　　"芭蕾舞剧吗？"梅兰努力回想着说，"《天鹅湖》是所有芭蕾舞团的保留剧目，通常白天鹅与黑天鹅，也就是奥杰塔与奥黛尔，两个角色由同一个女演员扮演。因此，她具有超乎寻常的难度，并且性格截然相反。"

"有意思，说下去。"

她开始躲避叶萧的目光："抱歉，毕业十多年，程丽君还保持着古典音乐的爱好，但我记不清了……王子，嗯，他明明深爱着奥杰塔，也就是白天鹅。但在王子的生日晚宴上，奥黛尔穿着黑裙出现，他没有分辨出她们的不同，完全被黑天鹅欺骗，发誓娶奥黛尔为妻，导致了第四幕的悲剧……好像是吧。"

"谢谢，我大致明白了一些。"

"这跟案情有关吗？"

"也许吧。"

叶萧警官告辞之后，梅兰对于他犀利的目光，依然心有余悸。

此刻，十二月十日，上午十点。旋转餐厅五百米下的地库，她痴痴地坐在方向盘前，心底反复问着一句话："谁是奥杰塔？谁是奥黛尔？"

短信铃声响起，她疲倦地拿起手机，刚看到发件人的名字，几乎打开车窗扔出去。

屏幕显示两个简单的字：哑巴。

犹豫许久，她重新打开手机短信，看到哑巴的消息——

"明晚，我从老家回来，能跟你见一面吗？"

是哑巴的风格，简单直接而粗暴，他还活着？

刹那间，梅兰极度后悔，发泄着按了按汽车喇叭。

踩下油门，驶入街道，本想超过前面的车，却想不清楚该去哪里。明天该如何应对哑巴？还是根本就不理睬，或者——再干一次？

红灯停车，她翻出手套箱里另一个相框，同样四个女人，却个个青春容颜——程丽君梳着复古的小辫子，全曼如只有现在的一半体重，章小雪像个女高中生，而梅兰那时被人叫作小张柏芝。

她们在师大毕业时的合影。梅兰的父母都是医生，全曼如是财政局局长的女儿，章小雪的爸爸是报社总编，程丽君家里则有上亿资产。她们都是第一代独生子女，既然住在同一间宿舍，就把彼此当作姐妹。四个人常挤在一张床上看恐怖片，考试共同作弊过关，砸钱捉弄最讨厌的同学与老师，暑期结伴去欧洲旅行，偶尔去夜店疯狂一把，偷偷抽烟喝酒……

那时候，梅兰在学校谈过一场轰轰烈烈的恋爱。男朋友是农村出来的，毕业后回老家做了乡村老师。她一度也想跟对方去那遥远的地方，却被父母极力阻拦，最终选择本市的聋哑人学校做老师。她再没见过那个男生，多年后听说他死于一场乡村拆迁。

毕业那年，全曼如留校在行政办工作，三年后嫁了个高级公务员。她断定自己眼光没错，这个男人是只潜力股，总有飞黄腾达的一天。但也因此，她管得极严，天天检查手机，严禁他跟年轻漂亮的异性来往，就连青春腼腆的小伙子也不得不防，以免被人掰弯。两人一起出门，哪怕他多看一眼隔壁少女，都会被揪住耳朵不放。婚后不久，全曼如的预言成真，老公辞职下海，成了千万富翁，逢人开口闭口称赞老婆，说她有旺夫相。等到她生完女儿，又是天翻地覆，先是身材就像吹气球，再也恢复不到原来的苗条，丈夫对她完全没了兴趣。再是老公的生意越来越忙，天南海北，空中飞人，打电话回家，也是匆匆两声 honey 交差。她自觉没脸跟着丈夫出门，也就一心一意做家庭主妇了。

章小雪没有做老师，而是去外资企业上班，也算进了花花世界。

她跟着一班白领丽人、外国老板、各色客户与供应商，走遍了魔都的各种夜场。自然，她谈过的男朋友少说也有半打，尚不包括酒吧里遇到的一夜情。直到二十九岁那年，实在是感觉青春流逝，眼角的皱纹都要爆出来了，何况父母严加逼催，每月安排四次相亲，终于把自己嫁了出去。对方是个钻石王老五，却没有多少绯闻，因为天生一副老实相，阅男无数的章小雪，由此倍感安全。结婚一年，她就剖宫产了个儿子，越发觉得丈夫的体贴，从此彻底改了秉性，专心在家相夫教子。至少，梅兰再没听她吹嘘过自己又征服了某某男人，倒是成天晒幸福说丈夫对她有多好，证据无非是满柜子的包包。

程丽君只当了两年中学老师，反正老爸有钱养她。几年后，她与律师林子粹结婚。相比其他闺蜜的老公，她的丈夫虽然帅气迷人，却是事业最不成功的那个，反而要依赖于丈人。

至于梅兰，她在聋哑人学校当了几年老师，再没有谈过恋爱。七年前，某家银行的慈善公益行动，去贫困山区资助残疾孩子，需要手语老师陪同，梅兰主动报名参加。那次漫长的暑期旅行中，银行方面的代表，是个二十八岁的年轻人。虽然他的长相平平，却处处表现得积极热心，也没嫌弃农村条件艰苦，更喜欢跟孩子们玩游戏。梅兰跟他配合得相当默契，还发现两人有许多共同爱好，比如阿加莎·克里斯蒂的推理小说、《迷失》之类悬疑美剧。在云南最偏远的山村，渡过一条湍急溪流时，梅兰意外被水冲走，几十米外就是瀑布，是他奋不顾身跳下水，最后关头救了她的命。当天晚上，当她在乡村中学里烤火，看着无瑕的月光，在不计其数的萤火虫陪伴下，仿佛宫崎骏的电影世界，梅兰接受了他的求爱。

恋爱一年，交颈鸳鸯，如胶似漆，梅兰成了他的妻子。结婚前发现怀孕，她很想把孩子生下来，但他不愿仓促地奉子成婚。他恰逢事业关键期，刚获得一个众人虎视眈眈的职位，但面临巨大的业绩压力。于是，他逼着梅兰做了人工流产——她正深爱着这个男人，知道他从基层奋斗起步，得来这位置不易，愿意为他做出牺牲。

婚后第二年，丈夫的年薪升到了五十万，黑色收入更是翻倍。梅兰辞去老师工作，专心在家生儿育女。不过，漫长的六年过去，眼看快到七年之痒，肚子始终没有动静。再去检查，医生说是第一次流产造成的伤害，使她以后很难再怀孕了。

丈夫无法责怪梅兰，完全是他造成的结果。但他开始放纵自己，整夜在外忙于应酬，流连于夜总会，或跟女秘书打情骂俏。他自以为保密得天衣无缝，其实早被妻子发现。梅兰却隐忍不发，很好地掩饰了这一切，始终未曾捅破这层窗户纸。

她并非像许多女人那样，想要维持婚姻而委曲求全，而是决心用自己的方式来复仇。

这些年来，虽然各自的生活有了剧变，四个人都当了家庭主妇，全曼如与章小雪还做了妈妈，但她们的友谊丝毫未曾改变，每个周末的聚会从不中断。每次都会有人掉眼泪，说出婚后的各种不幸……

全曼如的丈夫是第一个出轨的，不知吵过多少次架，她却不敢选择离婚，为了尚在襁褓中的女儿。她总是埋怨自己产后发胖，让丈夫完全失去了兴趣，大家明白这纯属扯淡。更重要的是，她说自己仍然深爱着丈夫，不想做个被抛弃的怨妇，这也太没面子了吧。

接着是章小雪，儿子不到两岁，丈夫在外包养了个女孩。她只能默默地每天诅咒，却不敢对丈夫发脾气。她的爸爸刚好退休，人走茶凉，再无依靠。离婚吗？只能分到很少一部分财产，大半都被丈夫转移了。就拿着半套房子，怎么养活自己？难道再出去找工作？原来她在外企的职位，早就被后来的女孩子顶了，哪个单位敢要她这么个单身妈妈？

问题最严重的是程丽君，她跟丈夫倒是相安无事，即便被查出输卵管阻塞。然而，几年前的那场空难，她失去了父母，从此陷入严重的抑郁症。有一次，程丽君在家割腕自杀，梅兰及时赶到救了她。从此她的性情大变，原本是个胆小的女人，连只苍蝇都不敢打死，外面遇到什么事都缩在后面，现在却会极其暴躁地发脾气。

梅兰担心她的安全，没事就主动跑来陪伴，看到程丽君总是对着钟点工发泄，强迫那个中年妇女做各种危险的脏活累活，有时近于侮辱与虐待。钟点工居然坚持了下来，从未向任何人抱怨，因为女主人给了加倍的工钱。

因此，林子粹也跟梅兰熟络起来。经常就是他们两个人，一起陪伴程丽君去看心理医生，漫长的治疗过程中，他们坐在外面喝咖啡聊天。他要么不说话，说起来就文绉绉的，还能引经据典。梅兰学过西方音乐史，很乐意听他聊柴可夫斯基与拉赫玛尼诺夫之类的。每次看到林子粹的眼睛，梅兰的心头就会微微颤抖，许多女人都对他有过这种感觉——这是个令人着迷而又危险的男人。

她开始收到林子粹的微信，半夜里说些暧昧不清的话，有时关于程丽君，有时又完全不相干。

那时候，正好梅兰发现了丈夫外遇，心情糟糕到了极点——她接受了林子粹的邀请，两人在酒吧约会。他很会调情，也许早就有过外遇对象，或在外面常有一夜情。可怜患有抑郁症的程丽君，还以为丈夫忠诚不渝，只因他为人处事极其小心，不留半点破绽。

有一夜，林子粹想把梅兰灌醉，没想到她的酒量惊人，最终倒下的是他自己。梅兰心里透亮：一旦踩过这条线，就再也回不来了。思前想后，终究悬崖勒马，冷静地叫辆出租车，把醉鬼送回家，再没和他有过私下来往。这个秘密，她从未告诉过任何人，自然更不能让程丽君知道，否则便是早点送她去自杀。

那年冬至，程丽君家里终于出事，钟点工从三楼坠落摔断脖子死了。

两天后，就是平安夜，四个女人在梅兰家里聚会，程丽君哭着说出真相——确实是她逼迫钟点工爬上去擦窗的。

大家相约彼此保密，永远不出卖朋友。

接着，程丽君说出一个更为匪夷所思的秘密——

"其实，那个死掉的钟点工，她是个变态。"

处于重度抑郁症中的程丽君，平常两耳不闻窗外事，丈夫又早出晚归，她的世界里最重要的人，就变成了那个叫麻红梅的钟点工。她时而对钟点工百般关心，赠送自己的金银首饰。时而又挑三拣四，比如每次用完马桶，都要钟点工再清洗一遍，每隔三天给地板打蜡，每周把所有窗户擦到几乎透明。

就像所有没生孩子的主妇，程丽君在家无聊到了极点，因此越发敏感，任何风吹草动都会加重抑郁。她偷偷观察钟点工，从对方说话的眼神里，休息时发呆的样子，判断出麻红梅是有故事的人。

于是，她决定干一件刺激的事——跟踪与偷窥钟点工。

结果是惊人的，每天清晨，麻红梅都会准时出门买早点，来到市中心的一处烂尾楼。开始，程丽君以为她是去跟情人幽会，后来大胆地跟着她爬上烂尾楼，发现她竟把早餐从楼顶扔下去。等到她离开以后，程丽君才发现底下的空中花园，不可思议地囚禁着一个男人。

她不知道这个男人是谁，看起来五十多岁，穿着厚厚的棉袄，有些简单的生活用品。

麻红梅，每天都是这个节奏，从不间断地给烂尾楼顶的男人送饭，又不跟他说话，像典狱长与终身监禁的囚犯间的关系。程丽君想起钟点工说过自己老公早就死了——难道，楼顶的男人就是她老公？这样的囚禁已持续了很多年？

"这个女人太可怕了！虽然，我不是故意想让她摔死……"程丽君面对三个最好的闺蜜，从来不曾说过谎话，"但麻红梅死后，我反而轻松了许多——再也不用担心每天与一个心理变态朝夕相处了。"

当时，梅兰内心想的却是：亲爱的丽君，难道你自己不是变态吗？

全曼如与章小雪却表示不相信，怎么可能有这种事？又不是拍电影！她们一致认定，是程丽君的抑郁症产生的幻觉，在钟点工死后的这两天，编织出了这样疯狂的故事。

"你们不相信的话，可以跟我去看看！"

次日，四个女人结伴前往程丽君所说的烂尾楼。

圣诞节的阳光下，梅兰穿过市民广场公园，第一次看到了巴比伦塔。

这是一栋骷髅般的建筑物，裸露着行将腐烂的发黑骨头，血管与神经早已不复存在，如果塔顶真的禁闭着一个人，不过是食腐的霉菌与蛆虫罢了。

章小雪已事先做足功课，查清了烂尾楼的前尘往世——

巴比伦塔的主人生于本市，人们称他为"教授"，年轻时偷渡去香港，不知如何掘到第一桶金。两伊战争期间，他自称巴哈教徒去中东做生意，为伊拉克建造各种基础设施，一度成为萨达姆最大的承包商。此人资助发掘了古巴比伦城遗址，说在地下得到先知巴布的教诲，要在东方重建通天塔。中国第一波房地产高潮，他携带从海湾战争赚来的巨款回国投资，邀请某位建筑大师设计巴比伦塔，酬劳则是一尊两千五百年前的尼布甲尼撒石像，从传说中的通天塔底下挖出来的。下面圆锥形的十层，计划建造成综合性商场，底楼则是私人博物馆，全球收藏古巴比伦文物最丰富的一家。上半部分的十层，将是五星级酒店。至于顶楼的空中花园，谁都不晓得什么用途。

一九九七年，亚洲金融危机，全中国出现了无数栋烂尾楼——巴比伦塔是其中之一，在它结构封顶的第二天。

第三天，巴比伦塔的主人，传说中令人着迷的"教授"，站在塔顶的空中花园，口诵古老经文，一跃而下……

警方寻遍附近每寸街道，包括屋顶与绿化带，甚至到不远处的苏州河里打捞，都没找到他的尸体，仿佛在半空消失。而他价值连城的收藏品，大多被索回伊拉克，二〇〇三年随着美军攻陷巴格达而付之一炬。据说"教授"与这栋烂尾楼融为了一体，每根裸露的钢筋，每块斑驳的砖头，每道水泥缝隙，都是他的骨头、肌肉和血管。而他的鬼魂，则永远飘浮在巴比伦塔上空，比如那座人所未知的空中花园。

"丽君啊，你说，你看到被囚禁在塔顶上的男人，会不会是那个教授呢？"

"谁知道呢？"她们穿过绿化带背后的小门，梅兰仰望绝顶之上的墙，"既然，都已经到这里了，不妨上去看看吧！"

四人小心地进入烂尾楼，爬上漫长的十九层楼梯，来到巴比伦塔顶的荒草丛中，扒着栏杆偷窥空中花园，果然发现了那个男人。

谁都不敢说话，像看动物园里的大猩猩，注视这个即将饿死的人。他看起来好几天没吃过东西，骨瘦如柴地躺在墙角，也不发出任何声音。

全曼如与章小雪吓得当场逃跑，梅兰和程丽君一直追到烂尾楼下，才把她们两个叫回来。四个女人商量半天，全曼如没有丝毫主意，章小雪则主张赶快报警，程丽君坚决反对，认为这会给自己带来更大麻烦——对啊，她们怎么会发现这个秘密的？是否与钟点工麻红梅的死有关？程丽君还对警察说谎了？

最后，梅兰提出个方案：扔根绳子下去，放这个男人逃出来，但又看不到她们。

大家都点头认可，再次登上巴比伦塔，准备好了坚固的绳子，一头固定在楼顶，另一头扔下空中花园，还留下几千块现金，作为男人逃跑后的生活费。

当她们回到地面不久，有个蓬头垢面的中年男人，目光呆滞地来到市民广场公园。周围许多人在搞圣诞促销，却没有一个上前帮助他，想必把他当作了乞丐。

男人消失在人群中，梅兰这辈子再没见过他。

十分钟后，四个女人聚在街对面的星巴克，擦着额头冷汗："太刺激了！"

梅兰看着窗外的烂尾楼顶："亲爱的，你们不觉得吗？这座空中监狱，是老天恩赐给我们的礼物。"

这一天，是"绝望主妇联盟"成立的日子。

第六章

崔善逃出空中监狱的第十天。

如果，林了粹没有从塔顶逃走的话，应是一具尸体了吧？

会不会有迷你直升机给他投送食物？

她在寻找 X。

虽然，已锁定对面那栋楼顶，但不确认是哪扇窗户。何况，根本无从探知 X 的动机，这个男人为何禁锢了她一百二十天？最后又为何救出自己？

几天前，睡在酒店商务套房的大床上，她开始整夜流血。

流产后的第一次正常月经吗？真的很难受，似乎要把几个月迟来的血全部流干，想起中学时妈妈常给她吃的炒肝。

崔善端着一台望远镜，新买的黑色迷你型，凝视窗外的市民广场公园。冬日阳光格外温暖，洒在的枯黄草坪上，让人滋生晒太阳的欲望。

出门前，她看着镜子里的自己。虽然，这些天狂吃各种美食或垃圾食品，但她在日夜不停地流血，依然消瘦而苍白。必须化个妆，几个月没擦过唇膏与粉底，看起来略不自然，尤其难以掩饰青色的眼圈。

昨天把头发剪短一半，修整齐的指甲涂成粉色。戴上大墨镜，换了件黑色短风衣，质地不错。裹起咖啡色围巾。下身是条灰色西裤，配一双黑高跟鞋。脖子上还挂着望远镜，很有复古范儿。

午后，崔善走入市民广场公园，从路边小贩手里买了包鸭脖子。大学时代，她常在学校门口吃这个，要最辣的那种，搞得一把鼻涕一把眼泪，感觉爽得不得了。

她坐在X经常坐的长椅上，托着下巴仰望巴比伦塔。宛如《星球大战》的宇宙飞船，给人压倒性的视觉。周围无数三十层以上高楼，却不如这暴露着钢筋的烂尾楼感觉高大。

为确保张小巧的护照是安全的，必须知道是否真实存在"索多玛共和国"。

前天新买了一台智能手机上网搜索。至于林子粹的两台手机，包括镶嵌着"LZCS"的限量定制款，都被她半夜扔进了苏州河，以免警方侦测到信号源。

虽然，在世界地图上几乎找不到，但索多玛是个主权国家，更不是索马里。几年前，索多玛共和国刚加入联合国——位于南太平洋的索多玛群岛，由十九个岛屿组成，面积三十平方公里，相当于中国的澳门。一七七八年，一艘英国军舰发生叛乱，几名水手跟一群波利尼西亚少女驶抵这片无人岛。他们随身携带一本《圣经》，便以《旧约》中索多玛城的故事，命名了这座天涯海角的伊甸园。直到一九〇〇年，文明世界的人们重新登岛，这些欧洲与波利尼西亚的混血儿，仍然过着古代的生活。目前，索多玛共和国人口不超过一千，但向全球发出了二十万张护照，每张定价两万美元。

这张护照正插在崔善的风衣内袋里。

数分钟后，一辆黑色轻型摩托停在路边，后座放着两箱行李。骑手是个年轻男子，摘下头盔看着巴比伦塔顶，走进市民广场公园。

他穿着黑外套，背着双肩包，坐到最熟悉的长椅另一端。太阳将椅背晒得温热，坐着惬意而舒服，何况一个漂亮女子在身边，距离他的肩膀不过五厘米。

气温回暖了十几度，难得没有风的冬日午后，再加上疲倦没有恢复，很容易让人们吃饱后产生睡意。

崔善刚刚睡着。

她的双目微合，缩在长椅一侧，手里有包吃剩下的鸭脖。太阳光暖洋洋的，像层白色油漆，抹在分外消瘦的脸庞。经过长期禁闭与饥饿的皮肤，近乎透明地露出几根紫色的毛细血管。

但是，只要附近的小孩踢过来个足球，就会把她惊醒。

看到她挂在胸前的望远镜，男人的嘴角第一次微笑。他抱着摩托头盔，摘下厚厚的眼镜片，靠近她的脸。这是他离她最近的一次，可以闻到她头发间的味道，鼻孔呼出的气息——他只是想看清她眼皮上的某粒小痣。

在同一张长椅，这个姿势停留了半分钟，却始终未触碰到她。

唯有崔善刚嚼过的薄荷糖味，随着均匀的呼吸，源源不断地输入他的鼻孔。年轻男人倒出两片白色药丸，塞进他自己的嘴巴，稍稍喘了口气。

同时，他的右手，正从裤兜里掏出什么东西来……

崔善醒来之前，仿佛看到了什么。

清澈的，干净的，一尘不染的，男人的眼睛。

害怕自己一觉醒来，又回到空中监狱，刚睁开眼面对荒芜天空的时刻，而成功越狱逃脱的这些日子，不过是太渴望自由而产生的妄想和幻觉。

当她被路边的轻摩引擎声惊醒，那双眼睛却消失不见。

只看到寒冷的微微发蓝的天空，黑色骨骸般突兀的烂尾楼顶，还有一群划破天际线的灰色鸽子——崔善吃掉过其中某只的同伴。

怎么睡着了？就在这张木头长椅上，铺满阳光的广场公园，眼前一大片草坪，只有几只麻雀在啄食。太危险了！睡着后着凉倒无所谓，反正这一百二十天来，她已能在任何恶劣环境中生存，只怕被偷掉手机钱包，或被色狼乘机揩油。

上下检查一番，风衣纽扣系得很牢，围巾也没被解开，口袋里的东西还在——不对！是多了什么。

两把钥匙。

崔善的风衣口袋里头，多出两把完全陌生的钥匙。

其中，稍大些的钥匙柄上，贴着张小纸条，写着数字"3001"。

还有把钥匙略微小些，标记着"12"。

是谁趁她不小心睡着的片刻，把这串钥匙塞入口袋的？惊恐地向四周张望，只见街上川流不息的车辆。

她把钥匙放到鼻子前，残留男人手心的汗味。

X——是你吗？

再度仰望天空，瞄准高架对面的某栋住宅楼，当她被关在空中花园，每天都能看到顶层的几扇窗户。

"3001"？

钥匙上的数字，不就是三十层一单元？偷窥者 X 所在窗户的房号吗？

崔善抱起剩下的半包鸭脖，离开市民广场公园。她踩碎满地落叶，从南北高架下的天桥过马路，绕过横躺着睡觉的老乞丐，差点打翻他收钱的小盆。

街边挂着住宅小区的牌子：两河花园。

读高中时受到容老师的影响，崔善的世界历史学得不错，底格里斯河与幼发拉底河——根据对面巴比伦塔的两河流域起的名字吗？

她找到七号楼，因为紧靠南北高架，受到噪音影响，是整个小区位置最差的。午后的电梯很空，楼宇广告上涂满脏话与女人 QQ 号，崔善揿下顶楼三十层的按钮。随着电梯逐渐高升，她开始想象 X 的脸。

三十层到了，只有一个单元，门上印着"3001"。

没按门铃，直接插入大钥匙。果然打开房门，眼前是条长走道，两边隔着简易墙板，紧闭好几扇小门。有楼梯通往二层，原来是复式的房子，楼下就有七个房间。厨房响着微波炉的转动声。不知哪里传出《甄嬛传》的对白。有个年轻女孩等在卫生间门口，穿着粉色睡裙黑着眼圈，冷得不断哆嗦，敲门问厕所用好了没有。她毫不介意崔善的出现，只当作某个新邻居。

这是一套群租房，也不是没住过这种房子，崔善看了看小钥匙上的"12"，踩上吱吱呀呀的狭窄楼梯。

二楼的最深处，看到门上的"12"，不晓得 X 在屋里吗？

小钥匙上的六枚齿牙，被她紧紧捏在手心，锯子似的来回撕咬，几乎要磨出血来，直到隔壁传来刺耳的叫声，好像是对失业的小情侣在吵架。

终于，崔善将小钥匙塞入锁孔，门后安静得宛如坟墓，手指才微微用力，转动着打开门锁。

X的家。

十来个平方米，朝东的落地窗正对天空，一览无遗地俯瞰巴比伦塔。

当崔善转回头来，却看到了墙上的自己。

整堵墙，从天花板到地面，几乎贴满了一个女人的照片……

从五六岁小丫头的黑白照，到戴着红领巾的集体照，还有三口之家的全家福——她的爸爸是个英俊男子，妈妈亦曾是个美人，穿的衣服也很体面，而她同时继承了父母的容貌。崔家有女初长成，养在深闺人未识，当时她是个羞涩少女，穿着不知什么初中的校服。崔善久久凝视这张照片，手指触摸自己十四岁的脸颊，就像X在望远镜里想象她的皮肤温度。

她有过一个英文名字，大学英文课上起的，但很少有人记住，后来几乎没再用过——Odette。这行字母贴在X的床头，跟着三个中国字：奥黛特。

好奇地翻开纸条背面，还有一行汉字与洋文——

Odette= 奥黛特 =Одета= 奥杰塔

她不明白这是什么意思。

墙上除了她的各种照片，比如跟高中班主任的合影、大学寝室的闺蜜私房照、办公室恋情里秘密传递的巧克力……还有雪片般的复印件或扫描件：高考成绩单、读书时获得过的奖状、在高级会所留下的报名资料、淘宝和京东上的交易记录、去医院检查的临时病历卡、早已删除但被别人保留的微博截图……

最近几张照片是手机自拍——她穿着臃肿的旅行服，背景是蓝天白云下的洱海，三座白塔修长地矗立在身后。还有两张是在丽江的酒吧，标注着拍摄时间：今年二月。

几张 A4 纸用图钉固定在墙上，竟是网上复制的星座密码——

6 月 22 日——优点：浪漫、擅长表达情感、富想象力。缺点：天真、不切实际、喜欢操控一切。生日花：风铃草。诞生石：珍珠。当天出生的名人——1940 年：阿巴斯·基亚罗斯塔米。1949 年：梅丽尔·斯特里普。1962 年：周星驰。1964 年：阿部宽。1964 年：丹·布朗。1987 年：李敏镐。

看到这些打印出来的文字，崔善忍不住会心一笑，大学时代追过她的男生，同样也在床头贴过这样的内容。

但在墙上最醒目的位置，红色记号笔写着一行大字——

每天吃三次药

难道，在 X 给她的面包和水里，藏着某种特殊的药？一如在注射器里混合的两种药剂会变成致命毒药？也许，这就是她每晚睡得很死，当他半夜潜入躺在身边，自己也无从察觉的缘故。

墙角还有几排歪歪扭扭的"正"字，仔细数了数居然是二十四个。

一百二十天。

没错的，地球上再不会有任何人比 X 更熟悉崔善了，这种了解程度甚至超过了她本人。

真的是这样吗？

崔善继续检查这个房间，柜子里没什么衣服，也没看到生活必需品，更别提电脑、手机、钱包、证件之类东西了，看来他是刚搬家。

但在窗台上压着个白皮信封，上面写着 X 的笔迹——

TO：奥杰塔

X 留给她的信？

崔善过去的英文名 Odette，根据 X 写在床头纸条上的逻辑，最终等于奥杰塔，也是《天鹅湖》女主角的名字。

打开信封的刹那，却没看到任何信纸，仅有一沓沓红色与绿色钞票——人民币一万块，加上三千美元，都是旧钞票。

她无声地把信封塞进风衣口袋。

其实，崔善很需要这些钱，一旦刷卡或 ATM 提现，就很容易暴露位置，只有使用现金才是最安全的。而林子粹留下来的五千元，这些天已快被她花光了。

有些事情，人永远无法理解，崔善也不需要知道答案——这个男人为何对她这么好？

但有一点是肯定的：X 把钥匙塞到她的口袋里，他就不会再回到这个房间了。

她打开写字台的抽屉，收拾得干干净净，只剩一张大照片，写明五一中学的毕业照。端详半晌，手指划过其中的每一张脸，却终究无法找到自己。

最后，崔善回到窗后，眺望对面烂尾楼的塔顶。

等一等，似乎还有别的什么。她慌乱地拿起脖子上的望远镜，就像过去四个月来，X每天所做的那样——在椭圆形的狭窄视野中，最后一棵干枯的石榴下，躺着一具男性尸体。他扭曲着四肢，露出青灰色面孔，眼睛至死都没闭上，直勾勾地仰望天空。

林子粹死了。

显然，X并没有像对待崔善那样对待林子粹。

看到他恶形恶状的尸体，不知是饿死还是冻死的，表情凝固在最痛苦的时刻。崔善本以为自己会哭，却连半滴眼泪都没有，只感到反胃，差点把中午的过桥米线都吐出来。

但是，空中花园里不只有林子粹的尸体，还有一个女人。

崔善几乎站在窗台上，用望远镜不停地调整距离，确信这并非幻觉。

那个女人还活着。

她正在绝望地喊着救命。三十岁左右的女人，雪白漂亮的面孔，宛如韩剧里的少妇。身上穿着Burberry的大衣，耳环与戒指都镶嵌着钻石，养尊处优的有钱人。她的头发散乱，额头擦破皮刚结疤，也许刚掉进去不久。

刹那间，崔善想起了这张脸——六月二十二日，凌晨五点，程丽君被杀现场的床头柜上。

第七章

梅兰已狂喊了两个钟头的救命。

她的手心里有张破纸条，来自另一个女人的字迹——

救命！我在楼顶！巴比伦塔！

背后是粗糙的水泥墙壁，底下垫着干草堆，一床白鹅绒被子缠在身上。她看着四堵高墙，宛如黑色的棺材，只留下头顶荒芜的天空。

几近零度的寒流中，不见一只鸟儿飞过。

数米开外的石榴树边，有个男人躺在地上——变成尸体的林子粹。

梅兰闻到一股腐烂的臭味，虽是寒冷的塔顶，依然有几只恶心的蝇蛆，从他的眼睛和鼻孔里钻出来。

她把今天在旋转餐厅享用的英式早餐全都呕吐在了地上。

不知道林子粹已死了几天？或许被活着关了三五天？下意识地捏碎手心里的纸条。

这是报复——来自那个叫崔善的女人？

下一个会是谁？

绝望主妇联盟。

两年前的圣诞节，程丽君、梅兰、全曼如、章小雪，四个女人聚在巴比伦塔对面的星巴克，用记号笔在彼此掌心写下这六个字，作为联盟成立的纪念日。哪怕很快就在厕所里洗掉，但是联盟已烙印在心底。忘了是谁，居然下载苏联国歌《牢不可破的联盟》，作为"绝望主妇联盟"的盟歌。

"你不是在开玩笑吧？"

那些天程丽君本就在惶恐中，被梅兰那句话又吓了一跳。

"废话！你还当真了吗？"

全曼如像读书时那样乐观，但有严重的产后抑郁症，也是发胖的原因。

"不过，想想好有意思啊——把小三关到烂尾楼顶的空中监狱！"章小雪差点大声喊出来，赶紧捂住嘴巴，"耶！貌似很爽的样子！"

"对啊，哪个老公结婚几年后没外遇呢？"

"太疯狂了！"

"把人关到烂尾楼顶上，会不会饿死啊？"

"要是有水喝，但没有饭吃，大约可以活七天。"

全曼如猛喝一口奶茶："我知道减肥的极限了。"

"连水都没的话，三天就挂了吧？"

"如果是现在，没有厚棉被与帐篷，楼顶刮着寒风，一晚上就会冻死！"

最后总结的是梅兰，盯着窗外的巴比伦塔，想象在那四堵墙的露天监狱里，囚禁着一个年轻女子。

其他三个人都不寒而栗，章小雪端起热杯子："能不说这个吗？"

"你不恨她？"

"那个女大学生……"半年前，章小雪的老公被迫承认有了新欢，发誓与对方断绝关系。但昨晚，他又没回家，说什么接待政府领导，却是跟人家在酒店开房。"我去庙里烧过头香，祈祷菩萨保佑，让小三出车祸死掉！"

"怎么不咒你老公？"

"瞎说！我喜欢他的，哪舍得咒他？就算他在外面再乱搞，终究还是我儿子的爸爸，我总是希望他长命百岁的。"

谁又能想到呢？大学时候水性杨花的小雪，竟然熬成了好太太。

"离婚呢？"

"我也不是没有想过，但那不是举手投降吗？反而让小三上位得逞——让她占着我的男人，睡着我的床，开着我的车，还要打我的娃，哪能这么便宜了她？我们做正室的，必须死磕到底！"

梅兰微微摇头："求人、求天，都不如求己。"

"别说了——我害怕。"

全曼如打断了梅兰的话，章小雪却摆摆手说："没关系，我想听下去！"

"小雪，"梅兰跟闺蜜们仍然保持大学时代的称呼，"我的丈夫也有了情人，为她租了套高级公寓，送了张五万元限额的信用卡，他们每周见面三次——那个女孩子，二十四岁，准备为我丈夫生个孩子。"

"My god，你怎么到现在才说？"

梅兰却不再说话，将几包糖全部撒进了咖啡。

"如果，对方把孩子生下来，你丈夫会提出离婚吗？"全曼如又摇头说，"我找律师帮你打官司！让这个男人净身出户！"

"谈何容易？"梅兰从小没缺过钱，娘家也有很大的房子，根本不在乎这些，"我只想——她伤害了我，我要让她付出代价。"

"烂尾楼顶？"程丽君眺望着自己发现的秘密，"万一死人了怎么办？"

"丽君，你真的以为我要杀人？"

显然，这句话让程丽君如鲠在喉，想起在自家楼下摔断脖子的钟点工。

"你要把人关进去两天，再放出来？"

"只是一个警告：永远离开我的老公。"

章小雪频频点头："嗯，有道理啊，对付这种不要脸的女孩子，只能用最严厉的手段。不过，你真的要行动？"

"不是我，而是我们——绝望主妇联盟，你们会帮我的！"

"就用这栋楼？"

程丽君煞有介事地仰望着巴比伦塔顶。

"不，这栋烂尾楼是你发现的，也是为你准备的。"

"为我？"

"对不起，我说错了——是为你丈夫的小三。"

"你说林子粹？他可没有……"

梅兰搂着她的肩膀耳语："迟早会有的，相信我，亲爱的丽君。"

"也许……"

"你们愿不愿意帮我——寻找另外一栋类似的烂尾楼，在天台进行改造，变成牢固的空中监狱，再把我丈夫的情人扔进去？"

"梅兰，你疯了？"

"我很冷静，给你们几天时间考虑。绝望主妇联盟，我们从小就在一起，不是吗？"

还是章小雪明白得快："你是说，我们帮你在烂尾楼顶囚禁小三，然后，你也来协助我们做同样的事？"

"对，下一个，就轮到你老公的外遇对象了——女学生。"

"我做梦都盼着那一天。"

"小雪，你放心吧，我们三个人都会帮助你的，再找一栋差不多的烂尾楼，这座城市有很多呢！"

"这个……"

她的眼神里既有兴奋，更带着让另一个女人永远消失的恐惧。

"我要回家遛狗了，等你们的电话，亲爱的们！"

三天后，梅兰接到了她们的消息。

"人人为我，我为人人，梅兰，我们一起干吧！"

"结婚整整六年，我为他生了女儿，为他放弃自己一切，那个年轻漂亮的女孩，却轻而易举取代了我——我很想把她关到烂尾楼顶上，让她忏悔和流泪，让老公感到害怕！"

程丽君也发来微信："梅兰，抑郁症让我太苦闷了，如果不干些刺激的事，我真的会自杀——绝望主妇联盟，必须一起行动！"

不过，行动说说容易，做起来却太难了。首先，如果不能使用巴比伦塔，到哪里去找烂尾楼？梅兰很快解决了这个问题，用百度搜索全市所有大厦，施工或待完工的有几千个，根据开工时间分析，就可确定哪些楼多年未动过。

谁都想不到在这座城市，竟然矗立着上百栋烂尾楼，大部分是九十年代遗留下来的。

四个女人共同选定了市郊的一栋楼，废弃将近二十年，没有任何重新开发的迹象。

春节前，她们先去踩点，各自戴着安全头盔，以及各种防护用品，以免上楼时发生意外。绝望主妇联盟第一次野外行动，爬上顶楼，划定四堵墙的范围。附近也没什么高楼，老天恩赐的空中监狱。

有个男人在看着她们。

半秃头的中年男子，穿着满是灰尘的棉袄，黝黑的脸上没有表情，手里握着一根铁棍。

几个主妇没见过这种阵势，吓得四处逃窜，只有梅兰冷静地问："你是谁？"

连续问了好几句，对方并未回答，男人用手比画了两下，她明白了："你是——聋哑人？"

梅兰在聋哑人学校做过老师，手语基本没忘，立刻打出同样的手势。

男人居然看懂了，露出意外的神色，两个人在烂尾楼顶，用手语交谈了半个钟头。

他出生在大雪纷飞的农村，原本是个口齿伶俐的孩子，七岁那年一场大病，吃了乡卫生院开的变质药品，双耳失聪，再不能说出正常语言。他失去了读书机会，十多岁跟人进城乞讨，好多次被抓进收容所，打得皮开肉绽再驱逐到另一个城市。后来，他跟着义工组织学会了手语，终于有希望找份工作，却被人诬陷偷钱包。劳动教养三年后，他继续流浪拾荒为生。没有女人或男人爱过他，更没有人知道他的名字。他没有身份证，在几次人口普查报告中，他从未存在过。他习惯于住在烂尾楼，既不用付一分钱房租，又有足够的空间生活。这座城市的每一座烂尾楼，他都摸得清清楚楚，包括哪里住着流浪者，哪里又开着地下作坊，什么地方出过杀人案，某个楼板底下藏着陷阱，有人不慎摔死……

这个冬天，他就栖居在此，意外发现四个女人跑上来，还以为是被人贩子拐卖来的，就拿着铁棍上来救人了。

梅兰打着手语问道："你愿意为我在这栋楼顶造起四堵围墙吗？"

四十年来，从未有人这么关心过他，何况是美丽尊贵的少妇，他毫不犹豫地用手语回答："我愿意。"

最后，他也没说出自己的姓名，而主妇们已给他取好了名字——哑巴。

开春之后，哑巴建造好了空中监狱，几乎完美的围墙，在烂尾楼顶异常坚固，从楼下仰望看不出什么变化。

他在这个世界上没有任何亲人，更无法跟别人正常交流，总之哑巴绝不会泄露秘密。

绝望主妇联盟开始行动——第一个目标是梅兰丈夫的情人。

这个年轻女孩爱出入夜店，四个女人一齐跟踪，伪装成陌生人与她聊天，然后给她喝下带有麻醉剂的饮料。女孩很快昏迷过去，旁人看来不过是喝醉了，主妇们把她抬进车里，运到烂尾楼底下。

但她们无法把一个女人搬到楼顶，哑巴出来帮忙，轻松地背起女孩。

"我是为了保护自己，如果不把她关在这里，我就会被人害死！"

一路上，梅兰不断用手语这样告诉哑巴。

他毫不犹豫地把女孩子送入天牢。

首次行动成功，主妇们各种心情，只想尽快回家，以免丈夫怀疑。

不过，大家都忘了最后关照哑巴一声——请在三天后把她放出来。

那一晚，程丽君着凉感冒，本周聚会取消，再见面已相隔十天。

女孩失踪之后，梅兰在家不动声色，丈夫看起来一切如常，只是应酬少了一些，每个晚上都睡在她的枕边，还跟她温存了两次。

旋转餐厅的玻璃上布满春雨，她点了杯热巧克力，听到耳边有人问——

"梅兰，你去把小三放出来了吗？"

全曼如舔着冰激凌，突然想起来这件事。

"哦？临走的时候，你没跟哑巴说吗？"

"拜托！只有你会手语，我们怎么跟他说呢？"

"等一等——你是说——你忘了？"

章小雪的面色变得煞白，手中的玻璃杯摔落打碎在地上。

碎玻璃声引来人们注目，梅兰的热气呵在窗玻璃上，不敢看她们的眼睛："我……我以为……你们会提醒我的。"

半小时后，四个女人来到郊外的烂尾楼，爬到顶层的围墙，俯视空中监狱，躺着一具年轻女孩的尸体。

哑巴冷漠地站在她们身后，半秃的脑门淋着雨点。梅兰什么都没问，点头让他离去。

全曼如哭了，接着是章小雪："这下好了，我们都成了杀人犯！"

程丽君还保持镇定，来一句总结性发言："不，这只是个意外！"

"我们只是帮你教训小三，让她不要再跟你的老公来往了。"全曼如抓着梅兰的衣袖说,"但真的没有要杀人的意思啊!"

"没用的,你去跟警察说——谁会相信你?"章小雪迅速擦干眼泪,"要怪的话,只能怪我们自己,行动成功后太兴奋了。"

四个女人哭哭啼啼聊了大半天,谁都没想去把尸体弄出来,任由那个二十四岁的女孩子,在楼顶的春雨中缓慢地腐烂。

但是,绝望主妇联盟——任何秘密只能进不能出。

"木已成舟,我们四个人,谁都逃不了干系,既然杀了一个人,何妨再杀第二个?"

说话的是章小雪,按照原定计划,下一个牺牲者就轮到她老公的小三了。

"你是说——我们帮你再干一次?另外找一栋烂尾楼,把你老公包养的女大学生关进去?"

"是。"章小雪捏紧了拳头,"你们有没有想过——如果,把她放出来的话,很容易能查出是谁干的。到时候同样也犯了法,加上刚死了的女孩子,我们都要坐牢,甚至被枪毙的。只有让她死在里面,对我们才是最安全的。"

"许多楼一烂就是十几年,楼顶藏着一个死人,不会被人发现的。而在这个世界上,不过是个年轻漂亮的女生失踪了而已,这些女孩的社会关系复杂,说不定同时有好多个男人,跟谁私奔了都有可能。或者,被某个男人杀了。谁会怀疑到你呢?"梅兰冷冷地盯着另外三个女人的眼睛,"除非——你们有谁告密!"

"不会的,我们是绝望主妇联盟。"

全曼如怯生生地问了一句:"现在到处都是高楼,如果被其他楼顶上的人们看到怎么办？"

"你会没事天天盯着某栋楼顶吗？"

"不会。"

"就算发现又怎样？这世上的人们，只想到自己，谁会无缘无故惹麻烦？何况，任何人被关在烂尾楼顶上，没过几天就死了，根本不会有逃出去的机会。梅兰，帮我一起干吧！"

章小雪的表情坚定，全曼如与程丽君都有些犹豫，梅兰沉默半晌说："对不起，是我连累了大家，但我愿意再为章小雪杀一个人。如果，你们两个不愿意参加，可以立即退出绝望主妇联盟，也可以去公安局自首或举报。"

别墅的小花园，开着春天鲜艳的杜鹃，四个女人却沉默许久……

还是东道主的程丽君开腔了："我也不是没杀过人——我是说我家的钟点工，虽然不是故意把她弄死。看她在三楼擦窗户时，脑子里闪过一个念头，如果在她后面轻轻推一把，她会不会掉下去摔死？冬至那天，我努力控制自己，身体却像失控了，被一根绳子牵到她背后，那敞开的窗框像张嘴，豁然大开将我吞掉……"

"吓人！听起来像大卫·芬奇的电影。"

"我没想过她真的会死，但当我跑到楼下，看到尸体的刹那，我感到了某种兴奋。"她的眼里倒闪过跳跃的光，"除了林子粹，没有人知道这个秘密。压抑了好几个月，终于对你们说出来，就像放下一块大石头。"

"那还是抑郁症惹的祸吧。"

程丽君冷冷地盯着全曼如："我同意参加下一次行动，曼如，你呢？"

"我？"停顿了漫长的一分钟，她撕断手腕上的珠链，"同意。"

绝望主妇联盟都知道，全曼如的老公最近出国考察，偷偷带着自己的女秘书。

"好，两个月内，我们会帮助章小雪，实现她的心愿。"

只有梅兰心里清楚，她并非忘了把女孩放出来，而是故意不关照任何人。

她相信，根据自己用手语对哑巴的描述，这个冷酷的男人，将默默看着别人死去。简而言之，哑巴愿意为她做任何事，因为在这个世界上，只有梅兰愿意跟哑巴平等地说话。

梅兰再度找到哑巴，希望他物色一栋适合做空中监狱的烂尾楼。

哑巴选择了一所大学，有栋尚未完工的教学楼，孤零零矗立在校园角落。负责建设的副校长腐败案发，大楼一烂长达八年，也没有流浪汉住在里面。学生传说那就是灵异的鬼楼，从未有人胆敢进入。

一个半月，哑巴在校园深处造起空中监狱，真的很适合做女大学生的坟墓。

初夏，月黑风高的夜晚，绝望主妇联盟第二次行动，章小雪最恨的女生，在昏迷中被送到烂尾楼顶，关在四堵高墙之间的绝境。

这一回，梅兰明确告诉哑巴，请他暂时离开这个地方，就让女大学生自生自灭吧。

她们没再去确认女孩是否死亡，考虑到天气炎热，将看到一具高度腐烂的尸体，恐怕会恶心到几天吃不下饭。

漫长的夏天过去，下一个，轮到全曼如老公的女秘书了。

哑巴用了更长时间寻找烂尾楼，十月份才确定市中心的一栋高层建筑。两个月后，他通知梅兰等人来验收。

行动时间确定在冬至夜。

女秘书与老板幽会后不久，就被送到了烂尾楼顶。这回女孩没有昏迷，而是剧烈挣扎，幸好楼顶没有旁人听到，哑巴迅速将她扔入空中监狱。

她在井底痛哭着哀求，丝毫未能打动四个女人。绝望主妇联盟与哑巴默然离去，再也没有回来过。

这一晚，程丽君只感到眼皮直跳，因为这是一年前钟点工被她害死的忌日。

梅兰有了一种预感——下一个，就轮到程丽君了。

不到半年，程丽君死了。

联盟的四角，崩塌了第一块。

葬礼那天，剩余的三个绝望主妇，相约穿着黑色礼服，穿过连绵梅雨，来到肃穆的殡仪馆大厅，门口有条横幅："沉痛哀悼程丽君女士英年早逝"。到处是花圈和挽联，有个撒满鲜花的棺材，躺着盛装晚礼服的女人。林子粹身着黑西装，手持白玫瑰哭泣，越发让人同情与怜悯。这天，哑巴也跟着梅兰来送葬了，她让哑巴等在外面别进来。

根据死者生前遗愿，葬礼背景音乐是柴可夫斯基的《b小调第六交响曲：悲怆》。

虽然，各种迹象表明程丽君是自杀，但警方没有确认结案。恰恰相反，那个叫叶萧的警官，好几次来向梅兰询问关于死者生前的种种情况。无论全曼如还是章小雪，都对于绝望主妇联盟守口如瓶，一旦泄露秘密，她们要作为杀人犯被逮捕。梅兰同样回答得水泼不进，尽管叶萧仍然存有怀疑。

最后，警官特别问到——程丽君有没有提到过丈夫的外遇对象？

梅兰回答从来没有。

这是一句谎言，只有她知道崔善的存在。

黄梅天过后，她召集绝望主妇联盟聚会，虽然只剩她们三个，依然计划了新的行动。梅兰告诉大家——林子粹有个小三，她叫崔善，二十六岁。正是这个女人，在六月二十二日凌晨五点，潜入别墅杀害了程丽君，伪装成自杀的现场。而程丽君生前，已决定把小三关进烂尾楼顶，也就是巴比伦塔的空中监狱——当初绝望主妇联盟留给程丽君的地盘。

"一年多来，绝望主妇联盟的每次行动，程丽君都全程参与，和我们一起除掉了那三个女孩——尽管跟她无冤无仇，她始终无私地帮助我们，而她自己却被小三害死了。"

"这个仇，一定要帮她报！"

章小雪进行了恰当的总结，也打消了全曼如的犹豫不决。

为完成程丽君的遗愿，她们再次请来哑巴，让他搬到市中心的巴比伦塔。这里有现成的四堵高墙，只需要重新整理空中花园，消灭有人存在过的痕迹，除了茂盛的石榴。

七月的最后一夜，绝望主妇联盟的行动时间。

三个女人跟踪崔善，发现她从一间五星级酒店出来，黑色小碎花的短裙，酷似一只黑天鹅。

崔善貌似失魂落魄，慌张地逃避什么。当她穿过无人的街心绿地，主妇们从背后袭击，用麻醉气体令她昏迷，开车载到巴比伦塔下。然后，哑巴将她背上塔顶，扔进了空中监狱。

一周之后，梅兰确信崔善已经死了。

就像过去两次杀人，根本无须事后确认。这座城市四栋烂尾楼顶上的女孩，可以在地底下凑成一桌麻将了，她想。

不过，梅兰私下里找过哑巴一次，在巴比伦塔的十三层，有个避风的角落，他新搭的窝棚外面。

"我的丈夫，并没有接受去年的教训。最近，他又有了新欢，请把那个女孩子，关到第五栋烂尾楼顶。"

然而，哑巴出乎意料地拒绝了她。

"我不想再杀人了，你也不要再做这种事了。"他用手语回答，"过几天，我会离开这里，回老家去。"

梅兰看着对方倔强的眼睛，知道无法改变他的决定，一言不发地离开。

她有了新的想法——如果，哑巴不能为绝望主妇联盟服务，那么就会成为一颗定时炸弹。在这个世界上，除了她们三个女人，只有哑巴知道秘密。虽然，他不会说话，但会写字。而他已经认为，杀人这件事是错误的，就有可能想办法纠正错误，甚至包括去公安局……

不管哑巴会不会这么做，只要他还活着一天，梅兰以及她的闺蜜们，就得多做一天噩梦。

要永久解决这个心腹大患，唯一的办法是杀了他。

三天后，梅兰准备了一瓶饮料，针头在瓶口打入致命毒药，只要喝下小半瓶，就能让人在十分钟内死亡。

她再次来到巴比伦塔，在十三层找到哑巴。她先是感谢哑巴在一年多来，帮助绝望主妇联盟所做的一切，既然要回老家去，就给他十万元的红包作为感谢。

哑巴拒绝了她的红包——其实，红包里只有表面几张钞票，底下全是白纸。

但他接过梅兰递来的饮料，毫无防备地打开瓶盖，一口气灌下大半瓶。

杀人灭口的过程中，梅兰恐惧得要命，等到哑巴放下饮料瓶，她就匆忙告辞了。

逃到烂尾楼底下，她焦虑地等候了一个钟头，始终没见到哑巴下来。这时电话铃声响起，竟是叶萧警官打来的，说还有关于程丽君的问题跟她核实。她终究没有胆量再爬上烂尾楼，而是相信哑巴已经死了，尸体躺在十三层的角落里，不会再被任何人发现，直到腐烂成为白骨，就像被关在塔顶的那个女孩。

梅兰走了，再没回来过，直到四个月后，今天。

上午，绝望主妇联盟的三个女人，照例在旋转餐厅喝早茶。梅兰独自开车离去，那条来自哑巴的短信，却让她一路上忐忑不安，多次差点撞到别人。

为了避免车毁人亡，她决定先不回家，而是去巴比伦塔看看。

梅兰来到烂尾楼下，在市民广场公园的路边停车，去附近超市买了瓶饮料，回来却发现，车窗上多了张小纸条，写着一行女人的笔迹——

救命！我在楼顶！巴比伦塔！

楼顶？

她自然仰起脖子，看到烂尾楼顶的几堵墙，让人不寒而栗的气流，从头到脚灌满毛孔。

崔善还活着？

她在楼下徘徊片刻，终究无法按捺恐惧与好奇，便带着这张纸条，钻入巴比伦塔。

爬过幽暗的楼梯，经过十三层，哑巴的窝棚居然还在，但再未有人居住的痕迹。

梅兰径直冲上塔顶，冻得瑟瑟发抖，趴在栏杆上往下看去——空中花园里没有崔善，却仰天躺着一个男人。

几秒钟内，她认出了林子粹，确切来说是他的尸体。

忽然，有人猛拽梅兰的胳膊，装着手机的坤包被夺走。当她回头尖叫，却被狠狠推了一把，坠入空中监狱的井底。

那是几个钟头前的事。

梅兰相信，林子粹是被崔善扔进空中监狱的，至于把她推下来的那双手，恐怕也属于一个比自己更可怕的女人。

四个月前，杀死哑巴之后，她后悔自己没有爬到烂尾楼顶观察，确认崔善究竟死了没有。

梅兰一直疑惑，为什么把崔善关在巴比伦塔后，哑巴突然改变了态度？原本，自己不是哑巴最信任的人吗？

也许，住在同一栋烂尾楼十三层的哑巴，发现崔善仍然活着，或者受这年轻女孩的诱惑。难道哑巴强奸了她？而她根本也没反抗，而是利用自己的身体。哑巴疯狂地迷恋上了她，更不可能再为梅兰做任何事。而在哑巴死后，崔善开始了长达数月的复仇计划……

哑巴到底活着还是死了？

一切悔恨都来不及了，梅兰被困在巴比伦塔顶，看着正在腐烂的林子粹。为什么不早点把他也杀了呢？

在墙角发现一条断掉的项链，坠子是施华洛世奇的镶嵌水晶，小小的天鹅形状——这是崔善戴过的项链吗？忽然，梅兰觉得林子粹是个小气的男人。

她将断了的项链塞进口袋，开始怀念家里的那条大狗。

梅兰也在想象自己的丈夫，等到明天或后天，确信妻子已失踪，他会在表面上极度焦虑，不但报警还会到处张贴寻人启事。

其实，他早就盼望这一天吧。

第八章

同一时刻，巴比伦塔的马路对面，三十层楼顶复式群租房的某扇窗户内。

崔善把墙上贴满的照片和纸条撕下来，堆在一个破烂的铁皮脸盆里。

她点着了打火机。

火苗在手上颤抖，注视铁盆里的自己——从白天鹅般的女童，到脸上有婴儿肥的少女，再到一个成熟的女人。

这是崔善全部的过去，包括穿着黑色碎花短裙，踩着红底高跟鞋，坐在海滩边吹着风，目光迷离，前路彷徨……打火机从这张照片开始点燃。

白皙的面孔，迅速被灼烧毁容并吞噬，化作骷髅般的碎屑。红色火焰，黑色灰烬，蔓延在整个铁盆，就像烧掉一具女人的尸体。

打开窗户，让燃烧的烟雾飘出去，免得被隔壁租客投诉。剩余黑屑倒进走廊的垃圾桶，没什么可惜的。

回到 X 的窗后，她举起胸前的望远镜，瞄准对面的市民广场公园。偷窥是一件极其有趣的事，这些天发现了许多他人的秘密，只要你认真观察——跪在公园门口要饭的老乞丐，一年四季只穿衬衫，越是天寒地冻生意越好，但每晚都会去后面小马路的发廊；对着几棵梅树自言自语的老婆婆，看起来穿着打扮体面，油光光的头发不知搽着什么古老化妆品，其实有精神病，家人从不管她，任由她在公园闲逛，有几次过马路差点被撞死，大概也是子女们所希望的；有对年轻恋人在公园相会，一个是美容店里的安徽小姑娘，另一个是沙县小吃的福建小伙子，前几天哭哭啼啼闹分手……

最后，望远镜的视野落在了烂尾楼，该回去看看巴比伦塔顶的新朋友了。

至于 X 的房间，崔善已清除了关于自己的所有痕迹。她只带走了一样东西，是盘陈旧的盒装 VCD，在一格抽屉里找到的。正面印着日文原名《白鸟之湖》，英文名字 *SWAN LAKE*，还有王子与公主的卡通形象。后面有中文介绍，一九八一年日本东映的动画电影《天鹅湖》，上译的经典配音，王子的声优是童自荣——这个名字对崔善来说很陌生。她计划弄来一台碟机，重看一遍这个版本的《天鹅湖》，就在今晚。

十分钟后，她穿过市民广场公园，回到烂尾楼底下。

废弃的工地外墙很高，几年前重新加固过，被茂密的树丛掩盖起来。只有一道敞开的小门，挂着虚张声势的破锁，轻轻一推就开了。

底楼大门更像山洞，废墟裸露着狰狞的钢筋。楼梯仿佛古代的通天塔，围绕大楼内墙旋转而上。下午的阳光射入塔内，灰尘翻腾的光影间潜伏着什么。

经过十三层，看到一个简易帐篷，有草席与热水瓶等生活用品，还有手持电风扇与蚊香之类的，同样蒙着厚厚灰尘，上次有人居住还是在夏季。

寒冷的季节，背后居然沁出汗水。解开领子看着窗外，整个烂尾楼都没有窗玻璃，四周呼啸着穿堂风，几乎要将她拽下万丈悬崖。

十九层，四面黑暗的墙壁，空气闷得如同古墓。她用力敲打异常厚实的墙壁，也许外面就是空中花园，有人躺在一墙之隔的脚下？

爬上绝顶的天台，大风吹乱崔善的头发，意外发现栏杆边躺着个包——爱马仕的白色女包。她曾经特别向往过这款包，打开看到一台女款手机、金色的 Prada 小钱包、英菲尼迪的车钥匙，还有好几张贵宾级信用卡，持卡人签名——梅兰。

崔善知道她是谁。

女包里还有一支录音笔。她认得这是 X 的录音笔，无数个黑夜与傍晚，它像忠实的情人，占有了她百分之九十九的秘密。

准确来说，它比崔善自己更了解崔善。

她打开录音笔，插入耳机，听到一片嘈杂的背景声，像在餐厅或什么地方，接着是几个女人的谈话声——

"七天后，程丽君的追思会，还要请哪些人？"

"除了我们三个，她还有其他朋友吗？"

"好吧，我刚预订了这个餐厅，包场一个钟头，十万块，我们三个 AA 吧。"

"没问题，我老公答应给我这笔钱了。"

"我的卡里也还够刷。"

"梅兰，你呢？"

录音持续了漫长的一个钟头，崔善耐心地依次听完……声音像被某种东西盖着，从棺材里面发出，也许是偷录的？

绝望主妇联盟。

终于，崔善明白了谜底。

谢谢你，亲爱的 X。

扑到天台北侧的栏杆边上，看着底下的深井——过去一百二十天来，她精心布置的庭院，林子粹依旧仰天躺在枯萎的石榴树下，青灰色的脸庞与身体，发出令人作呕的腐臭。

还有，那个叫梅兰的女人。

她裹在崔善用过的白鹅绒被子里，听到上面的动静，才发现一张伸出墙头的脸。

梅兰惊恐地看着她，崔善毫不回避，故意让对方看清自己——她倒是担心这几个月来的瘦身，会不会让人认不出来了？

"崔——善？"

这个尚显漂亮的少妇，先是下意识地瞪了她一眼，接着摆出可怜兮兮的表情。

"下午好。"

崔善异常冷静地回答，像在派对上与朋友见面，并不奢望能取回自己心爱的天鹅。

"救我出来……求你了……"

虽然，梅兰说了一长串哀求，崔善摇头道："是你们把我关进这里的。"

"你说什么？你……你误会了……不是这样的……我不知道……"

"不，你知道，否则，你不会进来的。"

"哦——"梅兰惶恐地抓乱自己头发，迅速编织谎言，"对了，你是说哑巴吗？我想，一定是他干的吧？"

"绝望主妇联盟——我都已经听到了！"

说完，崔善拿出录音笔在她眼前晃了晃，让梅兰泄掉最后一口气，颓然坐倒在冰冷的水泥地上。她想起今天上午的旋转餐厅，总感觉有什么不对劲，似乎在某个角落有双眼睛，也似乎在屁股底下有只耳朵。

巴比伦塔顶，两个女人，一个在天上，一个在地底，互相沉默半晌。

趴在栏杆上的崔善，翘起两只脚后跟，眼神酷似菜市场的贩子，怜悯即将被割喉的活鸡，大声问道："六月二十二日，凌晨五点，在程丽君房子里的人，是你吗？"

"是。"

"杀死程丽君的人是你！"

未等猝不及防的梅兰回答，崔善无声地扭头离开，只剩阳光下荒芜的天空，留给空中花园里的女人和死人。

离开巴比伦塔，崔善挎着白色的爱马仕包，去影城看了场电影——威尔·史密斯的爆笑片，六十座的放映厅里仅有她一个人，边看边吃掉了两盒爆米花。

第九章

冬至，清晨。

天色尚未亮透，蓝牙耳机里放着《天鹅湖》。第二幕，天鹅舞曲，王子与奥杰塔的双人舞。流水不绝的竖琴声，再配合独奏小提琴，进入管弦乐队的圆舞曲，大提琴与小提琴交替二重奏，进入快板……

隔着车流汹涌的南北高架，穿着黑色警服的叶萧，仰望对面的烂尾楼。

他最近迷上了古典音乐，尤其是柴可夫斯基，不能不说是林子粹的功劳。叶萧认定这跟破案有关。昨天，他又去了趟音乐学院，向专攻音乐史的教授请教。《天鹅湖》来源于俄罗斯与德国的民间传说，柴可夫斯基应莫斯科帝国大剧院之邀，创作期从一八七五年八月到一八七六年四月十日，三十六岁的大师，本命年。

叶萧摘下耳机，正好自己也是本命年。

走进两河花园小区，这里的七栋居民楼，排列成北斗七星的形状。七号楼底被自行车与电动车占满。电梯门打开，出来许多急着上班的人，只有叶萧独自上楼。去年，有个年轻女子在这部电梯被男朋友杀了，地板上留有一团暗黑色的血迹，物业用尽办法都无法清洗掉——他现在站着的位置。

电梯来到三十楼顶层，按响 3001 室的门铃。开门的是个中老年阿姨，诚惶诚恐地将警官引入过道。这套复式房上下两层，二百多平方米，八个房间，两个大卫生间，被二房东改造成了群租房。现在有十三个租客，大部分人素不相识，有些甚至从未谋面。

十二月初，林子粹突然失踪，上市公司股票跌停，根据种种迹象判断，他很可能被人绑架或杀害了。

不到两周，程丽君生前最好的闺蜜梅兰，突然与所有人失去联系。她驾驶的新车英菲尼迪，在市民广场公园路边被发现，人却不见了。警方在附近商场、酒店、居民楼反复排查，未发现她的任何踪迹。

而在出事前几天，叶萧找过她询问，是否知道林子粹的消息。

于是，梅兰另外的两位好友，全曼如与章小雪，都被请到公安局协助调查。她们也不知道梅兰去向，但从这两人极力掩饰的眼神来看，叶萧认定她们有不可告人的秘密。

林子粹与梅兰消失得太过突然，把他们联系在一起的，是几个月前程丽君的命案。

还有，崔善——另一个早已失踪的女人。

不是有人自称崔善的男友吗？叶萧只记得他是个年轻人，戴着厚眼镜，穿着普通，难以形容。而他当时所说与崔善的关系，是足以令人怀疑的。警方保留有该名男子的信息，没想到他也宣告失踪，绝非偶然，就从这里开始调查——

他叫阮文明，二十六岁，本市人。大学是平面设计专业，毕业后进入一家公司做设计师。警方询问了他的许多同学，居然都把他给遗忘了，或者依稀记得有过这么个人，但名字和脸对不上号。

唯一能记住他的，是共同参加过大学生航模比赛的同学。据他回忆：阮文明是个奇怪的人，比如前一分钟还在食堂吃饭，下一分钟就出现在图书馆，宛如具有瞬间移动的超能力。他最大的爱好是读日本推理小说，寝室床头堆满了松本清张、森村诚一、东野圭吾、宫部美雪。

前公司的同事们，都说阮文明是个内向的人，平常极少说话，连一个朋友都没有，更别提什么女朋友。他有一辆轻型摩托车，自己骑车上下班。半年前，他被解雇了，犯了写错老板名字的低级错误，同时接二连三遗忘各种工作。

八月中旬，阮文明找到一家二十四小时便利店的工作，每周上四天班，晚上十点到清晨六点。便利店基本是女店员，很少有人愿意上夜班。附近治安不太好，便利店被人抢过，小偷小摸更是家常便饭，就算抓到也不敢声张，脸上被划一刀多不划算啊。阮文明说自己患有失眠症，到晚上精神最好——店长觉得他是雪中送炭，发了更多的夜班补贴。但他记性不太好，总是忘记给顾客找钱而遭投诉，认不出每天来接班的店员阿姨，更要命的是忘了怎么输入条形码，最终还是被开除了。便利店隔壁有家面包房，只有个女店员记得阮文明的脸，每天早晨六点，他都会去买两块新鲜面包，连续三个月从未间断。

二房东陪警官上楼，说阮文明在十多天前突然搬走。他在这儿住了一年半，平常不跟任何人说话，同一屋檐下的人们，也记不得这个奇怪邻居的脸，即便在卫生间打个照面，但转眼就想不起来他是谁，更别提名字。大家只知道在二楼深处，朝东采光最好的房间，住着某个若有若无的人，空气似的难以捉摸。

叶萧在小簿子里记录下来——而这些都符合变态杀人狂的特征。

二房东掏出钥匙，打开阮文明的房间，收拾得还算干净，家具则是房东的。十二月十日，阮文明从这里搬走。中介已经重新挂牌出租，下午就会有人来看房子。

墙上有行红色大字——"每天吃三次药"。

"又撞上个药不能停的！"二房东指着墙上的字抱怨着说，"不知用什么写上去的，怎么也擦不掉，讨厌！"

"不准擦！"

叶萧严厉警告了二房东，随后他在墙角发现了二十四个"正"字。整面墙都有贴过纸条的痕迹，他想知道这里原本什么样子，询问了一圈其他租客，结果全是摇头。二房东说，这在群租房里很正常，除非对单身男女感兴趣，否则谁会注意别人的房间呢？

床底下捡到一本薄薄的小书《你·生的故事》，作者叫特德·蒋，翻开第一篇小说叫《巴比伦塔》："如果把塔放倒在希拉平原上……"

在心底念出这行文字，叶萧感觉有种不舒服，仿佛那座巨塔就在身边。他依次检查了每个抽屉，在最底下找到一本病历卡，夹着某家大医院的诊断报告——

姓名：阮文明

性别：男

年龄：26

跳开后面密密麻麻的两页，直接翻到"临床诊断结论"，有个陌生而难以记住的名字：阿尔茨海默氏病。

叶萧用手机上网搜索，这是一种持续性神经功能障碍，通常有以下症状：逐渐丧失所有记忆，无法操作熟悉事物，难以用正常语言沟通，时间与方向感错乱，无法进行抽象思考，总是把东西放错地方，情绪严重失控，对一切事物丧失兴趣，最后连基本生活自理能力也不复存在，直到死亡。这种病最早由德国精神科医师爱罗斯·阿尔茨海默在一九〇六年记录而得名，英语名称 Senile Dementia of the Alzheimer Type，简称 SDAT，俗称"老年痴呆症"。

虽然，大部分病人年龄都在六十岁以上，但偶尔也有年轻人发病的案例，可能很早以前就有了潜伏的病根。

阿尔茨海默氏病是无法从根本上治愈的。

难道，阮文明所说的跟崔善的恋爱关系，全是患有这种疾病之后的幻觉？

叶萧疑惑地回想那张模糊的脸，藏在厚厚眼镜片后的目光。他不知不觉走到窗边，正好看到对面那栋奇形怪状的烂尾楼。

刚开始，并未注意那个塔顶，视野越过无数高楼，落在钢铁森林的缝隙间，有个坟墩似的建筑，却是个天蓝色圆顶，乍看像个洋葱头，直线距离大约三四公里。

今天是什么日子，一眼就看到了这个？叶萧下意识地靠着窗台，不顾危险地探出小半个身子，俯瞰底下的芸芸众生。

原来是冬至啊，本地传统扫墓祭祖之日，高架拥堵成了停车场。再看对面的市民广场公园，忽然想起一件重要的事——梅兰失踪后，她的私家车就是在此被发现的，几乎紧挨眼前的烂尾楼。

失踪的阮文明与失踪的梅兰，本来毫无交集的两个人，被这栋楼连接在一个点上——再加上崔善，画线连上整整两年前死去的麻红梅，还有钟点工的女主人程丽君，以及消失三周的林子粹，就是一个完美的封闭圆环。

叶萧几乎爬上窗台，重新瞄准对面的塔顶，视力还像中学时那么好，当年憧憬过在核潜艇上服役。

他看到了——烂尾楼顶的几堵墙内，有个类似空中花园的地方，似乎藏着一个……不，两个？他掏出包里的数码相机，如同望远镜调整到最大焦距——

视野在放大中渐渐清晰，看到一具正在腐烂的男人尸体，还有个躺在墙角一动不动的女人……

第十章

冬至，上午。

一千公里之外，天边一朵云飘走了。

内陆的小县城比海边的魔都更冷，挤满挑着担子的民工，大蒜与姜葱的刺鼻味。周末街头还算热闹，遍布麻辣烫与打 DOTA 的网吧、卖保健品与假药的小摊、放着《最炫民族风》的发廊，以及十块钱一次的美甲店。个个裹成粽子似的人群里，崔善穿着黑色天鹅绒大衣，冻得一把鼻涕。她戴着顶深色毛线帽子，左手提着 X 送的山寨 LV 包，右手拖着个桃红色旅行箱，不管怎样低调都很显眼。

她在网上卖掉了爱马仕女包，换了五万块钱。看来 X 并不识货，若知道这个包的价值，就不必再留给她信封里的现金了。崔善新买了一根水晶链坠，也是迷你的天鹅形状，但从白水晶变成了黑水晶，正挂在她的锁骨之间。崔善用索多玛共和国护照办了张 VISA 借记卡，存入所有人民币与美元——她已习惯于使用张小巧的护照，到哪里都用这个签名。

昨晚，不知哪根筋搭错了，崔善买了张回老家县城的火车票。漫长的十二个小时，她蜷缩在座位上睡觉，总感觉背后有双眼睛，回头却是无数张疲倦而漠然的脸。

X，我从未见过你，就像你也从未存在过，是吗？

火车上的清晨，穿过一条幽暗的隧道，玻璃上布满车厢里的热气，惘然看着自己朦胧的影子，用手指画出小猫的形状，随后一片刺目的晨曦，寒冷肃穆的北国大地，蜿蜒过一条快要干枯的河。

几天前，崔善在整容医院做了去除文身的手术，想把"LZCS"四个字母洗掉，让关于林子粹的一切，不再盘踞于自己身上。激光扫过皮肤的瞬间，虽然做了局部麻醉，却比刺上去那天更为疼痛难忍。做完手术的她，看着镜子里的后背，依然有着青色印记，只是字母变得暗淡了些，至少还要再做三次激光。但是，刺青的痕迹将陪伴她一辈子，尤其那对黑色的天鹅翅膀，无论如何都不能完全删除。

回到出生的小县城，走过最古老的巷子，嘴里啃着冰糖葫芦，据说是本地特产。自然，没人再能认得出她，直到出现一栋破败古老的房子，轻轻叩响铜门环。

门开了，露出一张老太婆的脸。崔善先怔了一下，紧接着抱住奶奶，迅速进入老宅，没忘记往外看一眼，观察有没有人跟踪。

爷爷已在几年前过世了，当时妈妈请假回来奔丧了一趟——不是没有给崔善打过电话，但她总是把妈妈的电话按掉，直到爷爷入葬以后才知道。

这里快拆迁了，天色如浓稠的铁灰色颜料，盛在大号铅桶里，泼在斑驳的青砖上。多少年前闺房窗下的花园，仅余瓦砾与垃圾。夜来香与月季都死光了，最后一蓬枯草，被岩浆般流淌的沙子覆盖窒息。

小白被爸爸吃剩下的猫骨头，还埋在墙角的泥土底下。

她闻着腐烂的气味，似在冰箱封闭了二十年。自从七岁离开，她跟爸爸妈妈回老家的次数屈指可数，后来春节也在外面过了，上次回来还是高二的寒假。

老宅深处，保留着当年崔善住过的房间。虽然满地尘埃，她却找到一只芭比娃娃，当年爸爸送的生日礼物——早已没了衣裙，还断了一条腿，仿佛遭到过残暴的性侵。

墙上挂着爸爸年轻时的黑白照片，不逊色于这年头流行的韩星。他戴着解放军的帽子，即将奔赴老山前线，颇有青山处处埋忠骨，何须马革裹尸还的气势。现在看来，却有遗像的感觉。

可惜，没能在这儿找到妈妈的照片——今天是冬至，恰逢麻红梅的两周年忌日。

听说三十多年前，妈妈可是县城中学的一枝花，登台客串过《红灯记》的李铁梅——崔善也不知道那是什么角色，想必那时候的妈妈，比现在的女儿更漂亮许多吧。

最近一次回到老宅，还是在她二十岁那年，某个暑假的炎热夜晚。她跟妈妈睡在同一张床上。当时，妈妈脸上刚有皱纹，留着齐肩的长发，不断问女儿学校里的事。崔善不耐烦地转身，用背脊对着妈妈的脸，直至听到一个秘密——妈妈生命中的第一个男人，是读中学时自己的老师，而不是崔善的爸爸。多年以后，当麻红梅发现自己的女儿，也走了同样的一条道路，她是有多么伤心。二十二岁，她嫁给了崔志明，他是个退伍军人，在工厂有份不错的工作，很快有了漂亮的女儿，成为令人羡慕的一家。其实，他并不爱妈妈，因为这个原因。

那就让爸爸去死吧——这是当时崔善的回答。

至今，她并不为这句话而悔恨。

曾经人丁兴旺的宅子，早已北雁南飞人去楼空，只剩一个孤老太太，患有老年痴呆症，完全不认得崔善是谁了。奶奶并未失去全部记忆，她总是拉着崔善的手，不停重复六十多年前的往事，比如爷爷参加抗美援朝啦，她真正喜欢的男人去北京读大学啦，所有的细节都如此清晰，好像从保险箱里取出来，又重新上了一遍机油。

老人脖子上挂着个磁力项圈，五六年前崔善也曾戴过，后来发觉没用就扔了。奶奶怎会有这种项圈？至少，不可能是医生给的。

"奶奶，这是谁给你的？"

"志明。"

老人不假思索地说出自己儿子的名字。

"崔志明？你是说我爸爸？"

奶奶茫然地点点头，看来没有全部忘光。可爸爸失踪了十四年，当年并没有这玩意儿。

"我爸爸，你儿子，崔志明，他在哪里？"

老人终究又沉默了，她不敢再逼迫奶奶，害怕奶奶受到刺激。当崔善给老人盖上一床被子，转身出门时，奶奶含糊不清地发出某种声音。她回来把耳朵贴紧老人嘴唇，依稀听出几个字——

"流……花……河……"

同时，奶奶手中攥紧了一个小钱包。

崔善抢过这个钱包，发现有张小纸条，写着一个本地的固定电话号码。她拿出自己手机，却摇摇头放下，还是改用老宅的座机。拨通电话，铃声响了许久，才听到某个声音，只有短短的"喂"，男人沧桑的声线，似乎充满警戒。

她的手指颤抖，连同耳边听筒，嘴唇嚅动，却发不出一个字，只有沉重的呼吸声。

五秒钟，对方挂断了电话。

就是他？

崔善亲吻了奶奶的额头，迅速告别了老宅，前往县城里的中国电信营业厅。她知道有种巧妙而邪恶的方法——在自动缴费机上，给电话号码充十块钱话费，在话费单上就会显示机主的姓名和地址。

"单富清"，这个陌生的名字让人疑惑，地址却是"流花河乡小白村 19 组 7 号"。

她走上出城的大路，穿过小城的南门街，便是一望无际的原野。就当是冬天的远足，背着沉甸甸的旅行包，天鹅绒大衣也不觉得冷了。

七岁以前，她常去小城郊外的流花河。在压箱底的记忆中，她像男孩子那样脱得精光，从水底摸出光滑的鹅卵石，还有一尺多长的泥鳅。上游山谷有大片野生桃林，每逢落花时节，就会漂满粉色花瓣，这条河因此得名。

而今，流花河畔多了几排楼房，丑陋的喷着灰烟的乡镇工厂，像突然泼入画中的红油漆。至于九天玄女娘娘的破庙，人生第一次见到死人的地方，早已湮灭在这些建筑的地基下了。

"流花河乡小白村 19 组 7 号"，这栋孤零零的房子，坐落在俯视河岸的高地上，前后有两片菜地，寒冬里沙土般荒芜。墙外破烂的信箱上，写着屋主人的名字——单富清。

用力敲门，许久没有动静。

但崔善知道，屋里有人，门前的脚垫，有刚踩过的明显痕迹。

单富清？

低头琢磨这个名字……对啊，第一个字不念"DAN"，"单"作为姓氏念"SHAN"，而且是第四声——"单"就是"善"。

单富清 = 善父亲

崔善的父亲！

这绝对是崔志明使用的假名，终究还是没有忘了女儿崔善。

两年前的今天，他还被关在巴比伦塔顶的空中监狱，囚禁他的人是妻子麻红梅。而在同一天，也是这样的冬至，他的妻子在做钟点工时，摔死在主人家的楼下。当他饿了三天，忽然有人从墙顶放下了绳子。

于是，在塔顶被囚禁十二年后，他获得了自由。

崔志明失去了一切，他也无法再回到原来的生活，更不知道如何去找自己的女儿。他只能回到老家的县城，为了躲避当年的债主，隐居在流花河畔的小屋里，偶尔才回老宅去看望老母。

他给自己换了个名字——单富清——永远提醒自己还有个叫崔善的女儿。

小善的爸爸，为什么还不出来呢？

崔善低头，沉默，两分钟后，转身离去。

她还有更重要的事。

回到干涸的河滩上，流花河大半结冰，剩余的河水缓慢而孱弱，裸露河心的鹅卵石，浅得可以蹚水而过。

崔善从背包里取出一个盒子。

黑色的长方形匣子，似乎藏着什么机关，或是神秘的祖传宝贝。

事实上，这是麻红梅的骨灰盒。

上个星期，她悄悄潜入市郊的公墓，用工具撬开了妈妈的墓穴。将近两年前，是她亲手把妈妈的骨灰埋进去的，买这个墓地也花掉了不少钱——用程丽君律师打来的赔偿款。

崔善一度以为，妈妈想要永远留在魔都。现在想来，也许这是错的。既然，自己将要离开这座城市，不如带着妈妈一起走吧。

昨晚，在夜行的火车上，她始终把这个骨灰盒装在包里，小心地抱在怀中，一宿都没有合过眼，以免被小偷当作贵重物品偷走。

尘归尘，土归土。

崔善用力打开骨灰盒，里头只剩下几块骨头片，还有一堆灰白色的粉末，全被她倒进了冰凉的河水中。

她想，妈妈是从流花河上漂来的，还是从流花河里漂去吧。

没想到一阵风卷过，许多白灰还未落到水面，就被吹到她的脸上。眼睛、鼻子、嘴巴，充满着妈妈的骨灰，如同眼里进了沙子，迫使泪腺使劲分泌。

对着河流哭了半晌，她想起小时候，这里长满水草和芦苇，常能从河里捞起大鱼，就在鹅卵石上烤了吃掉。河边有许多鸟儿栖息。爸爸带着她用箩筐之类工具捕猎。春天里，流花河畔总是飘满蒲公英，让人难以睁开眼睛。崔志明放起自制的风筝，让女儿抓紧线轴。记忆里的天空荒芜，唯独火红色风筝，像小白尾巴上的斑纹，穿过蒲公英消失在云端。

此刻，崔善取出一只折叠的小风筝，刚在南门街的地摊上买的。

她尝试着放起风筝，奔跑在河滩的鹅卵石上。将近二十年没碰过了，开始总是失败，最后闭起眼睛，当鞋底踩上河冰，线的那端终于有了感觉，随着风筝扶摇直上。

像追风筝的人，天鹅图案的黑色风筝，在惨白的天空底下格外刺眼。更为醒目的是崔善，河滩上疯子般狂奔的年轻女子，乍看像只硕大的黑天鹅。

直到那个男人出现。

崔善知道，他始终在看着她。

男人像尊雕塑，站在河堤上，穿着灰蒙蒙的衣服，佝偻后背将手插入袖筒，眼镜片后的目光，格外畏缩与沧桑。

一道细细的风筝线，依然在她的手掌心，随着高空的北风猛烈抽动，仿佛有双手在云中跟她抢夺什么。她看着这张陌生的脸，白茫茫的大雪降落在流花河上……

就像女儿趴在爸爸肩上哭泣，崔善抱着头发半白的高大男人。整张脸冻得红通通的，毫不顾忌地洒着鼻涕与眼泪。

风筝，早已断了线。

男人的额头露出几条皱纹，看来有六十岁了，也许实际年龄没那么老。

"小善？"

"对不起，我叫张小巧，你认错人了！"

崔善用力挣脱出来，装作极度尴尬的样子，双手抱着肩膀后退。

"哦？"男人慌张地摇头，端详了她两眼，"我有十四年没见过女儿了，只觉得她现在应该像你这么大——你的手，也像她一样冰凉。"

"再见。"

她没再多说第二句话，扭头沿着流花河往回走，黑色天鹅绒大衣的背后，不断落下新鲜雪花又融化。

"不要难过，不要哭，会有的，都会有的，面包会有的。"

他老了，还在唠叨《列宁在1918》的台词，声音却被风雪一口吞没。

其实，她略微听到了后半句——面包会有的，就像在巴比伦塔顶。

但崔善不会回头。

顷刻间，某根断裂的黑色发丝，被风卷过数十米远，一直落入河对岸的小树林，缠绕在厚厚的眼镜片上。

灰暗天空，大雪永无止境，流花河已全部冰封，黑色卵石的河滩，铺满一层积雪，宛如黑白相间的波斯地毯。

她看到了另一个男人。

黑色的天鹅风筝，坠落在他手边。整个人横卧在雪中。几乎隐形的白色外套，连衣帽遮盖脑袋，背着双肩包，厚镜片上积起雪花，脖子上挂着望远镜。

第一次看到这张苍白的面孔，难以准确地形容，但是崔善知道——他是X。

她在X的身边蹲下，瘦弱的胳膊无法扶起男人，只能先摘下他的眼镜。雪花不断坠落到他的脸上，双眼竟像十来岁的孩子。他的嘴唇紧闭，始终说不出话，眼皮微眨两下，口中白气很弱，转瞬被风吹散。

崔善对着镜片呵出热气，融化掉刚积起的雪花，变成冷水流淌到手指上。她把眼镜戴回到他的鼻梁上，这样他才能看清她的脸。

X快要死了——她看到过那张关于阿尔茨海默氏病的病历卡。

有个黑封面的小本子，被他的双手捧在胸前。当崔善轻轻抓住本子，他的手指自动松开。一支圆珠笔从纸页中滑落，也许刚才还在写着什么。

她将小本子放到眼前，封面上有白色记号笔的大字——

TO: 崔善

这是 X 给她的最后礼物。

崔善不响，直接将小本子塞入包里，转身拉紧衣服领子，赶快离开这寒冷的鬼地方，留下两串深深浅浅的脚印。

冬至的夜，过早降临。冰封的流花河畔，年轻男人的眼皮低垂。口鼻之间，仅余淡淡薄荷味，风里一点点散去。最后半滴记忆，即将被脑中的橡皮擦抹干净。镜片再度被雪花与泪水模糊，目送黑天鹅的背影远远飞走，像幅溶化了颜料的水彩画。血管里的温度，正如水银柱般下降，连同脖子上的黑色望远镜，淹没在漫天遍野的风雪中……

第十一章

冬至，下午五点，天已全黑。

"一候蚯蚓结；二候麋角解；三候水泉动。"

崔善念出这节气的古话，小时候爸爸教给她的，相隔多年还未忘记。

小县城的火车站隔壁，有条冒着热气的小吃街，布满狗肉煲与老妈兔头。她独自走进一家小饭店，挑选靠窗的雅间，点了盆羊肉火锅，一来是希望自己别再那么瘦，二来是以后再也吃不到了吧。

TO：崔善

隔着厚厚的霜，她看到窗外的雪刚好停了，便打开流花河畔拿来的小本子。

第一页，有些僵硬的 X 的笔迹——

8 月 1 日

我的记忆还能保持多久？

医生说，大约四个月，一百二十天——只是大概的时间，最好准时吃药，在这过程中，我会逐渐地遗忘，忘记过去，忘记所有人，乃至自己。

最后，就是死亡。

回家以后，我走到窗边，看着对面的巴比伦塔顶，那栋烧焦的尸体般的烂尾楼，似乎也像阿尔茨海默氏病的病人，不过在等待死亡罢了。

爬出窗外，看着三十层楼下的街道，车流飞驰的南北高架，跳下去是直接摔成肉饼，还是被撞得粉身碎骨？但愿不要掉到汽车上面，这样会给挡风玻璃或车顶砸出个大洞，引发危险的连环车祸。最好是不影响他人的空地，譬如广告牌之类的，尸体半挂在上面，很拉风的样子吧。

接近四十度的太阳底下，对于这个世界的最后一眼，留给了巴比伦塔顶的空中花园。

于是，我看到了她。

谁能想象？当我站上窗台准备谋杀自己，突然看见对面烂尾楼顶，竟还藏着一个女人。

盛夏的午后，我从窗台上跳下来，不是坠下三十层楼，而是回到屋里，把望远镜对准巴比伦塔顶——也只有从这个角度看过去，视线才能越过楼顶的围墙，落到长满石榴树的花园里，还有她。

那是个年轻女子，头发散乱地披着，黑色小碎花的裙子，裸露胳膊与膝盖，肌肤白晃晃的分外刺眼。

她很漂亮，尤其眉眼，从第一秒钟，就在望远镜里抓牢了我的眼睛。

最高六十倍的单筒望远镜，支撑地面的三脚架，德国原装的光学镜头，足够让你看到整个世界的秘密。

她也很绝望，抬头看着天空，向我这边窗口看来——望远镜里会有种错觉，似乎她已看到了我的脸。

怎么会出现在烂尾楼顶上？她也不像流浪者或精神病人，从穿着打扮与皮肤来看，跟街上的时髦女郎没什么区别。这是闲得无聊的行为艺术？城市探险？抑或拍电影？

观察了整个下午，没看到第二个人，直到黑夜覆盖空中花园，她居然躺在墙角睡觉了。

我决定等到明天再自杀。

8月2日

小时候，同学们给我起过各种绰号，其中有一个叫隐形人。

我经常站在别人身后很久，不发出一丝一毫声音，直到对方回头被吓得半死。有时我会在寝室间穿梭，往往经过许多个房间，所有人竟不知道我来过。

"他是小偷的儿子吧？要不怎么到哪儿都不留痕迹？"

"不对，他是外星人！"

"屁！全都在乱说，我们班里根本就没有这个人，都是你们幻想出来的，看看教室里他在哪儿？"

"咦，真的没有啊。"

其实，我正躲在最后一排座位下哭泣，却连一声都没吭出来。

从此以后，再也没有同学记得我的存在。

今天，刚起床就扑到望远镜后，塔顶上的女人还在，坐在空中花园的墙角，声嘶力竭地呼喊求救。

她出不去了。稍微调整距离，能看清她肩头的蚊子块，裙子破裂缝隙里的皮肤。胸口晃着一根项链坠子，把镜头推到最大倍数，依稀分辨出天鹅形状，阳光下略微有些反光。她的身边有双红色的高跟鞋，除此别无他物，如果有台手机，早就打 110 求救了吧。

我拨了报警电话，但随后挂断。

如果，她被救走——我就会按照原定计划，从这扇窗户跳下去自杀。

如果，还能在望远镜里看到她的话，我也就能继续活下去了。

我还想多活一天。

8 月 3 日

每天清晨，这个三十层楼顶的房间，会晒到夏日灼热的阳光。躲在镜头背后的瞳孔，猫眼似的收缩，偶尔产生眩晕感。

没有食物，没有水，白天在塔顶的酷暑之中，晚上睡在墙角的水泥地上。

她即将变成一具美丽的尸体。

还是决定打电话报警，在她饿死之前，然后自己从这扇窗户跳下去。

突然，望远镜里的她在干吗？不可思议，她在制造捕鸟陷阱，耐心地躲藏在石榴树下，真的逮到了一只小鸟。她用树枝把鸟刺死，真残忍。怎么吃呢？她异想天开地钻木取火，以为自己是北京猿人？但成功了，傍晚时分，空中花园点起一堆火苗，她小心地烤起麻雀，看起来很美味。

暗淡的夜色中，火光照亮了她的脸，很迷人。

遇见她以前，望远镜是我唯一的朋友，也是双腿、眼睛与嘴巴，代替我走到无数人的面前，那是一个真正巨大的世界，可以无所顾忌地看到——他们在工作、吃饭、看电视、玩电脑、打手机，还有睡觉。有的一个人睡，有的两个人，或更多人。他们有时笑，有时哭，有时对天空充满期望，有时又恨之入骨。

如果，让我自己走到那些人身边，即便面对面，朝夕相处，恐怕也一无所获。

相比于用肉眼看这座城市，用望远镜看得更丰富而真实。我相信自己有无数朋友，每天跟他们在一起生活，简直高朋满座，夜夜笙歌，就像盖茨比的奢华派对。我可以叫出每个人的名字或绰号，知道他们的特长和缺点，比如谁打DOTA是好手，谁又是泡妞与始乱终弃的专家，哪家的妻子习惯红杏出墙，某个道貌岸然的家伙却是衣冠禽兽……

我闭上眼睛，整夜脑海中都是塔顶上的女人……

8月7日

她在墙上刻了什么？

望远镜捕捉到她因饥饿而发青的眉眼，有烟熏妆的效果。她的身材越发骨感，胸部因此变小，胳膊虽细却有力量。昨天，她捉住一只老鼠，令人吃惊地剥了老鼠皮，跟小鸟串在一起烧烤吃了，表情厌恶，事后趴在地上干呕半天。

只要每天站在窗后，透过望远镜看着她的一切，我就渐渐忘了想要自杀这件事，不知是阿尔茨海默氏病作祟，还是偷窥本身。

为了避免忘记时间，我开始在自家墙上记录"正"字。

当看到她用泥土做了个洗脸盆，用高跟鞋当杯子喝水，闭着眼睛吞下蟑螂与蚂蚁，我开始佩服乃至崇拜这个女人。

如果，自己被扔到那个空中监狱，不知道是否活得过第二晚？

为什么不救她上来？只要跑到巴比伦塔顶的天台，放根绳子下去。可是，她的感激会持续几天？她也会像其他人那样，很快忘记我的脸和名字，再次见面就变成擦肩而过的路人。何况，我开始没有救她，等了那么多天再出手，这算什么意思？不也一样犯罪了吗？

夕阳，再度笼罩巴比伦塔，越过庭院深深的高墙，直射到火红的石榴花与她脸上。她还想利用烧烤的烟雾，盼望有人打 119 火警。不过，除非用望远镜，否则即便侥幸被人看到，也会认为是阳台 BBQ 派对，或是流浪汉占据了烂尾楼埋锅造饭。每次点火要烧掉许多枝叶，石榴与野草不断减少，她会把整个花园的植物烧光，只剩满地灰烬残渣。

8 月 10 日

巴比伦塔顶出现一个半秃头的中年男人，跌跌撞撞，面孔阴惨。

我很紧张，他来干什么？是把她关进来的变态，还是来救她的人？

然而，他自己坠落进空中花园，死了。

她万分恐惧，任由这具尸体躺在庭院正中，直到整个白天过去。一个女人和一具尸体在一起，这是许多 CULT 片的情景，但我好怜悯她。这么炎热的季节，死人很快会爬满蛆虫，这种环境中任何活人都不能生存——除非她想要吃死人肉。

晚上，我带着绳子、手电与各种工具，来到烂尾楼下。

第一次爬到塔顶，顺着绳子滑入空中花园。无声无息，踮着脚尖到她身边，看着她的脸庞，觉得很美。

但我不会碰到她。

抓住那具沉重的尸体，将死人绑在自己身上，通过绳子爬到楼顶平台。我不敢发出声音，害怕把她弄醒，累得浑身大汗。

再见，塔顶的睡美人，我只想让她过得好一些。

我背着散发臭味的尸体，爬下十九层楼，几乎耗尽整个后半夜，才来到烂尾楼的底层。我挖开地下室的泥土，把死人埋进去，这里是天然的坟墓。

十三楼的窝棚，是这个男人的家。我找到一台手机。对不起，我不是偷窃死人财物的无耻之徒，而是想发现某些线索。这台价值三百元的二手货，没有声音只有振动，仅保存了一个电话号码，但无联系人的名字。

抄下这个号码，我用公共电话打过去——是个女人接的电话，听声音还算年轻，我一个字没说就挂断了。

8月15日

请允许我用"你"来称呼你——巴比伦塔顶上的女人。

酷暑与台风相继过去，裸露尸骨的高塔，再度被傍晚夕阳笼罩，仿佛矗立在碧血黄沙的荒野。原本焦黑的墙体，竟发出赤色反光，似乎屏蔽掉了广场舞的噪音。

写得太酸了吧。

当你快被积水浮出空中花园，我在望远镜里有些遗憾——我将永远失去你了，但我也在为你加油并祝福。

可惜，你仍被困在井底，进入绝境。我从没亲眼见过女人下半身流血，对你充满怜悯。裹在你身上的布片，早已看不出裙子形状，更别说其他敏感部位。当你转身背对我，恰好露出大半个后背，我看到了你的文身，黑色翅膀上的英文花体字——LZCS。

某个名字？还是代号？甚至——你被关在空中监狱的

原因？有人在你背后刺上这行密码，而你却无法看到，塔顶也没有镜子让自己发现，但这行字母也未免太简单了吧？

我买了台红外线夜视望远镜，跟白天的普通望远镜交替使用，夜以继日观察。漆黑的空中花园，衣不蔽体的你，在望远镜里散发红光，像夜间觅食的动物，也像美国大片中特种兵看到的敌人。红色越发强烈，不意味着生命力增强，恰恰相反，是奄奄一息——高烧影响了红外线，当视线里一团火球，就是全部器官烧死衰竭之时。

9月15日

"无数架飞机从我梦中飞过，没详细数我打下多少架来，但是每一架都是为你而打。"

这是一句电影台词——我也是。

回想这一个月多，我把药、水和食物，通过"黑鹰"飞过高空，送到你身边。

刚开始很紧张，担心迷你直升机会不会半空坠落，或者操纵失误撞到墙上，后来才越来越娴熟地操纵。

看到你渐渐恢复健康，每天早上吃着我买的面包和水，我很有成就感。

但有了更多疑问——你是谁？

从此以后，"黑鹰"不仅是运餐车，也成了接线员。它是我在大学时代亲手制作的，按照《黑鹰坠落》的直升机原型，那是我最爱的电影。

如果要救你出来，这是必需的前提——你为什么会被关在塔顶？

你是犯了某种不可饶恕的罪过吗？如果贸然把你放出来，是否会危害世界和平？甚至，你是否有什么高致命性的传染病，因此不能与任何人接触，只能被放到空中花园自生自灭？

最近一个月，我在二十四小时便利店上夜班，这是失业以来的第一份工作。每个夜晚，独自坐在便利店的收银台后，我并不感到孤单与恐惧，相反心里有许多憧憬，遇到下雨天还会牵挂——因为还有一个女人，同样孤独地躺在塔顶的墙角，面对毫无遮拦的星空。

10 月 15 日

在我传递给你的录音笔里，第一次亲耳听到你的声音——温柔，感性。我喜欢。

崔善，我知道了你的妈妈叫麻红梅，你的爸爸叫崔志明，还有你的高中、大学的闺蜜，毕业后的第一家公司。

一切都像挤牙膏似的，我怀疑你是不是失去了记忆，难道也得了跟我一样的病？

为了证实你没有骗我，我冒充你的男朋友，前去拜访你人生中的各位朋友与同事。我偷偷录下对话，通过"黑鹰"传递给你。也许你不信，我是第一次面对那么多陌生人，那些或可怕或奇怪的人们，面对面扑出气息到我脸上，以及各种冷漠、轻蔑或狡诈的眼神。

很抱歉。

11 月 1 日

我坐在市民广场公园的长椅上晒太阳。晚上，这里会成为流浪汉的床，或者年轻民工男女的情人旅馆。

仰望巴比伦塔顶层那几面灰蒙蒙的砖墙，谁也不曾想到还有一个女人，已衣不蔽体地生存了九十天。

忽然，一片什么东西飞到我的额头。

原来是张破纸片，简直狗啃似的，却有一行字——

"救命！我在楼顶！巴比伦塔！"

纸片上是你的笔迹，漂亮而不潦草，很容易辨认。但我并不紧张，而是四处收集类似的纸条，在附近树上又发现了一些。

这些随风散布出去的求救纸条，想必不止一个人收到过，但除了我不会有人在意的。

这没什么稀奇，就像住在群租房里的大家，每个人都忙忙碌碌，低头只能看到自己的影子，谁会停下来注视窗外呢？

我查到了林子粹最新的地址，用微型录像机偷窥和监视他。

11 月 15 日

你开始在录音笔里讲述你跟林子粹的故事。

其实，我很伤心。

随着我大脑萎缩的加快，你的人生却越发清晰。我难以自制地上瘾，包括你最不敢让别人偷窥的隐私，都以照片与复印纸的方式，密密麻麻地贴在我的整面墙上，每天触目惊心地提醒自己，对面塔顶上的女人是谁。

我总是忘记吃药，只能用红色大字把"每天吃三次药"记在墙上，否则我已经死了吧。

为了警告你试图逃脱的行为，我深夜潜到你的身边，用手机录像功能记录下了一切。你睡得好香啊，丝毫没察觉我的存在。我大胆地躺在你身边，看着你均匀的呼吸，黑夜里发亮的头发，闻你体内的气味。

女人的气味。

对不起，我不是变态狂。

11 月 21 日

我差点被你杀了。

当你僵硬地躺了一天一夜，连"黑鹰"带来的食物也没碰过，我非常担心你。

小善，你还活着吗？如果你死了，很快我也会死的。

半夜里我再次潜入空中花园，想要把你抢救回来。然而，你却趁我不备袭击了我，用利剑般的树枝刺入我的胸口。

再偏一厘米，就会撕碎我的心脏。

但我逃了出去，难以置信，胸口插着致命的凶器。

凌晨，我艰难地走到最近的医院，急诊室的女医生也被吓坏了，帮我拔出那根树枝，反复清洗伤口。医生要求我住院观察，以免伤到胸腔内的脏器，但我只挂了两瓶盐水，就自己扯掉输液针头，悄悄从医院里逃跑了。

我怕你早上挨饿，尽管你想要杀我。

崔善，你到底有没有杀过人？

11 月 23 日

我还活着。

请你不要太内疚，也不要太担心。

为了验证你有没有说谎，我去了程丽君死亡的案发现场，果然跟你描述的一样，我还发现了一张《天鹅湖》的唱片。

奥杰塔　　OR　　奥黛尔

她在塔顶。

对不起，我更喜欢叫你奥杰塔，那是白天鹅的名字，也是你的英文名字 Odette 的转音。一九八一年东映剧场版《天鹅湖》，我看过至少一百遍，印象最深的那句对白是："奥杰塔，我宁愿为你而死！"

我开始疯狂寻找关于《天鹅湖》的一切，就像疯狂地寻找你的全部秘密，包括柴可夫斯基是金牛座都被我扒出来了。

不过，千万千万别看那个版本的结尾——记住，你是奥杰塔，同样被魔王囚禁在塔顶。

11 月 24 日

收到你的录音，我真的非常欣慰——你不是杀人犯。

正好符合我的判断：程丽君不是被你杀死的，真正的凶手，另外隐藏在某个角落。

而你是无辜的，只是被人欺骗与利用，可怜的崔善。

我已决定将你从空中监狱释放，赶在冬天彻底降临塔顶之前。

是啊，我不可能永远这样看下去，医生说我只有一百二十天的生命，按时吃药的情况下，顶多可以再多活两三个星期。

在我最后失去记忆，彻底遗忘窗外的你之前，必须把你救出来。

否则，一旦把你忘了，你就会死。

奥杰塔，刚才我在望远镜里，看到你把头埋进被窝，就像天鹅休憩时，扭头藏入翼下。

11 月 25 日

警察找到了我，虽然心里怕得要命，但还是从容地去了公安局，那是一个叫叶萧的年轻警官。

幸好冬天穿了厚厚的衣服，掩盖了我团团缠在胸口的纱布，我第一次对警察说谎了。

请原谅，我说在今年六月二十一日，我在丽江跟你认识，也是程丽君被杀的前一天。

其实，大学毕业以来，我未离开过这座城市，更没去过云南。

每当深夜无聊，我会打开google地球，点击查看地球上每个角落的卫星图片，包括网友们上传标注的各种图片。偶尔有一次，我点到丽江的白沙古镇，意外地看到壁画照片，还有那棵金灿灿的银杏树。自从见到巴比伦塔顶上的你，我无数次幻想，自己就是你的男朋友，我们在古壁画外的老银杏下相遇，踩着一地破碎的阳光，住进木头窗棂的破旧小客栈，黑夜里剪着蜡烛枕着月光入眠，哪怕从未触摸过你的身体，只是看着你……

11月29日

很抱歉，我没有及早地救出你，让你在巴比伦塔顶的空中监狱，忍受将近一百二十天的煎熬。我还像个变态似的偷窥你，半夜潜到你的身边，逼迫你说出内心的伤痕……

我会向你赎罪，为你找到真正的凶手，并在同一个地点惩罚他（她）。

收到一份国际快递，来自索多玛共和国——五天前，我用国际网银购买了一本该国护照。放心吧，这可不是假护照，而是索多玛共和国外交部签发的，用你的出国证件照片。

我还给你想了个新名字：张小巧。

听起来土，却很真实。以后，你会习惯这个名字的。

虽然，你不是杀人犯，但毕竟参与过杀害程丽君的阴谋，即便犯罪中止，恐怕也是要坐牢的。请你持有这本护照移民国外，索多玛共和国与中国互免签证，无论再去什么国家，你都永远安全了。

小善 OR 小巧 OR 奥杰塔——祝你在另一个半球找到你喜欢的男人，最好是华人，我可不喜欢老外哦。

忘了告诉你，索多玛共和国唯一值得人们记住的，是地球上最重要的天鹅越冬栖息地。

11 月 30 日

我拿起书架上的《肖申克的救赎》，封面与书脊被磨出一层白色，我差点以为自己是第一次读这本书。其实，关于斯蒂芬·金的这个中篇小说，是第一百二十次。

而在我的墙壁上，正好刻满了二十四个"正"字。

小善，根据你在录音笔里的要求，我必须送给你一份最好的礼物——林子粹。

你还爱着他吗？

不必细说，我利用了你的求救纸条，而他认得你的笔迹。最终，我把他吸引到巴比伦塔顶——初雪子夜，林子粹带着有毒的蛋糕，正准备投入空中花园，被我一把推了下去。

这个男人两手空空坠落，撞在三米深的天井地上昏迷了。

后半夜，我和衣坐在巴比伦塔顶，垫在枯黄的草根与尘土上，看着星星点点的灯光，虽然没有一片光能照到脸上。一宿未曾合眼，细小的雪片落在眼皮上，被体温慢慢融化。

天亮了。

太阳升起来，一夜的初雪消融，冰冷刺骨。

你们也醒了……我被冻僵，偷听你们对话，直到林子粹掐住你的脖子。

于是，我捡起半块砖头，准确砸中了林子粹的后脑勺。

打开双肩包，将一长捆尼龙绳放下去，另一端系紧在天台裸露的钢筋上。这捆绳子已在我的包里藏了三个月。

我把林子粹的包留在原地，转身从巴比伦塔顶上消失。

那块有毒的蛋糕，被我扔进了苏州河，以免馋嘴的流浪猫吃了送命。

你自由了。

12月1日

"如果把塔放倒在希拉平原上，从这端到那端，将要走上整整两天时间。当塔矗立着朝向天空时，从地面爬上顶端，将花去一个半月时间——如果这个攀登者没有额外负担的话。而实际情形是，很少有人可以徒手攀登。绝大多数的人身后都拖着一辆装满砖块的木质小车，于是，攀登的速度自然就大大减缓了。当砖块从装上车时起，到被运到不断升高的塔顶那一天，这个世界已经过去整整四个月时间。"

——特德·蒋《巴比伦塔》

12月10日

这一天，发生了许多事。

你住在巴比伦塔对面的经济型酒店，最近物价涨得很快，我取出银行卡里所有现金，还兑换了几千美元，这是送给你的路费。

我还在看着另外一个女人。

根据程丽君被杀现场床头柜的照片，我早就开始跟踪调查那三个女人——全曼如、章小雪，还有梅兰。

就是她。

我发现梅兰的电话号码，正是八月十日死去的中年男人手机里的唯一联系人——你可是看着那个大叔死的。

最近一个月，她们的四次聚会，都被我偷窥与录音，事实确凿无疑的……绝望主妇联盟，把你囚禁了一百二十天，梅兰是她们的主谋，也是第一个需要被惩罚的对象。

早上，我提前来到旋转餐厅，几个主妇定期聚会的地方。她们每次都选择靠窗第四个卡座，我在座位底下藏了一支录音笔。她们聊了一个多钟头，各自散去之后，我迅速拿回录音笔。同时，我用死去的半秃头大叔的手机，给梅兰发了一条短信，约她明天见面。

我骑着轻型摩托车跟踪梅兰，直到巴比伦塔下——这是我盼望的时刻，趁着她去超市买水的空当，我把你写的求救纸条，贴到了她的车窗玻璃上。

她看到救命纸条，自然抬头看烂尾楼顶，怀疑你究竟还活着吗？

一切都在预料之中，梅兰小心地爬上塔顶，而我无声地跟在背后。在她看到林子粹的尸体同时，我抢过她的手提包，将她推入空中花园。

然后，我把录音笔放在她的包里，留在塔顶。

我回到对面家里，迅速收拾行李搬家，却用望远镜看到了长椅上的你。

于是，我来到市民广场公园，坐在你的身边，而你短暂地睡着了。我将贴着门牌号的钥匙塞入你的口袋。

再见，你将在我的墙上看到自己的人生。

你会看到巴比伦塔顶，看到刚掉下去的梅兰。她的生死，交由你来决定，当你听到绝望主妇联盟的录音以后。

12月13日

如果世界末日来临，只能带一种动物上诺亚方舟——马、老虎、孔雀、羊，你会选择哪一种？

我能选天鹅吗？

亲爱的奥杰塔，你不觉得这是一个很有意思的结局吗？

概括来说，遇见你后发生的所有事，以及被我发现的那么多不可思议的秘密，都是极其典型的"黑天鹅事件"，英文"Black Swan Event"。

十八世纪，欧洲人认为只有白天鹅，这个观念等到澳洲发现黑天鹅才被打破。"黑天鹅"就是指不可预测的重大事件。我们过去的生活经验，总会被一只黑天鹅颠覆，引发一连串连锁反应，比如泰坦尼克号沉没、近几年的金融危机、二〇〇八年的大地震，还有你被囚禁在巴比伦塔顶，以及绝望主妇联盟，她们杀过三个年轻女孩，最令人意外的是——杀死程丽君的凶手，竟是她最要好的朋友梅兰，只是我不清楚动机。

未知要比已知更重要，而让我们生存下去的，往往是无法预知的悬疑。

虽然，我的大脑生锈了，但我还在看着你。

12月20日

我想，那个叫叶萧的警官，很快就要发现这一切的秘密了。

第一次见到他，是在偷拍林子粹的过程中，他的目光像刀尖锋利，似乎感觉到了我的镜头，令人深感恐惧。

对于程丽君的死，叶萧始终不以自杀结案，不依不饶地调查梅兰，果然是个出色的警官。

他唯一的失误，是在第一次找到我以后，没有继续深入，比如亲自到我家来看一看。不过，他能通过广告公司的那个八婆，拐弯抹角找到我，已太令我意外了。何况在崔善与林子粹的关系曝光前，她与此案没有任何直接关系，警方也没必要把我拖进来。

不过，当林子粹与梅兰都失踪以后，叶萧自然会联想到另一个失踪者——崔善。

当他发现连我都失踪了，而梅兰的车是在烂尾楼下被发现的，他就会来到我住过的房间，站在窗口眺望对面的巴比伦塔。

叶萧会看到那两个人的。

他也会发现我所发现的全部秘密。

但是，他永远都找不到你。

12 月 21 日

所有往事都快忘光了，我却无比清楚地记得十五岁那年——

我在五一中学，绿色教学楼底层的初二（2）班。隔壁班级有个女生，永远留着一头洗发水广告般的披肩黑发，带着神秘的香波味从走廊经过，让我低头嗅着空气许久，恨不得要拿个瓶子装起来，藏在被窝偷偷闻一夜。学生们都围绕着她，老师也总是夸奖她，说她成绩好又懂道理。她的穿着打扮很有品位，既不显得暴发户，更无寒酸相。她家庭条件不错，人们都说她的爸爸是个军官，在某某地方很有势力。

学校周围没有高房子，教学楼顶上有个天台，夏天适合看星星。有一回，许多同学聚着看流星雨，我走到她身后，酝酿情绪之际，她回头只说了一个字："滚！"

我灰溜溜地走了，却从没走远过，在操场的花坛后，在楼梯的转角边，在食堂门口的槐树下，都会看着她。直到有一天，她对我说："今晚，到天台上来找我吧。"

不清楚这是什么意思，但我很开心，特意弄好平常乱糟糟的头发，穿上最为得体的衣服，晚上来到学校顶楼的天台。

但我没等到她，只听到身后关门的声音——我被她锁在了天台上。

那时学生还没手机，我大喊救命，但值班老师睡得很死。看着还算干净的星空，漆黑渐被黎明取代，晨曦笼罩额头。

恰逢十一长假，我在天台上饿了七天，奄奄一息，才被警察和家长发现，侥幸捡回一条命。

关在天台上的日子却不无聊，我拾到个望远镜，大概是别人看流星雨丢弃的。七楼顶上，很容易看清附近的秘密，包括校墙外的马路，沿街的商店和发廊，还有六层的居民楼。

我在望远镜里看到了她。

原来，她就住在学校对面，虽然隔着两排房子，却可以透过望远镜，从楼房之间的缝隙，看到她家窗户。那是间小得可怜的房子，必须跟妈妈挤在同一张床上睡觉。她的家具陈旧而朴素，只有梳妆台的镜子擦得锃亮。邻居们都是些粗俗的人，每天为了鸡毛蒜皮的事吵架乃至动手。虽然，她的妈妈容貌端庄，或许曾经很漂亮，穿着却像钟点工，国庆长假也要出门工作。她没有出门走亲戚，更没有人来看她们母女。她很少跟妈妈说话，假期里独自看韩剧，从中午起床到子夜睡觉。

而她没有爸爸。

我知道，这就是人们所说的偷窥，但我从未改变过，她也是。

12月22日

冬至。

我快要死了。

昨晚，我跟着你上了火车。

我僵硬地站在车厢连接处，隔着许多个背影，看着你从座位缝隙里泄露的头发。

虽然，你也在寻找我，却从未发现我就在你身后。

在拥挤的火车里站了一宿，我不怎么觉得累，这是病情已到末期的症状。

要不是还有这本日记，我已经忘记你是谁了。

事实上，当我下了火车，来到这座陌生的小县城，都不知道这是什么地方，为什么来到这里，甚至忘了我的名字，除了用身份证买票的瞬间，转身又不记得。

而我唯一记住的，就是无论在什么时候，去什么地方，必须跟着你，并且，看着你。

此刻，下雪了，我潜伏在流花河畔，再也走不动路，最后的力气抓着笔，写下这一页日记。

那个男人是谁？

奥杰塔，谢谢你，让我活到了今天。

也谢谢这本日记——在八月的第一天，当我准备自杀，却看到困在塔顶的你，我会彻底忘记自己，但我要永远记住你。

当你发现这本日记，看到这行绝笔时，我已经死了。

再见，永别。

你的 X

第十二章

冬至夜，传说中鬼魂出来游荡的时刻。

"我们拼命划桨，奋力与波浪抗争，最终却被冲回到我们的往昔。"

叶萧的脸颊冒出一层厚厚的胡楂儿，同时轻声念出最后一句话，这本浸着血污的《了不起的盖茨比》精装本，是巴比伦塔顶上捡回来的证物之一。

这本书被发现时，正握在死去不久的梅兰手中——细长僵硬的右手食指与中指，放在最后一页的这行字上，不知被谁画过红色下划线。

警方在死者上衣口袋里，找到一根断裂的项链，看起来不像是梅兰所有。叶萧在灯光下仔细辨认，施华洛世奇的天鹅坠子，八成是 A 货，所谓的水晶表面竟有些发黑了。

她刚被塞进冰冷的藏尸柜。

女人的生命力总是比男人顽强，同样缺水缺粮与寒冷，林子粹三天就冻死了，梅兰却存活了超过十天。凌晨五点，她还蜷缩在白鹅绒被子里，看着头顶漫长无边的黑夜。她还看到那只猫，全身雪白只有尾巴尖是火红的。她对猫说：我很快会被救出去，随救护车送入温暖的病房。

五个小时后，梅兰果真被担架抬出来，在市民广场公园众多大妈围观下，塞进一辆类似救护车的小巴，运往公安局的停尸房。

她的丈夫赶来确认尸体，当着众人面号啕大哭一番，指天发誓诅咒林子粹永世不得超生，但今晚他会睡在一个年轻女孩的床上。

冬至夜的验尸房尤其忙碌，又有四具尸体被送进来，依次躺在梅兰与林子粹的身边。

严格来说，那已不是尸体，而是骨骸。

一个是哑巴，入土埋葬了四个多月，只能依稀分辨出半秃的脑门——他是被梅兰毒死的。

另外三具女性尸骸，也都无法解剖，初步判断死亡时间从一年半到一年不等，有的还残留裙子布片与高筒皮靴，年龄在二十到二十五岁之间。

只剩白骨的年轻女孩，紧挨着梅兰躺在一起——要是皮肉没有腐烂，梅兰或许能认出她来，正是丈夫最喜欢的小情人。去年春天，她成为绝望主妇联盟第一个牺牲品，被扔进郊外的烂尾楼顶。她们两个活着的时候，绝想不到会在这个地方重逢，并几乎躺在同一张床上。

今天上午，叶萧警官在两河花园七号楼3001室，复式群租房的某个窗口，意外发现对面烂尾楼顶的空中花园，竟有梅兰与林子粹的尸体。

警方又在楼底的地下室，挖出一具中年男人的尸体，尚未确认身份。

叶萧直接给局长打了电话，在他的强烈建议下，市局开始紧急行动，派遣上千名警力以及直升机，搜索全市所有烂尾楼顶，检查还有没有活人被囚禁。

冬至短暂的白昼，上百栋烂尾楼都被清查，结果在郊外、大学区以及市中心的三栋烂尾楼顶，发现了三具年轻女性的骨骸。

其中一名死者的身份很快确认——失踪刚满一年的某公司女秘书，而该家公司老板的妻子名叫全曼如，正是程丽君床头柜合影四人中的一个。

天黑之前，全曼如与章小雪依次被捕，前后脚押解到公安局。两人被戴上手铐，进入审讯室的当口，各自有不同的面目。

全曼如像泄了气的皮球，原本肥嘟嘟的脸也瘪了，只是重复着说女儿不能离开妈妈，问自己今晚能不能回家，否则孩子睡不着觉。

叶萧亲自审问，而她的丈夫已承认，其中一具女性尸体，是自己的秘书以及情人。当她知道梅兰已死，并且是跟林子粹死在巴比伦塔顶，不出十分钟，防线全面崩溃。全曼如交代了绝望主妇联盟的秘密，承认知道四座烂尾楼顶的牺牲者。她强调这一切都是梅兰组织的，第一次杀人纯属意外，大家只是为了教训对方，没想到真的会死人。现在看来，她断定梅兰是故意的，要把三个闺蜜全部拖下水。她说自己只是个旁观者，并未真正参与杀人。出于所有正室对小三的恨，也是绝望主妇联盟成立时的誓言，她必须要保守秘密。

"梅兰这个女人，简直是坏透了！"

全曼如往地上吐了口唾沫，毛衣被泪水浸透。在叶萧的眼神示意下，旁边的女警给她递了一盒纸巾。

然后，她又交代了在程丽君死后，梅兰说死因并非自杀，真凶是林子粹的秘密情人，一个名叫崔善的女孩子。为了替程丽君复仇，绝望主妇联盟将崔善作为牺牲品，关进巴比伦塔顶的空中监狱，在七月的最后一夜。

全曼如继续忏悔道："现在想来，简直是扯淡，梅兰拿不出任何证据，我们居然相信了她，简直是脑子发昏了。"

"你不忏悔杀人吗？"

这是叶萧在审讯中的最后一句话。

随后，他走进隔壁房间，章小雪早已等得不耐烦，非但没有垂头丧气，反而亢奋地大吵大闹，说是跟律师见面之前，她是半句话都不会跟警察讲的。

美剧看多了吧？但有全曼如的口供，叶萧的审问更为神速，不消五分钟，就让章小雪和盘托出。或许，前些天梅兰的失踪，使她们预感危险将至，不约而同把杀人之责，全部推到了梅兰头上。

章小雪向警方要了一支中华，把烟吐到审讯室半空，连续几个蓝色圈圈，慢悠悠地说："叶警官，请转告我的丈夫，我从没恨过他。并且，我很感激婚后他给我的一切。"

叶萧说她的丈夫正在验尸房，刚确认女大学生的身份。

"什么时候能见他一面？"

"他说不想见你，但会雇最好的律师给你辩护。"

"夫妻一场，我领情。"

审讯持续到晚上，章小雪最后说回到梅兰："她比我漂亮，读大学的时候，收到鲜花最多的也是她。大概，我心里对她是有些嫉妒的吧，才会故意炫耀自己有许多男朋友，其中一大半都是我虚构出来的。"

"你觉得她和林子粹的关系呢？"

"还用说吗？是他们两个合伙害死了程丽君，而我和全曼如都是他

250

们的牺牲品，这就是绝望主妇联盟的下场。"

章小雪的脑中闪过《牢不可破的联盟》的旋律。

隔着两层楼板，可怜的法医还在冬至夜加班。他先解剖林子粹已腐烂的尸体，清除掉一大堆尸虫，确认死因就是寒冷与饥渴。

然后，手术刀划破梅兰的胸口，她的死亡时间才十几个钟头。

"可惜！"

法医低声赞叹她的美貌，但皮肤有些松弛，若非死前数天粒米未进，腹部还会有些赘肉。

尸检报告确认梅兰死于饥饿。

解剖后的遗体被重新缝合，推入抽屉般的藏尸柜。她看起来完好无损，除了胸口与腹部多了一道拉链。躺在隔壁的林子粹早已惨不忍睹。

因为，这两个人的尸体在同时同地被发现，专案组里大部分人推断：林子粹与梅兰存在私情——真正的外遇对象是妻子的闺蜜。

警方调出了梅兰的手机通话记录，证明在两年多前，她跟林子粹有过极其密切的接触。六月二十一日到二十二日，梅兰的丈夫在外出差，她独自一人，完全具有作案时间。程丽君的最后一通电话，是在六月二十一日傍晚打给梅兰的。梅兰向警方解释说那个电话只是聊天，当时叶萧就判断她在说谎，这也是迟迟不同意以自杀结案的原因。

在巴比伦塔顶的空中花园，除了一男一女两具尸体，警方还发现一些生活用品，比如白鹅绒被、发霉的大床单、毛绒拖鞋、乐扣盒子、许多空矿泉水瓶子、指甲钳、薄荷糖罐子、用过的牙刷牙膏、廉价的护肤品，以及浸满血迹的女士内衣裤，还有碎成布条的裙子——技术部门进行还原，是条黑色小碎花的无袖短裙。

这里除了林子粹与梅兰，还有一个年轻女子长期生存过，今年夏天开始，很可能持续到深秋。为她提供食物和补给的人，要么是住在对面的阮文明，要么是林子粹或梅兰。

她是崔善。

关于她与林子粹的关系，警方调查至今未掌握任何证据——崔善在今年的行踪，仍然一片空白，很可能早已死于烂尾楼顶，尸体则被林子粹与梅兰等人运走了。大家认为崔善是无辜的，只因她的妈妈麻红梅当年作为钟点工死在程丽君家里，具备为母复仇的可能性，才成了梅兰的替罪羔羊。

至此，杀害程丽君的真凶，双双毙命于巴比伦塔顶，也算是因果报应。或者，是更为惨烈的携手殉情自杀，不是有个版本的《天鹅湖》就是这种结局吗？也正符合林子粹与梅兰的共同爱好。

但有人不这么认为——叶萧离开深夜的验尸房，回到办公室喝下一杯浓茶。

下午，他派人再次详细搜索巴比伦塔顶，用塑料布从空中封起来，以免遗漏什么重要证据。不出所料，墙角发现阿拉伯数字刻痕，从"1"刻到"120"，代表有人被关了一百二十天？粗粗估算，恰是绝望主妇联盟把崔善关入巴比伦塔，直到林子粹失踪这段时间。

警方把水泵运到烂尾楼顶，反复清洗四堵墙，发现在水泥颗粒间，暗藏着无数淡淡的"正"字——数十警力清点了三个钟头，统计下来约有八百多个"正"，如果这指的是天数，那么乘以五，则是四千多天，竟有十一年到十二年之久！

到底是什么人，在这里被关了那么多个年头？随便想想，就令人头皮发麻。

最后，在石榴树枝与泥土底下，发现一张被捏碎的小纸条，重新拼接才勉强看清——

救命！我在楼顶！巴比伦塔！

无法确定是谁写的，但可以排除林子粹或梅兰的笔迹。

想起三周前，叶萧再度进入程丽君被杀的别墅现场，发现最近有被潜入的痕迹。他在客厅找到《天鹅湖》的黑胶唱片，可能是死者被杀前听过的，封套背面写有**"奥杰塔　OR　奥黛尔"**，已确认是程丽君的字，最晚写于她死前的六月。

同一张唱片封套，黑色钢笔字底下，还有蓝色圆珠笔写的**"她在塔顶"**——另一个人的笔迹，像是男人写的。

当时看到这行字，叶萧并没有理解，但今天一下子明白了。

她在塔顶

公安局笔迹专家已做了鉴定，这个"她在塔顶"正是阮文明的字迹——根据二十四小时便利店提供的工作资料。

阮文明就住在"塔"的对面，他在一个月前闯入程丽君的杀人现场，对于死者写在《天鹅湖》唱片封套背面的**"奥杰塔　OR　奥黛尔"**做出答复——**"她在塔顶"**。

公安局刑侦队办公室，叶萧的电脑屏幕前，中了病毒似的，缓慢滚动着崔善的脸，以及迷离眼波。她从前的个人空间，留下许多自拍照，大多做成了黑白效果，就像她平常的穿着，不是黑，就是白……

最近一周，他再次调阅崔善及其家人的档案，除了其父崔志明在十四年前的火灾中消失，她的母亲麻红梅两年前做钟点工时，在程丽君的别墅摔断脖子而死……

崔善毕业于本市的南明高中，也是叶萧最熟悉的一所学校。她的班主任姓容，是个年轻英俊的男老师，在崔善高考之后失踪。一年后，尸体在学校楼顶的水箱被发现，当时草率地以自杀结案，但很可能死于他杀——据说容老师跟崔善之间，有过超出师生关系的暧昧，这或许是她的杀人动机。

还有，崔善大学毕业不久，在广告公司正式谈了个男朋友。一年以后，因为严重矛盾分手，她的不雅照被散播到朋友圈。没过数月，他在公司深夜加班时，死于一场电梯事故。

至于半年前被杀的程丽君，今天刚被发现尸体的林子粹、梅兰……

以上死亡事件，都跟崔善有关，为什么偏偏是她？叶萧紧盯着屏幕，这张脸只要多看几眼，就让人的心跳和呼吸加快。

还有件离奇的事情，他在公安局内网搜索"麻红梅"，意外发现一桩相关案件——七日前，木市一家公墓向警方报案，有人半夜潜入盗墓，撬开其中一座墓穴，挖走了麻红梅的骨灰盒。

是谁盗走了麻红梅的骨灰？

奥杰塔 OR 奥黛尔 OR 她在塔顶 OR 崔善

叶萧在工作笔记上不断写下这些。

最后，他把整页纸都撕了，只留两个字母：CS。

不是反恐精英的意思，而是崔善姓名的简拼。

最近一次见到林子粹，在他的酒店式公寓。叶萧看到他有两台手机，其中限量定制款的那台，镶嵌着"LZCS"的字母。

LZC= 林子粹

CS= 崔善

LZCS= 林子粹（崔）善

在程丽君被杀的卧室，发现过一块纯金挂件，说明此案并非抢劫。纯金挂件是林子粹陪妻子在香港买的，刻着"LZCLJ"的字样，想来就是"林子粹（程）丽君"。

虽然，镶嵌着"LZCS"的手机已经失踪，但几天前叶萧调查了手机厂商。今年二月，有人定制了这台机子，购买人却是另一个名字。顺藤摸瓜下去，此人是林子粹的大学同学，证实是林子粹购买的手机，但用老同学的名字办理，包括一张新的 SIM 卡，说是为了商业机密。

通过运营商的后台查询，找到这张 SIM 卡的通话记录。最近两个月，林子粹与几个不同的女性机主通过电话，可能是新交的秘密情人。但在二月到六月间，绝大多数短信与通话，都是跟同一号码，登记名却不是崔善，而是无关的中年妇女，线索到此中断。

窗外，凄寒的冬至夜，老法里说今夜必须守在家里，出门的话会撞见不干净的东西。

但若等到天鹅飞走，再要捕猎就来不及了，叶萧猛然抓起车钥匙，快步冲出办公室。

十分钟后，他来到一条寂静小巷，地上有几摊烧过纸钱的痕迹。这是现在少有的老洋房，敲开其中一户房门，他要找的中年妇女，就是这栋楼的房东太太。底楼带院子的几间公寓都是出租的。

房东太太承认这个号码，但是给女房客使用的——那是个年轻女子，说手机和身份证都丢了，便借用房东太太的身份证去办了手机卡。

随后，叶萧出示了崔善的好几张照片，得到房东太太的确认："就是她！"

再辨认林子粹生前的照片，她点头说："今年，春节过后不久，就是这个男的来租房子的。以前，他每个礼拜都会来的。不好意思，警官先生，我知道他们什么关系——这条巷子里还有不少呢，被他老婆发现了吧？不过，这种事情需要警方出动吗？"

"这个姑娘是什么时候搬走的？"

"不是七月底，就是八月初。反正她是不辞而别，后来还是那个男的，过来结清了房租，带走了她所有的东西。"

叶萧终于证明了——崔善就是林子粹的秘密情人，她也具备了作案的时间地点。

"阿姨，你还保留有她的笔迹吗，比如纸条之类的？"

"让我想想——嗯，好像还有她的租房合同，我翻出来给你。"

虽然，合同是用别人的名字和身份证，但房东太太确定是崔善本人当面所写，有好几条是手写补充的。

不必等待笔迹专家，叶萧的记忆力惊人，那张"救命！我在楼顶！巴比伦塔！"的求救纸条，与眼前的租房合同，正是同一个女子所写。

"我能看看她住过的房间吗？"

"嗯，上礼拜的新房客刚搬走，正空着招租呢。"

房东太太打开底楼一扇房门，叶萧走进这套清冷的公寓，面积出乎意料地大，经过狭长的客厅，进入一间幽暗的小院。

冬至夜，月光异常皎洁，蛋青色颜料似的，扫过满地破败枯叶。叶萧拧起浓眉，看着院墙上的夹竹桃，还有……那是什么？

"马路对面的老教堂，解放前白俄人做礼拜用的，老早这洋房就属于他们。"房东太太站在后面解释，同时不停地搓手取暖，"听说啊，有个俄国音乐家在这间公寓住过，留下一台钢琴，沉得不得了，从来没人弹过，六六年抄家时被砸烂了。"

叶萧的全部目光，凝固在这座拜占庭式的圆顶上，俄罗斯般寒冷的深夜，化作难以用语言描述的深蓝，童话般迷人，沉醉……

当他离开崔善住过的洋房，在小街与巷子间徘徊，却再也找不到那座东正教堂了。

深呼吸，让冷风灌满整个肺叶，叶萧掏出手机，拨通局长的电话："金局，抱歉那么晚打扰——关于程丽君的谋杀案，以及林子粹、梅兰的死亡，我申请向全国发布通缉令，全力抓捕两名犯罪嫌疑人：一个叫崔善，另一个叫阮文明。"

"小叶，你找到证据了？"

"证据链还不够完整，但我相信崔善才是主犯，阮文明可能是协犯，已经死亡的林子粹也有罪。金局，明天再跟你详细汇报。今晚，务必通知崔善老家的县公安局，注意有没有嫌犯的活动踪迹，尤其是火车站！"

"理由？"

"崔家还有老宅和亲戚，最重要是祖坟。七天前，崔善妈妈的骨灰盒被盗，今天正好是冬至，传统上坟和入葬的日子——直觉。"

"我现在签发通知，但愿你的直觉没错。"

局长批准了叶萧的申请，全国所有的火车站、汽车站、飞机场，还有出境的边检窗口，都将收到崔善与阮文明的通缉令。

然而，嫌疑人尚未落网，叶萧就难以轻松。他疲倦地回到警车上，没有点火发动，而是打开车载音响，闭上眼睛，躺在放倒的座位上，耳边充盈《天鹅湖》的高潮部分……

奥杰塔　OR　奥黛尔

正如梅兰所说，一个天真纯洁而脆弱，另一个性感诱人而黑暗，简直水火不相容。但她们又一模一样，宛如双生姐妹，镜中自我。

也许，就连柴可夫斯基也难以揣摩，究竟谁才是白天鹅，谁又是黑天鹅。

随着乐曲不断刺激耳膜，仿佛把听者的心脏撕成碎片。刹那，叶萧窥见一盏聚光灯，照亮原本浑浑噩噩的舞台。

她们本来就是同一只天鹅吧？只不过有黑白双重的羽毛——就像女人，带妆时，卸妆后。

奥杰塔＝奥黛尔

当你需要时，她就是白天鹅；而当她需要时，她就是黑天鹅。

叶萧急着打开车窗，让冬至的寒风侵入双眼，以免在逻辑分析中走火入魔。

深夜十点，车载音响已调至最高，短笛、长笛、双簧管、单簧管、大管、圆号、小号、长号、大号、定音鼓、锣、铙、大鼓、小提琴、中提琴、大提琴、低音提琴……

曲终人散之前，那个叫崔善的女子，不知现在在地球上的哪个角落？

第十三章

冬至夜，同一时刻。

叶萧的两公里外，公安局，停尸房。

梅兰依旧僵硬地躺在藏尸柜，早已坏死的脑细胞，保留着永远无法被提取的记忆——

半年前，六月二十一日，傍晚时分。她突然接到程丽君的电话，说是林子粹出差去了，一个人待在家里害怕，问她能不能过来一起吃晚饭。

那晚，梅兰也是独自在家，她担心程丽君会不会抑郁症发作，又有自杀倾向。刚好她的车在 4S 店保养，便立刻出门打车赶过去。

偌大的别墅里，两个女人简单吃了晚餐，梅兰陪她在客厅看电视，问她最近发生了什么事。程丽君却不置可否地笑笑，让她越发担心，决定一直守在这里。

子夜过后，两个人坐在卧室聊天，东拉西扯到两点，梅兰劝她早点睡觉。

突然，程丽君抓着她的手问："如果世界末日来临，只能带一种动物上诺亚方舟——马、老虎、孔雀、羊，你会选择哪一种？"

"老虎。"

"为什么选这个？"

梅兰心不在焉地摇头："不知道。"

"跟我来！"

程丽君起了兴致，拖着她到外面客厅，从墙上抽出一张黑胶唱片。这套昂贵的组合音响，是她跟林子粹结婚时一起买的。

音响吹奏出双簧管，天鹅们诉说被魔王控制的悲惨。王子与朋友们起舞，煞是快活。天鹅飞过，第一幕终了。

当年在师大读书，两人共同选修过西方音乐史。梅兰知道她最爱听《天鹅湖》，但为什么选在仲夏夜的凌晨？

第二幕，王子与奥杰塔在天鹅湖相遇，人生若只如初见……

"奥黛尔。"

客厅并未开灯，程丽君在黑暗中靠近梅兰，手指滑过脖颈。

"什么？你在叫我吗？"

"是，奥黛尔。"她几乎紧咬着梅兰的耳朵，"你知道吗？果然轮到我了。我有这个预感。"

音响放到四小天鹅之舞，程丽君停顿半分钟说："那栋叫巴比伦塔的烂尾楼，是绝望主妇联盟留给我专用的，对不对？"

"现在，你真的需要用了？"

"是。"

"小三叫什么名字？我们马上制订行动计划，你的空中监狱是现成的，保证一个月内让她消失。"

"她叫崔善，二十六岁的女孩，很漂亮很有魅力，如果我是男人也会心动的。"

"说什么啊？"梅兰感到尴尬，咬紧嘴唇追问，"你是怎么发现的？"

"薄荷味。"

"哦？"

"林子粹从不吃薄荷糖，也不喜欢薄荷茶、薄荷烟之类的。但最近几个月，我经常在他的衣服领子上，闻到一股淡淡的薄荷味。"

"然后，你就跟踪调查了？"

"关于她的具体资料，还有现在的住址，都在我的手机里——还有更可怕的，她的妈妈叫麻红梅，就是半年前在我家摔死的钟点工。"

"她是来复仇的？"

梅兰搂紧闺蜜的肩膀，程丽君贴着脸颊说："我和你一样，从不戳穿老公的秘密。他不过是要从年轻女孩的身上，找到在我这里得不到的许多满足而已，我想。"

"丽君，你就像白天鹅一样天真，但我不会的。"

第三幕，王子选择新娘的匈牙利舞曲。

程丽君看着窗外茂盛的水杉树说："再问你一个问题，你知道《天鹅湖》原版的结局吗？"

"柴可夫斯基的原版？"

"许多人都以为，在《天鹅湖》的最后，王子与公主幸福地在一起了。"程丽君轻抚闺蜜的长发，"其实，芭蕾舞剧《天鹅湖》有许多个版本，一八七七年的首演是失败的，直到一八九五年在圣彼得堡演出才获得成功，而柴可夫斯基已死去两年了。"

"好像……原版是王子与公主都殉情死了？每个人都逃不掉这样的

结局。"

"不对，还有一个更不为人知的原版——王子遭到了欺骗，他深深迷恋上黑天鹅，浴血奋战杀死魔王，同时误杀了白天鹅，就是奥杰塔公主。他中了魔王死前射出的毒箭，才发现真相而追悔莫及。王子独自死在湖水中，黑天鹅无情地抛弃了他，赶在寒冬降临、天鹅湖冰封之前，展翅飞往温暖的南方，却在半途被猎人射死。"

梅兰听着这个闻所未闻的故事，后背心竖起汗毛："我不想听！"

"你是第一个听到这个故事的人，林子粹也不知道。"

"丽君，为什么突然说起这个？"

她调大音量，沙发和地板同时震动，任何说话声都听不到了。

第四幕，天鹅在等待奥杰塔归来，结果令人绝望。别墅的女主人涌出泪水，才把音量调低："昨晚，我梦见了一只黑天鹅，那不是什么好兆头。"

"别乱想！"

"记住黑天鹅的名字，俄语叫奥吉莉亚，英语叫奥黛尔，或者叫什么都可以。"

梅兰听见这些名字怔住了，芭蕾舞剧进入终场，充满颤抖的双簧管与弦乐器，模拟天鹅最后的哀歌。王子祈求奥杰塔的宽恕，两人共同消逝在天鹅湖水中。

整栋房子陷入寂静，她刚想说"该睡了"，程丽君抽出第二张唱片，看来每天都在听，摸黑也能找到。

"《b小调第六交响曲：悲怆》。"程丽君只放了最后一小段，"首演九天之后，柴可夫斯基自杀身亡。"

"你……"

"请将它作为我葬礼上的背景音乐。"

她把唱片归回原位，关掉音响电源，拉着梅兰回到卧室。

程丽君吃下安眠药，躺在自己的大床上："放心吧，我不会自杀的！晚安！"

这是她的最后一句话。

梅兰固执地站在床边，看着她进入熟睡，这才关灯离去。

屋子黑了，鲜艳褪色，羽毛凋落，半个地球灭了灯。

"奥黛尔？"

默念这遥远的名字，梅兰不明白，为何程丽君如此称呼她？

楼下客房已收拾好了，疲倦已极，躺倒在床头，却难以入眠。不知不觉，暗黑的天花板，亮起高塔顶上旋转的光，时而柔和，时而刺目。大学时代，同宿舍的四个女孩，就属梅兰跟程丽君关系最好。有年暑假，只有她们两个去海岛上玩，住在农家乐的双人标间，晚上实在闷热难耐，她们都把衣服脱了，光光地看着窗外的大海。那夜，远远传来海浪拍岸声，一层层卷来，一块块粉碎。唯一可见的，是那座古老的灯塔，不晓得多少个年头，勾连着两个少女的目光。年方二十岁的梅兰，尚是在室的处女，忽然感到有只冰凉的手，水蛇似的绕过后腰，亲吻她的耳鬓，如初恋……

"我是奥杰塔，你是奥黛尔。"

十二年前，也是这样的夏夜，程丽君在她的耳边吹气如兰。

看着黑漆漆的天花板，泪水从梅兰的眼角滚落，仿佛这些年来的一切都毫无意义。

她饿了。

聊了整个后半夜，简直饥肠辘辘。她从床上爬起来，来到厨房想煎个鸡蛋，身后却响起关门声。梅兰以为来了小偷，立刻冲出去，远远看到前院门外，有个年轻女人的背影，全身上下都是黑色，一眨眼消失在树丛中。

瞬间，梅兰想到了什么，非常非常害怕……

立刻跑回二楼卧室，程丽君已死在自己床上。

台灯发出晕染般的光，像层白色面膜覆在脸上，她盖着薄毛毯，裸露两只胳膊，左手上臂正面，粘着像是注射后的创可贴，而在床脚下有注射器和药瓶。

床头柜上四个女人的合影依然微笑。

程丽君茂密的黑发之间，依稀散发着某种奇怪的气味。

薄荷味。

跪在地上悲泣的梅兰，已明白杀人凶手是谁。

窗外，夏至过早地天亮，晨曦透过窗帘缝隙，像要刺瞎眼睛。这间杀人的卧室，一切重新鲜艳起来，包括床上死去的女子。

擦干眼泪，她不曾打电话报警，而是在别墅停留一个小时，小心翼翼，擦去自己存在过的所有痕迹。她又从程丽君的手机里，找到崔善所有的信息，然后删除。

如果，警察问到她这晚在哪里，她将回答在家里休息，反正老公在三亚开会无法证明，说不定正在酒店抱着新欢睡觉。

屋檐落下细雨，回到黄梅天的节奏，女人无声地出门，绕过保安和摄像头离去。

梅兰决定亲手为程丽君复仇，用绝望主妇联盟的方式。

最终章

冬至，最漫长的黑夜，也最适合去另一个世界。

深夜十点，再过四十分钟，火车就要开了。

县城火车站隔壁的街道，卖红梅烟小店的电视机里，响起一首老歌——

常回家看看 / 回家看看 / 哪怕帮妈妈刷刷筷子洗洗碗
老人不图儿女为家做多大贡献
一辈子不容易就图个团团圆圆
常回家看看 / 回家看看 / 哪怕给爸爸捶捶后背揉揉肩
老人不图儿女为家做多大贡献
一辈子总操心就图个平平安安

羊肉火锅的小饭店即将打烊，服务员来催客人结账。崔善抹去眼泪，合上 X 的日记本。最后几段字歪歪扭扭，难以辨认，圆珠笔油被雪水化开，像一团团淡蓝色云雾。夏至开始，冬至结束。从最短暂的那一夜，到最漫长的那一夜。打明天起，再不会有人记得这个故事了。

面对墙角的火炉，崔善只犹豫了两秒，便把 X 的日记本塞进去。冬天木炭燃起的火舌，凶猛地吞噬纸页和墨迹，烧成一片片灰烬，黑色羽毛似的，飘上积满油烟的房梁，转眼无踪。

拖着行李箱走出小饭店，她从山寨 LV 包里，掏出 Zippo 打火机，以及细长的女士烟。天鹅毛般的大雪再度降落，如撒上天的白色纸钱，让人睁不开眼睛。点火的瞬间，过年烟花般闪烁，从她刚抹上蜜色唇膏的嘴边，缓慢吐出一团蓝色烟雾，被风卷到小街深处。忽然，她想起小时候常在这一带买糖吃。

崔善取出那支录音笔，也是 X 在巴比伦塔顶留给她的礼物。幽暗地面上满是积雪与水洼，她小心蹒跚着向火车站走去，抽着薄荷味香烟的同时，将录音笔靠近嘴唇——

亲爱的 X，对不起，你一直叫错了，我不是奥杰塔。

我是杀人犯。

六月二十二日，夏至，我的生日，凌晨五点多，我潜入程丽君的卧室。

我既未放弃杀人，也没有犯罪中止，看着躺在床上熟睡的女人，只想尽快杀了她——为妈妈报仇？为林子梓？算了吧，我只是为了自己，永远不要再回到过去。

完成注射准备工作，我没有丝毫犹豫，用针尖刺入程丽君的左上臂。伪装成她自己打针的角度，我轻轻推下注射器，时间仿佛慢了十倍，看着药液缓慢注入程丽君的身体。

我拔出针管，像护士那样，用消毒创可贴粘在她的针孔上。

然后，安静等待了五分钟。

这辈子最漫长的五分钟。

感觉她已断气，我再用戴着手套的手指，摸了摸她的颈动脉。

她死了。

我异常冷静地抓着程丽君的右手，强行掰开温热的手指，在针筒合适的位置，留下她的指纹。

最后检查一遍房间，确认没有遗漏任何细节，包括自己的毛发或其他什么，我逃出了别墅。

奇怪的是，我确实发现底楼厨房有个人影，当时我非常害怕。但是，当我被囚禁在巴比伦塔顶，你让我用录音笔讲述真相时，我忽然想到那个人……

于是，我对你编织了一套谎言：我没有杀人，真正的凶手另有其人，而犯罪中止的崔善，则是无辜的牺牲品，你一定会选择相信我的。

这个事实令你很难接受吧？为了骗取你的同情心，为了重获自由逃出生天，我篡改并捏造了这最重要的一段。

X，真的很抱歉，如果在空中监狱，我把这个秘密告诉你，恐怕你永远不会把我放出来。

但，这是拯救自我的一种方式，没有对错，只有输赢。

差点忘了，还要告诉你——程丽君并不是我杀过的第一个人，在过去短暂的人生中，我还杀过两个男人，你能猜出来吗？

如你所愿，我已经用张小巧的护照，还有你送给我的钱，买好了明天出国的机票，经悉尼转机前往索多玛共和国。再过一刻钟，我将坐上夜班火车，赶到省会的国际机场出境。

黑天鹅将飞去另一个世界。

我叫奥黛尔。

X，你是这个世界上最爱我的男人吧。

我们地狱见。

风雪弥漫的小街尽头，已能望见火车站的灯光。

崔善将录音笔塞回包里，抬起咖啡色雪地靴，踩灭 Esse 烟头。她顺手戴上一副金属耳机，连接手机播放功能。此刻，背后数尺外的角落，有个人如影随形地跟着她。黑夜里观望不甚清楚，以为她佩着一双钻石耳环。

那是张爆满青春痘的脸，乡村非主流发型底下，藏着一双饥饿的眼睛。他的爷爷是个老猎人，床底下藏着一支生锈的猎枪，这辈子最风光是三十年前，在流花河上射杀过野天鹅，大方地把肉分给乡亲们吃了。三年前，少年从流花河乡初中辍学，跑到县城建筑工地打工。上个月，包工头携款逃跑，他没拿到一分钱薪水。眼看就快要过年，实在没脸面回家，正在黑暗中徘徊，正好遇到崔善路过。年轻时髦的女郎，一看就是从大城市来的，拖着亮色的拉杆箱，手上有漂亮女包——明显的 LV 标志，他只知道这种包很值钱，有钱人才用得起，说不定藏着很多钞票。

就要走到灯光下了，有人突然抓住崔善的包。本来倒也没什么可惜，但包里有索多玛共和国的护照，万一遗失无处可补，明天就不能远走高飞。她自然拼命反抗，双手紧抓着包带，期望引来路人帮助。

这是少年的头一次抢劫。在浓烈的薄荷味中，他听到女人的尖叫声，以为警察即将赶到，又不想放开 LV 包，慌乱间抽出一把尖刀，没来由地往她胸口刺去。

静音。

跪在冰冷的雪地，帽子坠落，头皮微凉，崔善什么都听不到。某种冰凉的金属感，穿透天鹅绒大衣，割断项链坠子，进入胸腔与内脏，犹如男人坚硬的身体，又像藏着剧毒的针头。

她感觉自己变得很轻很轻，像片黑色的羽毛，被风吹过肮脏的小街，飘上围墙的铁丝网，俯瞰铁道间的十二节列车。

十八岁的少年，捧着 LV 包躲入幽暗小巷。他并不知道自己抢的是个山寨货，淘宝上只卖两百元。而包里最值钱的，是某个地图上也看不到的国家护照，还有一支刚用过的录音笔。

冬至，二十二点三十分，火车站的小广场，最后一盏昏暗路灯底下，有个年轻女子仰卧在雪上。黑天鹅绒大衣颇为扎眼，撕裂的纽扣撒了满地。口袋里滚落出一副迷你耳机，像条蜿蜒曲折的细蛇，远远爬行到路边阴沟，冒着热气的垃圾中，渗出双簧管与大小提琴声，羽毛般轻。面色略显红润，长发如黑丝绸绣于白棉布。瞳孔放大中，一粒雪坠入，缓缓融化。像七岁女孩，瞭望夜空，宛在巴比伦塔顶。

这双眼睛最终所看到的，寒冷暗淡的云层，依稀有只黑天鹅独自飞过，风雪兼程地跋涉两万公里，前往南太平洋索多玛群岛过冬。女人鲜艳欲滴的血，竟如春尽时分的繁花，渗过天鹅的黑色羽翼，依次将火车站前的白雪，描成耀眼的绯红……

在最漫长的那一夜，四周匆匆的路人，都急着赶末班列车，没有人看过她哪怕一眼。

后记

当我们偷窥时想些什么？

村上春树有本散文集叫《当我谈跑步时我谈些什么》，在此我无意于讨论村上，我也不是村上粉丝，只是单纯地喜欢这样的名字，比如：当我们处理尸体时聊些什么？当我们挖鼻孔时思考些什么？当我们被关在二十层楼顶的空中监狱时要做些什么？

很多年前，我在 DVD 里看完《午夜凶铃》，对山村贞子的前生今世无比迷恋，上网找来铃木光司的小说原著，一口气看完四部曲，恍然大悟《午夜凶铃》并非惊悚小说，而是科幻史诗。因这部作品的影响，我有了自己的第一部长篇小说《病毒》，或许也是中文互联网上的第一部长篇悬疑惊悚小说。那是十多年前的事了。

不妨剧透，《午夜凶铃》四部书里，我最喜欢第三部，故事分为两段，头一段是高野舞的故事，第二段讲述贞子生前在剧团的爱情与人生悲剧。

高野舞是谁？高山龙司又是谁？就是被电视机里爬出来的贞子吓

死的那个倒霉蛋。高山龙司是大学老师，高野舞是他的学生，在老师神秘死亡之后，这位漂亮的女大学生，到老师家中整理遗物，不小心播放了老师的录像机……前提是她插上了电源，亦可反证如果拔掉电源，确有可能把贞子卡在电视机里。

然后，高野舞从昏迷中醒来，发现自己躺在高楼排气沟里，如同飘浮在空中的棺材。她无法逃脱，更难以求救，往后的情节有些恐怖，为了避免扩散贞子的秘密，以下删去十八页（照着实体书清点的页数）。

十二年来，这短短的十八页，大约一万字左右，始终萦绕在脑中。

二〇一三年，春天的某个下午，当我坐在《悬疑世界》编辑部的阳光房，开门就是二十一层顶楼的露台，地上长满郁郁葱葱的草木，从未修剪却充满萧瑟荒野之美，包括墙角里结着枯萎果子的石榴花，对面矗立着中国移动大楼与巴黎春天。楼下是长寿公园，我经常俯瞰那巨大的钢琴键盘，偶尔也会有音乐喷泉冲上云霄，更多时候是大妈们的广场舞，与流浪歌手的吉他。公园对面曾是栋烂尾楼，如果我的手边有台望远镜，看清烂尾楼的每个角落，或许就会发现她。

我不是偷窥狂。

但我是个宅男，或者说曾经是宅男。我也没有望远镜，但我总能看到你，看到你不经意间流露的悲伤，看到你不愿被人窥见的往昔，看到你伤痕累累的秘密。

一百二十天，偷窥你一生的故事，真的太短暂了，近似于不可能完成的任务。

完成初稿之后，我开始漫长的修改过程。而在《萌芽》杂志上连载的版本，已与你们现在看到的这个版本，俨然两个不同的故事。虽然，都是关于一个叫崔善的女子。

在这一修改阶段，我开始阅读金宇澄的《繁花》，这部几乎囊括了近两年所有中国文坛奖项的作品。刚开始，我以为自己会抗拒，却出乎意料地如此喜欢，一口气从头至尾读完。在此前与此后，我三度遇到身为《上海文学》主编的金宇澄。我不曾想到，金老师对我有着深刻印象，来源于多年前我在他的刊物上发表的短篇小说《小白马》。记得那是八年还是九年前，他当着别人的面说，别看小蔡总是沉默着，但他的心里藏着很多秘密。

是啊，很少有人发现这些秘密。

一如巴比伦塔顶的崔善，以及偷窥崔善的 X。

而今，我在想，或许，我也可以做到？

阅读《繁花》的过程中，忽然，想起我过去上班时，单位里有个中年男人，所有人都叫他"瓦尔特"，好像既跟《瓦尔特保卫萨拉热窝》有关，也跟《列宁在 1918》有关，因为他年轻时长得欧化，很像当时译制片里的东欧共产党人。春节前的两天，我特地看了《列宁在1918》，有一段在莫斯科大剧院里演出《天鹅湖》。我被这个片段的音乐所感动，重新找了各种版本的《天鹅湖》，进而想到过去的日本动画电影，也是上译配音的《天鹅湖》。

忽然明白，我正在写的这个故事，不正是黑天鹅与白天鹅的故事吗？

几天内，我疯狂地听着《天鹅湖》，订购了欧美原版的 CD，在柴可夫斯基的音乐声中，我基本完成了你们现在所看到的这部小说。

所以，阅读这部小说，请你们最好同时循环播放着《天鹅湖》。

我也是第一次在写作中格外地注重语言，需要一种恰如其分，却不过分节制的语言。以及每一个字，都是如此重要。比如，最终章里有一句——

"依次将火车站前的白雪，描成耀眼的绯红……"

那个"描"字，我最先是写"染"，再改成"浸"，最后才是像画笔般的"描"。

我把偷窥描给自己看。

"我今天看了一张维也纳的地图，有那么一会儿我觉得难以理解：怎么人们建起这么大一个城市，而你却只需要一个房间。"

这是卡夫卡写给他喜欢的女子的情书。

而在二十一世纪，我们生活的城市里，每个人都在寻找一个房间，一个就够了——可以看见别人，也可以被别人看见的房间。

当我们偷窥时想些什么？我想到的就是这些……以及，陈白露在《日出》的最后台词——

太阳升起来了，黑暗留在后面。但是太阳不是我们的，我们要睡了。

蔡骏

蔡骏创作大事年表

2000 年

3 月｜登录"榕树下"网站，首次网络发表短篇小说《天宝大球场的陷落》；

4 月｜完成短篇小说《绑架》；

8 月｜《绑架》获"贝塔斯曼·人民文学"新人奖，感谢潘燕、吉涵斌；

12 月｜《绑架》发表于《当代》杂志 12 月号；

12 月｜网络爆发"女鬼病毒"，《病毒》的构思大致完成；

2001 年

3 月｜完成首部长篇小说《病毒》，发布在"榕树下"，作为中文互联网首部"悬恐"小说，引起强烈关注；

11 月｜完成第二部长篇小说《诅咒》，从此不再于网络首发作品，开始直接出版；

2002 年

1 月｜中篇小说《飞翔》获"第三届榕树下原创文学大奖赛小说奖"；

4 月｜《病毒》由中国戏剧出版社出版；

8 月｜韩日世界杯期间，完成第三部长篇小说《猫眼》；

9 月｜《诅咒》由中国社会科学出版社出版；

11 月｜完成第四部长篇小说《神在看着你》；

11 月｜《猫眼》由中国电影出版社出版；

2003 年

1 月｜《神在看着你》由中国电影出版社出版；

4 月｜完成第五部长篇小说《夜半笛声》；首次售出影视改编权《诅咒》电视剧；

6 月｜首部中篇小说集《爱人的头颅》由中国电影出版社出版；

6 月｜中文繁体版作品首次在台湾出版，《爱人的头颅》《天宝大球场的陷落》由台湾高谈文化出版公司出版；

8 月｜完成第六部长篇小说《幽灵客栈》；《夜半笛声》由中国电影出版社出版；

12 月｜有幸结识《萌芽》杂志傅星老师，完成中篇小说《荒村》，人物欧阳小枝首度出场；

2004 年

2 月｜应音乐人萨顶顶之邀，开始歌词创作；

3 月｜《幽灵客栈》由云南人民出版社出版；中篇小说《荒村》首发《萌芽》杂志 4 月号；

6 月｜完成第七部长篇小说《荒村公寓》；《迷香》首发于《萌芽》杂志 7 月号；

9 月｜加入上海市作家协会；

10 月｜完成第八部长篇小说《地狱的第 19 层》，人物高玄首度出场；小说作品首次被搬上荧幕，根据《诅咒》改编的电视剧《魂断楼兰》播出，由宁静主演；

11 月｜《地狱的第 19 层》上半部发表于《萌芽》增刊；

11 月｜《荒村公寓》由接力出版社出版；

12 月｜完成第九部长篇小说《玛格丽特的秘密》；

2005 年

1 月｜《地狱的第 19 层》由接力出版社出版，创国内同类小说单本销售纪录；

3 月｜《玛格丽特的秘密》在《萌芽》杂志开始连载；

4 月｜完成第十部长篇小说《荒村归来》；

7 月｜《荒村归来》由接力出版社出版；

9 月｜《地狱的第 19 层》《荒村公寓》由台湾时报文化出版公司出版；申请注册"蔡骏心理悬疑小说"商标；

12 月｜加入中国作家协会；

2006 年

1 月｜《玛格丽特的秘密》及"蔡骏午夜小说馆"（合计《病毒》《诅咒》《猫眼》《圣婴》四本丛书）由接力出版社出版；

1 月｜《地狱的第 19 层》获新浪网 2005 年度图书；

3 月｜完成第十一部长篇小说《旋转门》；俄文版《病毒》由俄罗斯 36.6 俱乐部出版社出版；

6 月｜《旋转门》由接力出版社出版，至此，由接力出版社出版的"蔡骏心理悬疑小说"系列销量突破一百万册；

7 月｜根据基础翻译稿，修改润色美籍华人女作家谭恩美长篇小说《沉没之鱼》；

8 月｜《幽灵客栈》繁体版由台湾时报文化出版公司出版；

9 月｜俄文版《诅咒》由俄罗斯 36.6 俱乐部出版社出版；

10 月｜完成第十二部长篇小说《蝴蝶公墓》；

12月｜完成首张个人音乐专辑《蝴蝶美人》录制；

12月｜完成超长篇小说《天机》的初步构思及提纲；

2007 年

1月｜《蝴蝶公墓》由作家出版社、台湾麦田出版公司在海峡两岸同时推出；

2月｜首次访问台北，参加台北国际书展《蝴蝶公墓》宣传活动；

4月｜完成《天机》第一季《沉睡之城》；

5月｜主笔悬疑杂志《悬疑志》出版上市；

9月｜根据《地狱的第19层》改编的电影《第十九层空间》全国公映，钟欣潼、谭耀文主演，票房超过一千八百万元，创同类电影内地票房纪录；

9月｜《天机》第一季《沉睡之城》由陕西师范大学出版社出版；完成《天机》第二季《罗刹之国》；

12月｜《天机》第二季《罗刹之国》由陕西师范大学出版社出版，后创造中国原创悬疑小说畅销纪录；《荒村归来》繁体版由台湾文化时报出版公司出版；

2008 年

1月｜完成《天机》第三季《空城之夜》；

4月｜《天机》第三季《空城之夜》由陕西师范大学出版社出版；完成《天机》第四季《末日审判》；

6月｜《天机》第四季《末日审判》由陕西师范大学出版社出版，中国作家协会召开"蔡骏作品研讨会"；

11月｜越南文版《地狱的第19层》出版；

2009 年

1月｜《蔡骏文集》八卷本由万卷出版公司出版；完成《人间》上卷《谁是我》；

3月｜《人间》上卷《谁是我》由河南文艺出版社出版；

4月｜监制《谜小说》系列丛书出版；

6月｜完成《人间》中卷《复活夜》；

7月｜泰文版《地狱的第19层》出版；

8月｜《人间》中卷《复活夜》由河南文艺出版社出版；

12月｜完成《人间》下卷《拯救者》；

2010 年

1 月｜《人间》下卷《拯救者》由河南文艺出版社出版；

5 月｜《地狱的第 19 层》典藏版由新世界出版社出版；

7 月｜完成长篇小说《谋杀似水年华》初稿；

8 月｜电影版《荒村公寓》全国上映，主演张雨绮、余文乐；

9 月｜话剧版《荒村公寓》公演；

11 月｜《谋杀似水年华》在《萌芽》开始连载；

2011 年

1 月｜在北京与美国推理小说大师劳伦斯·布洛克对谈；

8 月｜《谋杀似水年华》由南海出版公司出版；

9 月｜主编《悬疑世界》杂志与湖北知音动漫公司合作出版；

2012 年

2 月｜完成长篇小说《地狱变》；

6 月｜《地狱变》由南海出版公司出版；

6 月｜主编《悬疑世界》杂志与湖北今古传奇集团合作出版；

8 月｜《地狱的第 19 层》英文版 *NARAKA 19*（Jason H.Wen 译）由加拿大 BMI 传媒出版社出版；

9 月｜话剧版《谋杀似水年华》在上海公演，蔡骏首次担任出品人；

2013 年

3 月｜完成第十七部长篇小说《生死河》；

5 月｜主编《悬疑世界》电子刊上线；

6 月｜《生死河》由北京联合出版公司出版；

2014 年

1 月｜最新长篇作品《偷窥一百二十天》在《萌芽》《悬疑世界》上共同连载；

5 月｜开始连载"最漫长的那一夜"长微博系列；

7 月｜由作品改编的话剧《杰克的星空》《幽灵客栈》公演；

8 月｜创立国内首个原创类型小说精品文库"悬疑世界文库"，第十八部长篇小说《偷窥一百二十天》作为文库首发作品由作家出版社出版；

11 月｜《生死河》英文版 *The Child's Past Life*（Yuzhi Yang 译）

由美国 Amazon Crossing 在北美出版；

2015 年

3 月｜"最漫长的那一夜"系列长微博小说中的《北京一夜》获得第六届"茅台杯"《小说选刊》短篇小说奖；

4 月｜《蔡骏随笔集》由长江出版社出版；

6 月｜"最漫长的那一夜"系列长微博小说中的《北京一夜》获得第16届《小说月报》百花文学双年奖；

7 月｜《偷窥一百二十天》获得第二届"超好看"类型文学年度六强奖；

8 月｜《最漫长的那一夜》由现代出版社出版；

2016 年

2 月｜由陈果导演，Angelababy、阮经天主演的电影《谋杀似水年华》上映；

4 月｜《最漫长的那一夜·第2季》由浙江文艺出版社出版；

4 月｜被评选为"2015 年度上海文化创业年度人物"；

6 月｜主编的国内首部悬疑 Mook 图书《罗生门·回忆》上市，由作家出版社出版；

7 月｜获得第四届《人民文学》青年作家年度表现奖；

7 月｜世界华语悬疑协会第一届理事会会议举行，蔡骏任副会长；

11 月｜当选中国作家协会全国委员会委员；

12 月｜《最漫长的那一夜》之《眼泪石》获第四届郁达夫小说奖短篇小说提名奖；

2017 年

1 月｜《最漫长的那一夜·第2季》获第七届图书势力榜年度好书奖；

4 月｜首部长篇游戏幻想推理小说《宛如昨日：生存游戏》由湖南文艺出版社出版；

6 月｜长篇历史悬疑巨制《镇墓兽》在起点中文网连载；

7 月｜由钱人豪执导，张智霖、梅婷、钟欣潼、耿乐等领衔主演的惊悚悬疑电影《京城81号 Ⅱ》上映，蔡骏首次担任电影编剧；

8 月｜《最漫长的那一夜》之《北京一夜》获第11届《上海文学》短篇小说奖；

9 月｜《镇墓兽Ⅰ·北洋龙》由四川文艺出版社出版；

10 月｜由文隽监制，马伟豪执导，张俪、锦荣、李子峰等人主演的奇幻爱情电影《蝴蝶公墓》上映；

2018 年

3 月｜出席首届世界华语悬疑文学大赛颁奖典礼并发言，并作为颁奖嘉宾颁奖；

5 月｜《镇墓兽Ⅱ·金匕首》由四川文艺出版社出版；

6 月｜荣获 2018 年首届梁羽生文学奖"杰出贡献作家奖"；

6 月｜由蔡骏、郑亚旗担任项目总编辑的网络电影《故事贩卖机》在爱奇艺独家上线，其中《训兔记》入围第 21 届上海国际电影节金爵奖国际短片竞赛单元；

9 月｜《无尽之夏》首次刊登于《收获》2018 年长篇专号（秋卷）；

9 月｜《生死河》法文版由法国XO Éditions 出版；

10 月｜赴法国和比利时参加《生死河》签售活动，接受当地媒体采访，参观孔子学院并与学生交流；

11 月｜《无尽之夏》由北京十月文艺出版社出版；

2019 年

2 月｜《故事思维写作课》在知乎专栏上线；

3 月｜《镇墓兽Ⅲ·地下城》由四川文艺出版社出版；

8 月｜《镇墓兽Ⅳ·鲛人泪》由四川文艺出版社出版；

8 月｜完成长篇小说《春夜》。

图书在版编目（CIP）数据

偷窥一百二十天（典藏版）/ 蔡骏著. -- 北京：作家
出版社，2020.12（2022.6重印）
（悬疑世界文库）
ISBN 978-7-5212-1090-3

Ⅰ.①偷… Ⅱ.①蔡… Ⅲ.①长篇小说 - 中国 - 当代
Ⅳ.①I247.5

中国版本图书馆CIP数据核字（2020）第147680号

偷窥一百二十天（典藏版）

作　　　者：蔡　骏
出版统筹策划：汉　睿
特约编辑：李　翠　丁文君
责任编辑：翟婧婧
装帧设计：天行云翼·宋晓亮
出版发行：作家出版社有限公司
社　　址：北京农展馆南里10号　　邮　　编：100125
电话传真：86-10-65067186（发行中心及邮购部）
　　　　　86-10-65004079（总编室）
E-mail:zuojia@zuojia.net.cn
http://www.zuojiachubanshe.com
印　　刷：河北鹏润印刷有限公司
成品尺寸：142×210
字　　数：180千
印　　张：9.375
版　　次：2020年12月第1版
印　　次：2022年6月第2次印刷
ISBN　978-7-5212-1090-3
定　　价：55.00元

悬疑世界文库

悬疑世界文库　蔡骏策划

悬疑世界打造

蔡骏《偷窥一百二十天》
为爱粉身碎骨　因恨万劫不复

中国类型小说殿堂卷帙

[悬疑世界文库]　魅惑解锁

时间从此分叉

万象森罗　蛰伏如谜

爱与恨正在演绎无数可能

悬疑无界　故事无常

敬请期待